The
Songlines

歌之版图

[英]布鲁斯·查特文 著

杨建国 译

生活·讀書·新知 三联书店

"旅行之道"丛书出版说明

　　"道"是道路、旅途，通向一个不同于日常生活的新世界；"道"是习俗、方式，蕴含着不同文明的历史文化；"道"是经验、阅历，是让自己的生命与陌生的情境融合，诞生新的生命体验；"道"是言说、倾诉，游走过的、经历过的，都以文字和画面展现。

　　这套小丛书化用瑞士作家尼古拉·布维耶（Nicolas Bouvier）《世界之道》的书名，为读者介绍现当代旅行文学经典，刻画不同文化的风貌。每部作品都蕴含着对旅行的人文关切，以期为读者呈现不同的旅行之"道"。相信不同阅读者的解读与个人经历相碰撞，会产生新的感悟，从而构筑自己的"旅行之道"。

生活·讀書·新知 三联书店

献给伊丽莎白

1

爱丽丝泉（Alice Springs）的街道横平竖直，灼烤在烈日之下；男人们穿着白色长裤，从一辆丰田越野车中进进出出，一刻不停。在这里，我遇上了一个俄裔澳大利亚人，他正在为当地土著居民测绘圣地。

阿尔卡季·沃尔乔克（Arkady Volchok），澳大利亚籍，时年三十三周岁。

他父亲叫伊凡·沃尔乔克，哥萨克人，原本生活在顿河河畔罗斯托夫（Rostov）附近的一个村庄，1942年被人用枪赶上火车，整车人被运到德国人开的工厂里做苦工。一天夜里，乌克兰境内某地，他从牛车上一跃而下，跳进路边的向日葵地。身穿灰制服的士兵把向日葵地里里外外搜了个遍，可他最终还是摆脱了搜捕，逃到某处，身边到处是杀红眼的士兵，遇上个从基辅逃出来的姑娘，和她成了家。两人又一起远赴重洋，逃到阿德莱德（Adelaide）市郊某个被人遗忘的角落。在那里，他不单搞出了一个伏特加私酒作坊，还搞出三个大胖小子。

最小的一个就是阿尔卡季。

阿尔卡季的脾气和禀赋根本就不适合盎格鲁－撒克逊式的郊区生活，同样也不适合任何循规蹈矩的工作。他的脸有点儿平，笑起来满脸温柔，和他步履轻盈的祖先一样，他也迈着轻盈的步伐，行走在澳大利亚阳光灿烂的大地上。

他长着一头草黄色的头发，又密又直，热浪在他的嘴唇上吹开道道口子。他不像许多澳大利亚内陆人那样抿起嘴唇，更不会食言而肥。他说话的时候，话音中夹着长长的卷舌音，颇具俄罗斯风味。只有走到近前，你才会意识到他的骨架原来这么大。

他结过婚，他是这么说的，有个六岁的女儿。不过如今，他更喜欢独身静处，惧怕家居杂务，故而已同妻子分居了。除了一台拨弦古钢琴和一架书，他的住处更无长物。

他是行者，从不知疲倦，上路远行对他来说根本就是小菜一碟。随身仅带一只水壶，一点儿食物，他就能沿着大山走上好几百英里。然后，走出强光和酷热，回到家中，拉上窗帘，在那架拨弦古钢琴上演奏巴赫和布克斯特胡德（Buxtehude）的乐曲。据他说，两位音乐大师的音乐井然有序，同澳大利亚中部的景物隐然相合。

阿尔卡季的父母一生中都没有读过一本英语写的书，而阿尔卡季进了阿德莱德大学，以优异成绩取得历史和哲学两个学位，着实让二老引以为豪。可毕业后，他去了爱丽丝泉以北的瓦尔比里（Walbiri）地区，在那儿的土著定居点上做了一名教师，又实在让二老黯然神伤。

他喜欢土著人，喜欢看他们咬紧牙关不松口的样子，甚至喜欢他们同白人打交道时表现出的滑头。他能听懂几种土著语言，也可能是半懂不懂。土著人苗壮的心智、超群的记忆力，还有求生的意志与能力令他震惊。他坚持说，他们并不是一个垂死的种族，虽然时不时确实需要帮助，以摆脱政府和大矿产公司的骚扰。

正是在他做教师期间，阿尔卡季听说，在澳大利亚全境，无数条不知名的小径纵横交错，形成迷宫般的网络。欧洲人称其为"梦幻小径"或"歌之途"，土著人则称其为"祖先的足迹"或"大道"。

据土著人的创世神话，传奇的图腾精灵在"大梦时代"（Dreamtime）曾徜徉在澳大利亚广阔的土地上，边走边用歌声唱出他们所遇到的一切生灵之名——鸟兽、植物、岩石、泉眼——于是，流动的歌声中，世界杂然赋形。

这个美丽的神话令阿尔卡季心驰神往，开始记下他见到、听到的一切，不是为了发表，仅仅是为了满足自己的好奇。开始，瓦尔比里地区的长老们并不信任阿尔卡季，对他的提问，长老们的回答总是闪烁其词。随着时间的推移，他终于赢得了他们的信任，他们邀请他参加最秘不示人的仪式，还鼓励他学唱他们的歌谣。

有一年，某个来自堪培拉的人类学家到瓦尔比里来，研究那里的土地所有体系。那是个嫉妒心旺盛的学究，阿尔卡季同当地土著居民的亲密令他愤愤不平。他一个劲儿从阿尔卡季那里索取资料，承诺保守秘密，可一扭头就把诺言扔到脑后。由此而引起的争吵令"俄罗斯人"感到腻味透了，他辞了自己的工作，去了国外。

他去过爪哇的佛寺，也曾在贝拿勒斯（Benares）[①]的沐浴池边同苦行僧一起坐在台阶上，在喀布尔（Kabul）抽过印度大麻，还曾在以色列的合作农庄上干过活儿。在雅典卫城，地面上铺着一层薄雪，他的身边还有一个观光者，整个卫城就他们两人。那是一位悉尼来的希腊裔姑娘。

两人一起游历意大利，一起睡觉。在巴黎，两人决定结为夫妇。

生长于一片"一无所有"的土地，阿尔卡季一直都梦想着一睹欧洲文明之丰碑。正值春暖花开之际，他又刚刚坠入爱河，欧洲理应完美无缺，可当他离开的时候，却感到失望，感到味如嚼蜡。

阿尔卡季在澳大利亚时，时常会遇到一些人把土著人视为醉鬼和低能的野蛮人，那时他会为他们争辩。可有时，身处瓦尔比里肮脏的土著居民点，他也会动摇，或许那些人才是对的，自己一心帮助土著人，或许仅仅是任性之举，也或许纯属浪费时间。

可现如今，身处物质财富泛滥却毫无心灵可言的欧洲，他才感到故乡的长者们比任何时候都更加深刻、更加睿智。他订了两

张回澳大利亚的票。六星期后，在悉尼，他结了婚，婚后立即带新娘回到爱丽丝泉。

她说，她梦想住在澳大利亚内陆。刚到那儿的时候，她说，她爱死这个地方了。可仅仅过了一个夏季，在热得像烤炉一般的铁皮房里，夫妇二人开始渐行渐远。

土地权益法案赋予土著居民拥有自己居住的土地的权利，条件是那块土地还没有出租出去。阿尔卡季为自己找了份儿差事：把"部族法律"翻译成联邦法官听得懂的语言。

阿尔卡季比谁都更清楚，采集、狩猎，那种田园牧歌般的日子已经一去不复返了，如果那种日子确实曾像一首田园牧歌。如今，他能为土著人做些什么呢？那就是保障他们的自由，那是种安于贫困的自由。或者，用更具策略的语言来说，如果他们宁愿选择安贫守道，至少也还要有安贫守道的空间。

现在阿尔卡季一个人独居，故而更愿意在"野外"度过大部分的时间。回到城里时，他就在一家已经停用的报社工作，社内的印刷机里还塞着一卷卷没有印出来的新闻纸。业已残破的白墙上挂满了他航拍的照片，一幅接一幅，一组接一组，犹如一条多米诺骨牌长龙。其中有一组照片拍的是一片三百英里长的狭长地带，大致向西北方向延伸，计划中的从爱丽丝泉到达尔文的新铁路就将沿着这个狭长地带铺设。他说，这条铁路将是澳大利亚铺设的最后一条长程铁路，铁路的总设计师是个恪守旧设计理念的人，曾口出豪言，称这条铁路一定要成为最棒的。

那位设计师已快到退休的年龄，更关心自己的身后之名。以往，每当矿产公司的大型机械开进土著居民的土地时，都会引发一番争吵，而那正是设计师极力要避免的。他向土著居民承诺，不会摧毁任何一块他们的圣地，故而要求他们的代表向他提供一份草图。

阿尔卡季的工作就是寻找出"土地的传统主人"，开车带他们在昔日的狩猎场上驰骋，哪怕那里现在已经是某个养牛公司的产业，让他们标识出哪块岩石、哪棵白桉树出自"大梦时代"英雄的鬼斧神工。

他已经完成了一百五十英里的测绘，从爱丽丝泉直到中塘（Middle Bore）。中塘之后，还有一百五十英里等着他去勘测。

"我警告过那个设计师，他有点儿太轻率了，"阿尔卡季说，"可他就想那样。"

"为什么说他轻率？"我问道。

"在土著人的眼里，"阿尔卡季咧嘴笑了笑，"整个澳大利亚都是圣地。"

"何解？"

他正准备向我解释，这时走进一个土著姑娘，手里捧着一叠报纸。她是阿尔卡季的秘书，一个身体柔韧的姑娘，古铜色的皮肤，身穿棕色的针织长裙。一进门，她笑着说"阿克"，可看到有个陌生人在屋里，她脸上的笑容便僵硬了起来。

阿尔卡季放低了声音。早先，他警告过我，土著人很讨厌白人私下里对"他们的事务"评头论足。

"这是位英国来的朋友，"阿尔卡季对秘书说，"叫布鲁斯。"

姑娘咯咯一笑，把手里的报纸一股脑儿扔到桌子上，冲出门外。

"走，去喝杯咖啡。"阿尔卡季说。

于是，我俩去了位于托德街上的咖啡馆。

2

小时候，每当我听到澳大利亚这个名字，就会想到桉油喷雾器喷出的烟雾，还有连绵不绝、无边无际的红土地，上面到处飘浮着白色的羊群。

有个故事爸爸总是讲不厌，我们也总听不厌：一个养羊致富的澳大利亚百万富翁溜达进了伦敦的一家劳斯莱斯车展示店，对店里其他较小车型一概嗤之以鼻，最后选了一辆庞大的豪华车，就是后排乘客和司机间有玻璃挡板的那种。那位富翁一边数钞票，一边还俏皮地说："以后再也不会有羊往我脖子卜爬了。"

从姑婆露丝那里，我还知道了澳大利亚是个上下颠倒的地方。要是在英格兰钻个大洞，穿过地心，正好从他们脚底下钻出来。

"那他们为什么不会掉下来？"

"地心引力！"姑婆轻声说。

姑婆家的图书室里有本关于澳大利亚的书，我常常凝视这书里各式各样的图片，眼中无限惊奇。那些图片中有考拉、翠鸟、鸭嘴兽、塔斯马尼亚丛林怪、老人袋鼠（Old Man Kangaroo）、黄色野狗（Yellow Dog Dingo），还有悉尼海港大桥。

不过，我最中意的一张照片是一家正在迁徙途中的土著人，照片中的人骨瘦如柴，身上一丝不挂。他们的肤色非常深，不过不像非洲黑人那样黑得油光发亮，而是黑得发乌，仿佛那里的阳光吞掉了所有反光，一丝也没留下。照片中的男人留着长长的胡子，胡子快到末梢时分成两绺，手里拿着两根标枪，还有一具投枪器。照片中的女人提着一只草编的网兜，胸前挂着一个婴儿，身边还跟着个大点儿的孩子。想象中，我自己就是那个孩子。

人生最初的五年中，我自己也曾是个居无定所的游魂，那种感觉真神妙，至今记忆犹新。那时父亲正在海军服役，出海作战去了，妈妈带着我沿着战时英国的铁路线南来北往，东进西退，从一个亲戚朋友的家到另一个。

我切身体会到那个时代的疯狂和不安：雾霭沉沉的火车站传出蒸汽机车的嘶嘶声，车厢门关闭时的两声咔嗒声，飞机单调的低鸣声，防空警报刺耳的尖啸声，还伴着刺眼的探照灯。站台上睡满了士兵，人群中传出悠扬的口琴声。

如果说我们还有个家，那个家就是一口又大又结实的箱子，箱子的一角属于我，放我的衣服，还有我那只印着米老鼠的防毒面具。一旦炸弹从天上落下来，只需蜷起身子躲到大箱子里去就安全了。我知道。

有时候，我会同两位姑婆一起住上几个月。两位姑婆住在艾文郡（Avon）的斯特拉福德（Stratford），两人的平顶房子坐落在一座教堂的后面。两人都没结过婚。

凯蒂姑婆是位画家，去过的地方可多了。在巴黎时，她曾在凡·东根（Kees van Dongen）[①]的画室干过，同一帮名声不太好的人搅在一起；在卡普里岛（Capri），她还曾见过一位尤里雅诺夫先生，他正戴着圆帽子沿着皮科拉·玛利亚岛（Piccola Marina）上来下去地悠游着。

露丝姑婆一辈子只出过一次远门儿，去弗兰德斯（Flanders），在自己爱人的墓前献上花圈。她天性朴实，愿意相信别人，双颊上抹着一层淡淡的玫瑰色。有时，一片红潮涌现，她看上去就如同一个小姑娘一样可爱，一样天真无邪。她耳聋得厉害，我得冲着她那部助听器大声喊才行，那东西看上去就像部便携式收音机。在她的床边放着一张照片，照片中是她最喜欢的外甥，也就是我的父亲。照片中的父亲戴着海军军官帽，目光沉静，凝视远方。

在我父亲这一边，家族的成员要么是社会的坚实支柱，沉稳、坚定，如律师、建筑师之类；要么就是目及天际的流浪汉，骸骨遍布世界的各个角落。堂兄查理在巴塔哥尼亚（Patagonia）；维克托叔叔在育空（Yukon）开采黄金；罗伯特叔叔在东方的某个港口；长着一头长长金发的达斯蒙德叔叔消失在巴黎，音讯全无；沃特尔叔叔去世于开罗一家专门收治神职人员的医院，临死前嘴里还在吟唱着《古兰经》的章节。

---

① 凡·东根，法国野兽派画家。

有时候，我会不经意地听到两位姑婆谈论她们多蹇的命途，这时露丝姑婆就会紧紧地把我抱在怀里，仿佛一松手，我就会重蹈前人的覆辙。她会时时提到一些名字——"上都""撒马尔罕""漆黑的大海"，听着那些名字在她的口中流连，我仿佛感到，原来在她的心底也有个时常引起烦恼的"流浪者"。

房间里摆满了笨重的家具，都是住华屋、雇仆佣时代的遗存。会客厅里挂着威廉·莫里斯（William Morris）设计的窗帘，放着一架钢琴，还有一只放满瓷器的书柜。墙上挂着一幅油画，画的是田间拔草的人，作者是凯蒂姑婆的朋友罗塞尔。

在那个时候，我最宝贵的一件东西是一只叫莫纳的海螺，那是爸爸从西印度群岛给我带的礼物。我常常会把自己的脸贴在它光亮的壳上，倾听海浪的声音。

有一天，凯蒂姑婆给我看了波提切利（Botticelli）的名画《维纳斯的诞生》（Birth of Venus），之后我一遍又一遍祈祷，梦想着画中那位金发美女突然从海螺里走出来，走到我身边。

露丝姑婆从来没有熊过我，只有一次例外。那是 1944 年 5 月的一天晚上，我洗澡时在洗澡盆里小便。寻遍世界，我大概是最后一个受到拿破仑·波拿巴的鬼魂惊吓的孩子。露丝姑婆对我说："你要敢再那么干，波尼就来抓你了。"

客厅的书柜里有波尼的小瓷像，我知道他长什么样子：黑靴子、白裤子、金纽扣，头上戴着一顶黑色的双角帽。可想想露丝姑婆画笔下的波尼是副什么样子（根据她小的时候，她爸爸的一个朋友画给她看的版本演化而来）：只有一顶毛茸茸的双角帽，帽子下面就是一双细腿。

那天晚上，还有之后的好几个星期，我每晚梦到波尼，他就站在教堂外面的石子路上。突然，他从中间裂成两半，里面长满了黑漆漆的长牙，还有一团又一团又黑又蓝的毛，一口把我吞下去。尖叫声中，我惊醒过来。

每逢周五，露丝姑婆就带上我去那座小教堂，为周日的礼拜做好准备。她擦亮铜牌，打扫合唱台，更换祭台前的帷幕，再在祭坛上摆上鲜花。她忙的时候，我就爬上讲坛，不然就同莎士比亚先生神聊。

莎士比亚先生的塑像立于高坛的北面，仿佛正低头斜眼看着我。他头顶没有头发，两撇大胡子向上翘着，左手停在一卷纸上，右手中拿着一支鹅毛笔。

我自命为莎士比亚墓的导游和保护人，每导游一趟收费三便士。我一生中最先背下的四句诗就是刻在他墓碑上的碑文：

> 朋友，看在老天的面子上，请住手
> 别再挖封堵着这座坟墓的泥土
> 高抬贵手，您将有好报
> 动我的骸骨，等着你的将是诅咒

多年以后，我去匈牙利学习游牧民族考古，有幸目睹了一位匈奴"公主"墓葬的挖掘。墓葬里，那位姑娘面朝上躺在黑色的泥土之上，骨头一触即碎，上面覆盖着金箔，流瀑般金光灿烂。

11

她的胸口放着一只金雕的骸骨，双翼向两边舒展开。

一位挖掘者叫来几个当时正在附近打干草的农妇，那几个农妇丢下手中的耙，围到墓穴的四周，颤抖的双臂交叉放到胸前，仿佛在说："饶了她吧！让她和自己的爱人清静会儿吧！别去打搅她的亡灵吧！"

"等着你的将是诅咒"，我仿佛听到冥冥中莎士比亚先生的声音。那一刻，我第一次开始怀疑考古本身是否也是门遭到诅咒的学问。

每当风和日丽之时，露丝姑婆和我——还有她那条总是急不可待地想挣脱主人手中缰绳的小猎犬安伯尔——就会一起出去散步。据姑婆说，莎翁当年就最喜欢沿着这条路散步。我们从学院街出发，路过谷仓，路过磨坊，再走过一座架在艾文河上的小石桥，沿小道一直走到维尔－布雷克河（River Weir Brake）岸边。

维尔－布雷克河岸上有一片栗树林，长在一直递延到河边的缓坡上。春天，河岸开满樱草花和风铃草；到了夏季，那儿就横七竖八长满了荨麻、黑莓和黄连花，浑浊上涨的河水拍打着岸边。

姑婆信誓旦旦地说，这里就是莎士比亚先生向一位年轻女士求爱的地方，就是在这儿的河岸上，当时空气中还飘荡着百里香的芬芳。不过，她从来没有向我解释什么叫"求爱"，此外无论我如何细细搜寻，也没能在河岸上找到百里香或报春花，倒是找到了几株紫罗兰在风中点着头。

许久以后，我读了莎翁的剧作，终于明白了什么叫"求爱"，可我的感觉是维尔－布雷克河太浑浊了，并不适合泰雅和波特姆，不过对于奥菲利娅那纵身一跃倒是再合适不过了。

河边草地干燥的日子里，露丝姑婆喜欢坐在草地上高声朗读莎翁的作品，而我则坐在岸边，两腿伸到河面上，摇来晃去，听着姑婆的朗诵："如果音乐是爱情的食粮……仁慈之心永无止境……五寻水下躺着汝父。"

"五寻水下……"那句让我担惊受怕，因为当时我的父亲还在海上服役。还有一个我当时经常梦到的梦：父亲的军舰沉了，我长出鳃和鱼尾，向海底游去，去和已躺在那里的父亲会合。我看到闪亮的珍珠，那曾是他明亮的蓝眼睛。

如此的日子过了一两年，露丝姑婆也想让莎士比亚先生休息会儿了，于是出门会带上一本专门为旅行者编选的诗集《开放的道路》（The Open Road）。那是本有着绿色硬脊的大部头，封面上印着烫金的燕子。

我喜欢燕子。春天，它们到来之时，我知道自己的肺很快就能摆脱绿色黏液的困扰了；秋天，它们栖坐在电线上啾啾絮语，而我不用桉油喷雾器的日子也就屈指可数了。

打开诗集的封面，扉页上印着黑白画，风格接近于奥伯利·比亚兹莱（Aubrey Beardsley）[1]，画中一条阳光灿烂的小道弯弯曲曲，穿过松林。姑婆和我一起读诗集里的诗，一首接一首。

我俩仿佛乘风而起，去到因尼斯弗里（Innisfree），一起去探看深不可测的大岩洞，像浮云一样寂寥地飘过大地。我俩遍

―――――――――

[1] 奥伯利·比亚兹莱，19 世纪末英国插图画家。

尝夏季的果实，为利西达斯（Lycidas）①而伤心落泪，一起站立在异国他乡的玉米地里，眼里饱含热泪，聆听着惠特曼（Walt Whitman）凝重迟缓的音乐。

啊，大路啊……

你表达我的意思胜过了我自己，

对于我，你比我的诗篇更有意义。

一天，露丝姑婆告诉我，我们这个家族的姓氏原本是"切特温德"，在古盎格鲁－撒克逊语中，它的意思是"蜿蜒的道路"。打那以后，一个念头在我心里生了根：诗歌、我的姓氏，还有道路，三者间有着神秘的关联。

至于睡前的故事，我最喜欢的是恩斯特·汤姆逊（Ernest Thompson）的故事集《猎物传奇》（Lives of the Hunted）中的幼郊狼的故事。幼郊狼提托是一窝郊狼幼崽中的一只，它们的妈妈丧生于牛仔"狼人杰克"的枪口下，它的兄弟姐妹一只接一只被木棒敲死，只有它留下了一条小命，来娱乐杰克的斗牛犬和灰猎犬。图画里，它被铁链锁住，那是我见过的最悲惨的一个形象。可最后，提托活了下来，长成了条聪明的郊狼。一天早晨，它先装死，被扔了出去，然后箭一般地冲向荒野。在那里，它将养育下一代郊狼，传授给它们如何避开人类的求生技艺。

---

① 利西达斯，英国诗人弥尔顿一首同名悼亡诗中的人物。

郊狼提托冲向荒野，冲向自由，而澳大利亚的土著人也常常会去"溜达"（Walk about），二者间有着一长串的联系，现在实在难以把它们都串接起来。甚至，到底是在哪儿第一次听到"溜达"这个词我也想不起来了。不过，我脑海里还是有一幅图像，一个"老实巴交"的黑小子，头一天还心满意足地在养牛场干活儿，可第二天，一个字也没留下，也没有任何理由，就消失得无影无踪。

他脱下工作服，然后上路。之后的几星期、几个月，甚至几年，他会穿越整个澳大利亚大陆，哪怕途中只会遇到一个人；然后，他又会回来，仿佛什么也没发生。

我想象着，当他的白人雇主突然发现他消失了的时候，脸上会是一副什么样的表情。

或许，那是个苏格兰来的家伙，人高马大，脸上长着色斑，满口脏话。在我的想象中，那人早饭也吃牛排和鸡蛋——在战时的食品配给时期，我们都知道所有澳大利亚人早餐有一磅牛排吃。吃完早饭，他步入刺眼的阳光中——澳大利亚的阳光总是让人睁不开眼——喊着"伙计"的名字。

没人答应。

他再喊，还是没有回应，只有笑翠鸟的叫声，仿佛在大声嘲笑着他。他向天边望去，目光所及之处唯见白桉树。他踏遍牛栏，可还是什么也没有发现。最后，在木板房的外面，他找到了"伙计"穿过的衬衫、戴过的帽子，还有穿过的长筒靴，靴筒还套在裤腿上……

3

阿尔卡季要了两杯卡布奇诺咖啡，我俩找了个靠窗的位子坐了下来，开始聊。

他反应之快让我咋舌，不过有时候我觉得他倒像是某位公共讲坛上的人物，而他说的话大多是在重复。

土著人有一种同大地难以割舍的哲学，大地赋予人类生命，赐予人类食物、语言和智慧，而在人走完自己的一生之后，大地又接受了他的躯体。一个人"自己的土地"，哪怕只是一片空地，其本身就是神圣的，不应受到伤害。

"你的意思是，不应因为公路、铁路或开矿而伤痕累累？"

"谁伤害大地，"他诚恳地说，"谁就是伤害自己。要是有人伤害大地，那他也是在给你造成伤害。大地不应遭到骚扰，一切都应保持原样，保持'大梦时代'祖先在歌声中创造万物生灵时的老样子。"

"里尔克，"我说，"也曾有过类似的灵感。他也说过歌声就是存在。"

"我知道，"阿尔卡季说，下巴搁在手背上，"《致俄耳甫斯十四行诗》，第三首。"

他接着往下说。澳大利亚土著人都是轻轻走过大地的民

16

族，他们从大地的获取越少，大地的负担也越轻。他们永远无法理解那些传教士为什么要禁止他们简朴纯真的祭祀活动，他们从不杀生祭奉，无论是动物，还是人。当他们感谢大地的馈赠时，不过是在自己的小臂上划道口子，让自己的鲜血滴到土地上。

"代价不算沉重，"阿尔卡季说，"20 世纪的几场战争就是过度索取所付出的代价。"

"我同意，"我点点头，"我们能回到歌之途上来吗？"

"可以。"

我之所以会到澳大利亚来，就是要亲身去了解何谓"歌之途"，它如何起作用，而不是去听什么人的鸿篇大论。显然，深入核心去探究的可能性并不大，我也没有那样的奢望。在阿德莱德时，我问一位朋友，认不认识这方面的专家，她给了我阿尔卡季的电话号码。

"我想做些笔记，不介意吧？"我问。

"尽管做。"

我从上衣口袋里抽出一本黑色的笔记本，笔记本的封面是防水的油布，一根橡皮带把内芯固定好。

"不错的本子。"阿尔卡季说。

"这种本子过去要到巴黎才有得卖，"我说，"现在停产了。"

"巴黎？"他口中重复着这个名字，眉毛向上一挑，仿佛他还从未听过比那更自命不凡的字眼。他眨了眨眼，接着往下讲述。

要把握"大梦时代"这个观念，你得了解，对土著人来说，那就相当于《创世记》的第一、第二章，不过有一个显著的不同之处。

《创世记》中，上帝先创造出万物生灵，接着又用泥土创造出人类的祖先亚当。在澳大利亚的土著神话中，祖先自己把自己从泥土中创造出来，有成百上千个，每一个代表一个图腾族。

"要是有个土著人对你说，'我梦见了沙袋鼠'。他的意思就是'我的图腾是沙袋鼠，我是沙袋鼠族的一员'。"

"如此说来，梦也就是一种氏族徽章，以区分'我'与'他'，'我们的土地'与'他们的土地'，是吗？"

"远不止如此。"阿尔卡季说。

每个沙袋鼠人都坚信自己是远古沙袋鼠祖先的后代，那位祖先既是所有沙袋鼠人的祖先，同时也是所有沙袋鼠的祖先。故而，沙袋鼠同沙袋鼠人是兄弟，要是哪个沙袋鼠人杀了一只沙袋鼠为食，那他不仅是手足相残，更犯了自相残食的大罪。

"不过，"我还在认死理儿，"人并不是沙袋鼠，就像英国人不是狮子，俄罗斯人不是熊，美国人不是秃鹫，不是吗？"

"世间万物，"他说，"都可以入梦，甚至连病毒都可以。你可能会梦到水痘，也可能会梦到一场雨，一只沙漠橙，一只虱子。在金伯利，现在就出现了金钱梦。"

"还有，威尔士人和韭葱，苏格兰人和蓟草，还有变成月桂的达芙妮。"我说。

"同样古老的传说。"

接下去，阿尔卡季又向我解释，每一位图腾祖先走遍大地，不仅留下脚印，同时也播撒下语言和音乐。大地上遍布着这些"大梦时代"留下的路径，它们成为"道"，沟通联系着各个部族，即便它远在海角天涯。

"歌谣不仅是地图，同时也是指南针。只要你会唱自己的歌谣，无论你漂泊到什么地方，你总能找到脚下的路。"

"外出'溜达'的人是不是总是沿着某条'歌之途'前进？"

"过去是如此，不过现在他们也乘火车，或者搭汽车。"

"假设，他偏离了歌之途，会如何？"

"那他就侵入了别人的领地，说不定会挨标枪。"

"这么说来，只要他不偏离自己的歌之途，就总能遇上与他梦象相同的人，也就是说他的兄弟，是这样吗？"

"是的。"

"他会得到热情款待？"

"不错，反之亦然。"

"这么说，也可以说歌谣是某种通行证，外加饭票？"

"我还得提醒你，实际情况要复杂得多。"

至少在理论上，整块澳大利亚大陆可视为一部乐谱，那里没有哪块岩石、哪座海湾没有属于自己的歌谣。或许，大家可以把歌之途看成澳大利亚的《伊利亚特》或《奥德赛》，其中的路程如意大利面条般弯弯绕绕，书中的每一章都可以转译为地质学语言。

"你说每一章，"我插进话去，"你的意思是不是说'每块圣地'？"

"不错。"

"也就是你正在为铁路公司勘测的对象？"

"这么说吧，"阿尔卡季说，"你站在丛林中的任何一个地方，指向远方某个有点儿特色的景观，问土著人'那儿有什么传说？'或者'那代表谁？'。你得到的回答既可能是'袋鼠'，也可能是'虎皮鹦鹉'或'巨蜥'，这取决于哪位先人从那里经过。"

"两个此类地点间的距离就被当作一首歌谣的一个部分，是吗？"

"我跟铁路公司的所有麻烦都源于此。"阿尔卡季说。

要让一个勘测者相信，一堆巨石是彩虹大蛇下的蛋，或者另一块红砂岩是一只被标枪刺死的袋鼠的肝脏，是一码事儿；可要他相信一段毫无出奇之处的石子滩相当于贝多芬的音乐作品，那就完全是另外一码事儿了。

世界在歌声中创生，他说，"大梦时代"的祖先都是诗人，体现了诗歌一词的原始意义——"创造"。没有哪个土著人会想象，那个世界存在着任何缺陷，他的宗教生活只有一个目的：保持大地之原样，亦即其应有之样。外出"溜达"的人实际上是在完成一种仪式，他踏着祖先的足迹，唱着祖先留下的歌谣，一句歌词、一个音符也不会更改。于是，他在重复创造。

"有时候，"阿尔卡季说，"我驾车载'长老们'穿过沙漠，车行到一条沙丘前，突然间他们都唱起来。我问他们：'你们都唱什么？'他们的回答是：'唱大地，这样就能快点儿到地头儿了。'"

土著人只有亲眼看到、亲口唱出，才能相信大地的存在。这就好像，在"大梦时代"，大地原本也不存在，它随着祖先的歌声一起出现。

"如此说来，"我说，"土地首先是他们头脑中的概念，必须被唱出来，只有那样才算存在，对吗？"

"正确。"

"换言之，'存在'就是'被感知'？"

"不错。"

"听起来倒有点儿像贝克莱主教的物质虚无论。"我说。

"也可以说是佛教的万物皆空论，"阿尔卡季说，"佛教徒也把世界看为幻象。"

"如此看来，这三百英里长的铁轨肯定会隔断无数的歌之途，也肯定会把你的那些'长老们'搅得心神不宁吧？"

"也是，也不是，"阿尔卡季说，"他们的情感非常坚韧，也十分讲究实际。再说了，比这条铁路糟得多的东西他们不是没有见识过。"

土著人相信，万物生灵皆形成于地壳之下的秘密场所，白人的那些玩意儿也一样，他们的飞机、枪炮、丰田车，以及一切即将发明出来和尚未发明出来的东西。它们沉睡在地壳之下，等待着召唤自己出世的声音。

"或许，"我说，"他们觉得用歌声可以把铁路再唱回到地底下去。"

"一点儿没错。"阿尔卡季说。

4

已过了下午5点，路灯点亮街道，透过橱窗，能看到一帮黑人小伙子，穿着格子衬衫，头上戴着牛仔帽，劲头儿十足地走在黄蝴蝶木掩映下的人行道上，向酒吧的方向去了。

女服务员挨桌收拾残羹剩碟，阿尔卡季叫她再多拿点儿咖啡过来，她回答说咖啡机已经关了。阿尔卡季低头看看自己的空杯子，皱了皱眉。

他突然抬起头，冷不丁问我："你的兴趣究竟何在？你究竟想得到什么？"

"我到这里来，就是为了证实一个想法。"我回答。

"大想法？"

"或许是个显而易见的想法，"我说，"不过，我一定要走出自己所属的体系来证实它。"

"然后呢？"

他态度的突然转变让我紧张，我向他解释，自己曾试图写一本关于游牧民族的书，不过没能写出来。

"草原游牧民族？"

"就是游牧民族。希腊语里，'游牧'同'草原'是同义语，游牧民族本身就在一个个草场间转徙，'草原游牧民族'是同义反

22

复。"

"有道理，可以接受，"阿尔卡季说，"继续，为什么写游牧民族？"

我说，自己二十多岁的时候，曾在一家知名的艺术品拍卖行任职，是现代绘画方面的专家。那家拍卖行在伦敦和纽约都有拍卖大厅，当时在那家拍卖行任职的年轻人当中，我算得上是出类拔萃的一个，大家都说我前途无限，只要不行差踏错就行。一天早晨，我醒来时发现，自己失明了。

过了一段时间，左眼的视力恢复了，可右眼始终笼罩在一层浓雾之下。眼科专家为我做了诊断，说我的眼球组织本身并没有什么问题，他为我下了处方——"你看画盯得太近了，"医生说，"不妨改变一下，眺望一下远方。"

"不错，干吗不呢？"我回答。

"你想上哪儿？"

"非洲。"

拍卖行的大老板说我的眼睛肯定有问题，但是他实在想不通我为什么要去非洲。

我去了非洲，去了苏丹。刚到机场，还没登上出发的飞机，我双眼的视力就恢复了。

我乘上一条运货的小帆船，沿栋古拉河（River Dongola）顺流而下。我去过"埃塞俄比亚人"那里，那其实是妓院的别名。曾有条疯狗向我扑来，我差点儿就被咬了。在一个人手严重不足的诊所，我曾帮医生接生，做他的麻醉师。接下来我遇上了一位地质学家，他正在勘探红海丘陵地区（Red Sea Hills）的矿产资源。

那是一片属于游牧民族的土地，当地人属于贝沙族（Beja）。他们什么都不在乎，什么都不放在眼里，无论是埃及的法老，还是乌姆杜尔曼（Omdurman）的英国骑兵队。

那里的男人都长得瘦瘦高高的，身披土黄色的棉布，在胸前叠成个 X 形。手上拿着大象皮做的盾牌，腰间悬挂着"十字军"长剑，他们常常进到村里，用自己手头的肉换粮食。他们很瞧不起那些村民，仿佛他们不过是另一种动物。

清晨，趁着黎明的第一道曙光，当秃鹫在悬崖顶端扑起双翼时，我和地质学家看着那些人做每天都要做的梳妆打扮。他们相互帮忙，把一种味道很大的山羊油抹在头上，然后把头发向上卷成卷儿，仿佛一把小伞遮在头上。他们不戴头巾，因为那样会让他们软弱。晚上，羊油已全化了，头发披散下来，睡觉时正好做枕头。

为我俩牵骆驼的人叫穆罕默德，他的头发比其他人要厚得多。那是个挺幽默的家伙，开始他偷地质学家的地质锤，却又把自己的刀留下来让我们拿。然后，我们三人一起大笑起来，接着把东西又换了回来。就这样，我们成了好朋友。地质学家回喀土穆（Khartoum）后，穆罕默德又带我深入沙漠，去看岩画。

迪鲁迪卜（Derudeb）以东，大地一片苍凉的白色，在干热河谷中会常常遇到灰色的峭壁，处处点缀着棕榈树。平坦的大地上东一丛、西一簇长着刺槐，树冠扁平，树干上长着长长的白刺，在这个季节光秃秃的，没有一片叶子，但开了一层黄花。夜里，在群星的注视之下，我怎么也闭不上眼，西方的城市这时显得遥远而生疏，而所谓"艺术界"的自以为是简直愚蠢到可笑。在那里，我有了一丝回家的感觉。

穆罕默德教会我在沙漠中辨别足迹的技巧：长颈鹿、豺狗、狐狸、女人。我俩沿着足迹追踪，最终发现了一群野驴。一天夜里，我听到豹子的声音，就在营地附近。又一天早上，他敲掉一条巨蝰蛇的脑袋，那条蛇就蜷在我的睡袋下面，之后还用刀刃挑着蛇身，把死蛇拿给我看。和他在一起，我感到那样的安全，同时又感到自己是那样的没用。

我俩带了三头骆驼，骑两头，还有一头驮水，不过通常我俩更喜欢步行。他赤足，我穿靴子。他边走边唱，那种轻捷我还从来没有见识过。他的歌大都关于一个像长尾绿鹦鹉一样可爱的姑娘。那三头骆驼就是他的全部财产，他没有骆驼群，也不想有，对于一切我们称之为"进步"的东西，他完全无动于衷。

我俩找到了岩画：赭红色的小人儿爬行在悬出的岩石上。旁边有块又长又平的大石头，一端有条裂缝，石头表面布满杯形印记。穆罕默德说，这是条被阿里斩首的龙。

他问我："你信不信教？"脸上还挂着不怀好意的笑容。我认识他已经有两个星期了，可从未见过他祈祷。

后来，回到英国之后，我见到了一张照片，照片中是埃及第十二王朝一座墓葬上的浮雕像，雕的就是一个游牧民。浮雕中的形象憔悴、可怜，就像今日照片中萨赫勒（Sahel）[1] 干旱地区灾

---

[1] 萨赫勒，非洲北部撒哈拉沙漠和苏丹中部草原之间的狭长干旱地带。

民的形象，不过依旧可以辨认出，他是穆罕默德的族人。

法老已烟消云散，穆罕默德和他的族人却生存了下来。他们身上蕴藏着一股活力，天地万物他们皆未放在眼中，也因那股活力而延绵不绝。我感到，自己必须去了解此中奥秘。

我辞了自己在"艺术界"的工作，回到干旱地区，这次孤身一人，轻装简行。一路上我遇到很多部落——鲁吉巴特（Rguibat）、夸什盖（Quashgai）、塔马尼（Taimanni）、波诺诺（Bororo）、图阿雷格（Tuareg）——名字已无关紧要。他们与我不同，他们的旅程既无开始，亦无终点。

我睡过黑帐篷、蓝帐篷、皮帐篷、毡包，有时就用荆棘灌木堆堵墙挡挡风。一天夜里，我陷入西撒哈拉的沙暴中，那时切身体会到了穆罕默德的名言："每趟旅程都走了地狱的一隅。"

我读得越多，就越发坚信，游牧民族是历史的摇篮。一切一神教信仰皆起于游牧环境，且不论别的，单单这一点就足以令游牧民族……

阿尔卡季正向窗外望去。

5

一辆伤痕累累的红色小卡车靠上边道，停了下来。车厢后排挤了五个黑人女性，还堆了一大堆包裹。那几个女人的长披风和

26

头巾上落满了灰尘。司机是个膀大腰圆的家伙，挺着啤酒肚，一顶油光锃亮的毡帽扣在他乱蓬蓬的头发上。他下了车，身子靠在车门上，冲后排的几个女人大声说话。接着，从车的前排又走出一个老人，指了指后排包裹堆中的一样东西。

一个女人递给他一根管状的东西，用透明塑料包裹着。老人取过东西，转过身，阿尔卡季认出了他。

"那是我的老朋友斯丹，"他说，"他家在波潘吉（Popanji）。"

我俩走出咖啡店，阿尔卡季上去拥抱老斯丹，不过老斯丹看上去有点儿不安，不知是担心他自己还是他手中的东西会被压坏。阿尔卡季松开双手时，他看上去着实松了一大口气。

我站在门口的道路上，看着他俩。

老人的双眼中有模糊的红色，身穿一件脏兮兮的黄衬衫，颌下长须和胸口的卷毛仿佛被火烧过。

"那是什么，斯丹？"阿尔卡季问。

"画。"斯丹回答时腼腆一笑。

"拿来做什么？"

"卖。"

斯丹是位皮因土皮族（Pintupi）长者，那个膀大腰圆的司机是他的儿子，叫阿尔伯特。全家人开车到城里来卖斯丹为莱西夫人画的一幅画。莱西夫人是沙漠书店的店主，还经营一家画廊。

阿尔卡季竖起拇指，指了指斯丹手中的包裹，说："给大家开开眼吧。"

老斯丹的嘴角撇了下来，抓包裹的手握得更紧了，喃喃低语道："得先拿给莱西夫人看。"

咖啡店就要关门了，店里的女服务员已经把椅子架到桌子上，正在用吸尘器吸地毯。阿尔卡季和我付了账，走出店，阿尔伯特还倚着车门站在车边，同车里的女士们说话。阿尔卡季、我，还有斯丹，我们一齐向书店走去。

皮因土皮族是最后一个尚未迁出澳大利亚西部沙漠，故而也尚未接受白人文明的"生番部落"。直到20世纪50年代后期，他们还生活在沙丘间，一丝不挂，延续着狩猎和采摘的旧生活方式，那种生活方式至少已持续了一万年。

皮因土皮族的族人无忧无虑，心胸开阔，也不像那些有稳定住所的部族遵循一套严酷的成人仪式。族里的男人主要猎袋鼠和鸸鹋，女性采摘种子和可食的根茎。冬天，他们堆起荆棘灌木御风；夏天，即使在酷热中，他们也不会缺水。在他们眼中，一双强健的腿比什么都宝贵。他们无时无刻不在笑，曾和他们一起旅行的少数几个白人惊讶地发现，他们的孩子健康强壮。

不过，政府的看法是，必须去救助那些还生活在石器时代的人类，就算是为了基督吧。再者说，西部沙漠要用来开发矿产，或许核试验也需要在那里。政府一声令下，皮因土皮族全体被装上军用卡车，送到政府指定的各个定居点，许多被送到爱丽丝泉西部不远的波潘吉。在那里，他们有的死于传染病，有的同其他部族的居民争吵不休，有的沉溺于酒瓶，喝醉了就拿起刀相互厮杀。

虽然如今已生活于囚笼之中，皮因土皮族的母亲，和世界上所有的好母亲一样，还给自己的孩子讲各种动物起源的故事：针鼹为什么有脊梁骨……鸸鹋为什么不会飞……乌鸦为什么一身黑……吉卜林在自己的儿童故事书中配上自己的线描画，同样，一位土著母亲也会一边在沙地上画画，一边追述"大梦时代"英雄们的足迹。

讲故事时，她的声音时高时低，时有时无，同时她用自己的手指在沙地上标示出祖先的足迹。每讲完一段，她就用掌心把地上的图形擦去，最后，在地上画一个圆圈，中间有一条横线穿过，和大写的 Q 倒不无几分相似，它标示出完成创世伟业后精疲力竭的祖先"回归"大地之处。

这些画在沙地上的不过只是草图，代表着祖先的真迹只有在秘密仪式上才会展示出来，只有经历了成人仪礼的人才能观看。不过，这也不打紧，正是通过那些草图，年轻一代在自己的土地上、自己的神话和资源中找到自己的位置。

数年以前，酗酒和暴力已恶化到不可控制的边缘，一位白人顾问灵机一动，想到为皮因土皮族的艺术家们提供绘画原料，让他们把自己的梦象搬到画布上。结果，一个澳大利亚抽象画派横空出世。

老斯丹已经画了八年了，每当他完成一部画作，就把它送到沙漠书店，店主莱西太太在扣除原料费用后，把一沓儿钞票塞到他手中。

6

　　我挺喜欢莱西太太，之前就曾在她的书店里待过两个小时。毫无疑问，她精于销售图书之道，几乎每一本关于澳大利亚内陆的图书她都曾过目，而且尽量保证店里有存货。书店里有间屋子被当作画廊，莱西太太在里面准备了两张安乐椅，会对上门的顾客说："随便坐，随便看。"其实她心里有数，一旦你坐到那张椅子上，走的时候就不可能不买上一两本她的书了。

　　莱西太太一直生活在澳大利亚北部，近七十的年纪，鼻头和下巴有点儿尖过了头，一头赤红色的头发，不喝酒。她鼻梁上架着一副眼镜，胸口还挂着另一副，被阳光烤得黝黑的手腕上戴着两只翡翠手镯。她说，翡翠会带来好运。

　　她父亲曾是腾南特克里克（Tennant Creek）附近一家养牛场的经理，她这一辈子都生活在土著人周围，那些无稽之谈可入不了她的耳朵。她认识每一个澳大利亚旧派人类学家，而对于那些新登台的，她评价不高：满口嚼"行话"。实际情况是，她也曾试图追上最时髦的人类学理论，同列维-施特劳斯（Lévi-Strauss）的大作苦斗一番后，却没有取得任何进步。虽然如此，每当同土著人有关的话题出现时，她总会摆出一副自命不凡的样子，说话时人称代词也从"我"变成了"我们"，仿佛自己就是

"科学观点"的代言人。

她，外加另外几个人，最早发现了皮因土皮人的艺术天分。

她心里有本儿生意经，十分明白什么时候可以给某个艺术家赊账，什么时候该收回欠账。要是某个艺术家走错了路，干错了事，那干脆就拒绝付账。某年某月某日，说不定哪个艺术家就会两腿颤巍巍地出现在她面前，正是书店关门的时间，而这凑巧也正是酒吧就要开门营业的时间。这时，她会脆生生地对那个艺术家说："天哪！我找不到保险箱的钥匙了。你明天早上再来吧。"第二天早上，那个艺术家再次来到书店，心底暗自庆幸头一天晚上没有把钱都砸到酒杯里。这时，莱西太太会摇摇手指，郑重其事地问："你现在是回家去吗？是不是？""是，太太。"听到这样的回答，她会在应付报酬外再额外给点儿，算是给那家的夫人和孩子们的礼物。

莱西太太收画价格比悉尼和墨尔本的画廊低得多，不过另一方面，卖出的价格也低得多，而且她的画从来不愁卖不出去。

时不时，会冒出个白人福利工作者，指责她剥削土著艺术家，可从悉尼和墨尔本流来的钱会神不知鬼不觉地分流，而莱西太太则是当场付现金。她的"小伙子们"总是把画带到她的书店来。

阿尔卡季和我跟着斯丹走进书店。

"你来晚了，蠢货！"莱西太太边说，边调整着鼻梁上的眼镜。

书架旁站着两位顾客，斯丹侧身从顾客和书架间挤过去，走向莱西太太的办公桌。

"我上次叫你星期四来，"莱西太太说，"昨天那人就从阿德

31

莱德来了，下次再来又要等一个月。"

那两位顾客是一对美国游客，两人正商量在两本彩色画册中挑哪一本。男的肤色黝黑，脸上有斑点，下身穿了蓝色的巴哈马沙滩裤，上身穿黄色的运动衬衫。那个女的长了一头金发，面容姣好，不过看上去有点儿疲惫苍老，身穿红色的蜡纺印花布套头衫，上面印着土著文化图案。两人正在挑选的两本书是《澳大利亚之梦》（*Australian Dreaming*）和《"大梦时代"的传说》（*Tales of the Dreamtime*）。

老斯丹把包裹放到莱西太太的办公桌上，脑袋晃来晃去，嘴里还不住地喃喃低语，他身上那股霉味儿飘满了整间屋子。

"白痴！"莱西太太的嗓门更高、更尖了，"都跟你说一千回了，阿德莱德那个人不要吉蒂恩的画，他就要你的。"

阿尔卡季和我远远地站在后面，身边是放土著研究的书架。那两个美国人却凑了上去，听得起劲儿。

"品味这种东西没法解释，"莱西太太往下说，"那人说你是波潘吉最棒的画家，他是大收藏家，他的话不会错。"

"是吗？"那个美国男人插嘴问道。

"没错，"莱西太太说，"只要出自塔卡马拉先生之手，不管什么都能卖出去。"

"能让我们看看吗？"那个美国女人问，"行吗？"

"我无权决定，"莱西太太回答，"你们得去问画家本人。"

"能给我们看看吗？"

"能给他们看看吗？"

斯丹的身子微微颤抖，拱起肩，双手捂住了脸。

"可以。"莱西太太说，说完拿起一把剪刀，麻利地剪开包裹外的塑料布。

斯丹把手从脸上拿下来，捏住画布的一角，帮莱西太太把画布摊开。

画幅尺寸有四英尺长，三英尺宽，底色是一片点画法画出的赭色圆点，画布的中心是一个蓝色的大圆环，旁边有数个小圆环，每个圆环的外圈上都套着一圈紫红色的光晕，连接这些圆环的是许多火红色的线条，曲曲折折，看上去倒有点儿像动物的肠子。

莱西太太换上她的另一副眼镜，看了看画，问斯丹："你画的是什么？"

"蜜糖蚁。"斯丹用粗粗的嗓音低声回答。

"蜜糖蚁，"莱西太太转向那两位美国游客，介绍道，"是波潘吉的图腾之一。这幅画画的是蜜糖蚁族的梦象。"

"这可真漂亮。"那个美国女人若有所思地说。

"那是什么样的蚂蚁，像普通的蚂蚁吗，比如说白蚁？"那个美国男人问。

"不，不，"莱西太太说，"蜜糖蚁是一种很特别的生物，它以马尔加树的树汁为食，马尔加树是这里沙漠中生长的一种树。这种蚁的身后会长出蜜囊，看上去就好像透明塑料袋。"

"是吗？"那个美国男人问。

"我吃过，好吃极了。"莱西太太说。

"真好。"那个美国女人赞叹道。她的目光已离不开那幅画，说道："真特别，真美。"

"不过，我好像没看到蚂蚁在什么地方，"美国男人说，"是不是说……画里画的是蚁穴，那些线条是蚁穴里的通道？"

"不，不，"莱西太太有点儿失望，"这幅画画的是通往蜜糖蚁祖先的路途。"

"就好像一幅地图？"美国男人咧嘴一笑，"不错，我觉得它更像一幅路线图。"

"正确。"莱西太太说。

就在两人你一句我一句这会儿，美国女人时而闭上双眼，接着又睁开，搜索着图像在她的脑海中留下的印记。最后，她睁开双眼，没再合上，说："美！"

"先生，"美国男人转向斯丹，"你自己吃过这种蚂蚁吗？"

斯丹点点头。

"不对，不对，"美国女人尖声说，"我早上就跟你说了，不能吃自己的图腾，那是屠杀自己的祖先，说不定就会为此送了命。"

"亲爱的，这位先生亲口说他吃过。是吗，先生？"

斯丹又点点头。

"我都给搞糊涂了，"美国女人的声音有些恼怒，"是不是说蜜糖蚁并不是你的梦象？"

斯丹摇摇头。

"那你的梦象是什么？"

老斯丹的嘴唇抖了两下，好像一个小学生，不想说出心中的秘密，却又不得不说出来。过了一会儿，他从嘴中挤出两个字：

34

"鸸鹋。"

"我真搞不懂！"美国女人咬着嘴唇，语音中全是失望。

她喜欢面前这个穿黄衬衫的老头儿，喜欢想象着蜜糖蚁在梦中穿越浩瀚的沙漠，身后的蜜囊在阳光下熠熠生辉，她喜欢这幅画，想把它收为己有，请画家亲手在画上签下自己的名字。可现在，一切都要重新考虑。

再度开口时，她语速缓慢，措辞谨慎："您觉得，要是我们把一笔钱寄存在……这位太太叫什么来着？"

"莱西。"

"莱西太太这儿。要是那样的话，你能不能为我们画一幅鸸鹋的梦象，再请莱西太太把画给我寄到美国来？"

"不可能，"莱西太太插进话来，"他画不出。没有哪个画家能画出自己的梦象，太强大了，搞不好就送了命。"

"我真是完全糊涂了，"美国女人的双手不安地扭在一起，"你说他画不出自己的梦象，却能画出别人的？"

"我懂了，"美国女人的丈夫插进话来，"他不能吃鸸鹋，却能吃蜜糖蚁。"

"你们说得不错，"莱西太太说，"塔卡马拉先生不能画出鸸鹋的梦象，因为那是他的父系图腾，把它画出来就是渎灵。他却能画出蜜糖蚁梦象，因为那是他表兄的图腾。我说的没错吧，斯丹？吉蒂恩的图腾是蜜糖蚁吧？"

斯丹眨了眨眼，回答说："不错。"

莱西太太接着往下说："吉蒂恩是斯丹的主礼人，两人相互告诉对方哪些能画下来，哪些不能画下来。"

"我好像明白了。"美国女人说。不过，看上去她还有些疑虑，还在思考下一步该怎么办。

"你说那位吉蒂恩也是位画家？"

"不错。"

"他能画出鹋鹬梦象？"

"对。"

"得了，"美国女人突然笑了起来，大出大家的意料，"这不就成了，咱们一样买一幅，然后把两幅一起挂起来。"

"我说亲爱的，"她的丈夫使劲儿想让自己的妻子平静下来，"首先，我们要确定别人肯卖这幅《蜜糖蚁》；然后，如果肯卖，还要搞清楚卖多少钱。"

莱西太太的眼睫毛忽闪了一下，然后说："我可不能做主，得问画家本人才行。"

斯丹的眼白向天花板翻去，嘴唇一张一合，显然，他在想给个什么价才好。莱西太太出给他的价，再翻一番。显然，这出戏他和莱西太太也不是第一次演了。最后，他低下头，说："四百五。"

"澳大利亚元，"莱西太太赶紧补充一句，"当然，我要收点儿手续费，百分之十，还算公道吧？此外，画布和颜料还要收二十。"

"百分之二十？"

"二十块。"

"很公道。"美国男人一副轻松的语气。

"这幅画真漂亮。"美国女人说。

"现在开心了吧？"美国男人用安慰的语气对自己的妻子说。

"开心极了。"他妻子说。

"能用旅行支票吗？"美国男人又问。

"当然，只要您不介意付手续费。"莱西太太回答。

"很好，"美国男人说，"不过现在，我还是想知道这画里画的到底是什么。"

阿尔卡季和我这时悄悄走到两个美国游客的身后，看着老斯丹用瘦骨嶙峋的手指指着画面中最大的那个圈。

他解释道，那是蜜糖蚁位于塔他塔（Tátátá）的永恒家园。刹那间，我们仿佛看到成群结队的蜜糖蚁从马尔加树的根部爬过，它们身上的条纹熠熠生辉，蜜囊里装满了琼浆玉液。巢穴入口处，是一片火红色的土地，向远方延伸的是它们的迁徙路线。莱西太太也上来帮忙，说："那些圈是蜜糖蚁的礼仪中心，而那些线则可以说是梦之路径。"

美国男人听得入了迷，问道："能去见识见识那些路径吗？我是说，能在外面看得见摸得着的，就像艾尔岩。"

"它们行，"莱西太太说，"你不行。"

"你是说，那些路径是隐形的？"

"对你隐形，对它们不隐形。"

"那么，那些路径在什么地方？"

"无所不在，"莱西太太回答，"据我所知，我这家书店的正中也有一条路径穿过。"

"只有它们才能看得见？"

"或者说，唱得出，"莱西太太回答，"没有歌声就没有路径。"

"这些路径无所不在，遍布整个澳大利亚？"

"对，"莱西太太说，"歌声与大地融为一体。"

"太神了。"

美国女人掏出一条手帕，轻轻擦了擦眼角，有那么一会儿我甚至以为她会上去亲斯丹一下。她也清楚，这种画是画给白人看的，但画家毕竟还是把一些珍奇的东西展现在了她眼前。

莱西太太又换了副眼镜，填好美国人的旅行支票。阿尔卡季和斯丹挥手道别，然后我俩走出书店，回到街上。阿尔卡季说："走，去喝一杯。"

7

我脚上穿了双人字拖。在爱丽丝泉，所有私人酒吧门口都贴着告示：穿拖鞋者禁止入内。据说，这样能把土著人拒之门外。于是，我俩去了一家叫弗雷泽·埃姆斯的公共酒吧。

爱丽丝泉算不上一座热闹的城镇，无论在白天还是在晚上。老一辈还能记得昔日托德街的样子，街上到处是马，街道两旁到处是拴马桩。后来，它变成了一条美国化的街道，单调沉闷，路两边挤满了旅行社和纪念品商店。一家店里正在卖毛绒考拉熊和印有"爱丽丝泉"字样的 T 恤衫，报亭里出售的书中有一本叫《红色压倒白色》(*Red over White*)，作者是位前马克思主义者，坚称澳大利亚土著人的土地维权活动是苏联在澳大利亚扩张的一条战线。

"那样一来，"阿尔卡季说，"我就成了头号嫌疑犯之一了。"

酒吧外有家酒精饮品专卖店，起先我俩见过的那些土著小伙子正在店门口转来转去。路中央长着棵伤痕累累的桉树，树干穿过厚厚的沥青，向上伸展。

"圣树，"阿尔卡季说，"对毛虫梦象来说，是圣物；可对交通来说，是危害。"

公共酒吧里面人声鼎沸，拥挤不堪，有白人，也有土著人。吧台后的大个子有七英尺高，据说是整个爱丽丝泉最棒的看场子的。地上的亚麻地毡上洒上了一摊摊啤酒，窗户上挂着酒红色的窗帘，钢管椅东一只，西一只。

一个长胡子的胖土著人一屁股坐在两张吧凳上，一只手在大肚子上挠痒。他身边坐了个瘦削的女人，头上戴着一顶紫色的针织帽子，帽子上还插了只啤酒杯垫。那女人正闭着双眼，发出歇斯底里的笑声。

"那帮家伙都到齐了。"阿尔卡季说。

"谁？"

"我在皮因土皮委员会上的伙计们。来，我介绍主席给你认识。"

我俩各买一杯啤酒，端着酒杯穿过酒客，走到主席旁边，他正在给一小群仰慕者上课。主席是个大个子，皮肤非常黑，下身穿牛仔裤，上身穿黑色皮夹克，头上戴着黑色的皮帽子，手腕上还戴着一双镶铁钉的护腕。他冲我张口一笑，露出满口牙齿，紧握住我的一只手，给我来了个十分豪爽的握手，嘴里叫着"伙计"。

　　我也叫着"伙计"，注意到露在他的巨掌之外的大拇指尖已经充血变成红色。

　　"伙计。"他又叫道。

　　"伙计。"我也叫。

　　"伙计。"他还叫。

　　这次，我不作声了，觉得要是再这样"伙计"来"伙计"去，不知到什么时候才是个头儿。

　　我把目光移开，感到手上的压力减弱了下来，终于把自己那只差不多已被压扁的手抽了回来。

　　主席接着讲因为我的到来而暂时中断的故事，故事的内容就是他喜欢用枪打掉养牛场门上的挂锁。他的听众觉得那很有趣。

　　我试着同一个从城市来的社运分子聊聊，那人从悉尼来，不过他转过头，只把一面土著旗帜对着我，这面旗帜像耳环一样从他的耳垂上垂下来。开始时，他完全没有回应，我只看到那面旗帜摇来晃去。后来，旗帜后的脸转了过来，开始说话："你是英国人吗？"

　　"对。"

"干吗不回老家去？"

"我刚到这里。"

"我说你们所有人。"

"所有哪些人？"

"你们白人。"

·他说，白人偷了他的国家，白人在澳大利亚的存在是非法的，他的族人从未签署过任何条约，割让过一寸土地。所有欧洲人都该滚回来的地方。

"那黎巴嫩人又该去哪儿呢？"我问。

"当然是回黎巴嫩。"

"懂了。"我说，不过谈话也到此为止，那人的脸又转回到先前的老位置上。

接下来，我和一个人四目相对，那是个很有魅力的女性，一头金发。我冲她微微一笑，她也微笑报还，我俩不约而同地慢慢晃悠到人群的边缘。

"跟头儿在一起不好受吧？"她声音低低地说。

"不，不，"我说，"很受教益。"

姑娘的名字叫玛丽安，半个小时前才刚刚从瓦尔比里开车来到城里，她为那儿的一个女性土地维权组织工作。

她长着一双平静的蓝眼睛，身穿印着花卉图案的连衣裙，看上去纯真、欢快。她的指甲缝里还残留着一圈新月形的红土，身上的皮肤由于沾上尘土也映着一种青铜般的光泽。她胸部坚挺，臂膀坚实、圆润，连衣裙的短袖撸了起来，好让空气从腋窝里流过。

她和阿尔卡季曾在同一所学校做过教师，看她不住偷眼看阿尔卡季的样子，两人之间应该有过故事。

"你和阿克认识多久了？"她问道。

"刚两天。"我回答。

我提了提那个我们都认识的阿德莱德姑娘的名字，她垂下眼睑，脸上红晕一现。

"他有点儿像个圣人。"她说。

"我知道，俄罗斯圣人。"

我原本还想和玛丽安再聊下去，可从我左手边传来一个破锣般的声音："你到内陆来干什么？"

我扭过头，看见一个身形瘦削的白人男子，约莫三十岁，那隆起的二头肌和无袖灰衬衫已经表明，他是个运动健将。

"四下转转。"我说。

"有什么目的吗？"

"想了解土著人的歌之途。"

"打算待多久？"

"两三个月吧，说不准。"

"有人陪吗？"

"就自己。"

"是什么让你觉得自己能从老英格兰飞来，然后把我们神圣的知识卷个精光？"

"我可没打算把什么卷个精光，不过想了解歌之途如何运作。"

"你是作家吗？"

"算是吧。"

"出过书吗？"

"出过。"

"科幻小说？"

"我讨厌科幻小说。"

"听着，"运动健将说，"你是在白费时间。我在内陆已经住了十年了，我认识那些长老，他们不会告诉你任何与歌之途有关的事儿。"

他面前的酒杯空了，要想让他闭嘴，最有效的办法就是为他再买杯酒。

"不，谢谢，"他扬起下巴，"我还好。"

我冲玛丽安笑了笑，那姑娘已经在强忍着不笑出声来。其他人的杯子也空了，于是我提出请大家一轮，我走到吧台前，点了"大杯"和"中杯"，也给运动健将点了一杯，不管他要不要。

阿尔卡季过来帮我拿酒："我就说嘛，你玩得挺开心。"

我付了账，然后和阿尔卡季一起把酒端了过去。

"想走的时候吱一声儿，"阿尔卡季压低声音说，"可以到我那儿去看看。"

运动健将接过酒杯，点点头，说："谢谢，伙计。"

主席接过酒杯，一句话也没说。

大家都喝完杯中酒，阿尔卡季吻了下玛丽安，对她说："稍后见。"运动健将握住我的手，说："再见，伙计。"

阿尔卡季和我走出酒吧。

"那人是谁？"我问道。

"坏消息。"阿尔卡季说。

暮霭中，小城一片沉静，一道橙红色的边映亮麦克唐奈山脉（MacDonnell Ranges）的脊线。

"你觉得弗雷泽·埃姆斯怎么样？"阿尔卡季问我。

"我挺喜欢那儿，"我说，"那儿的人挺友好。"

至少，比凯瑟琳城（Katherine）的酒吧友好得多。

8

从金伯利（Kimberley）来爱丽丝泉的路上，要在凯瑟琳城换车。正是午饭时间，酒吧里坐满了卡车司机和建筑工人，就着糕点喝啤酒。他们中的大多数都穿着澳大利亚内陆地区男性的标准制服：沙漠靴，露出膀子上刺青的紧身背心，黄色硬檐儿帽，前面没有拉链的绿色紧身短裤。酒吧玻璃门上的灰都快结成硬壳儿了，一推开那扇门，首先映入眼帘的就是一排毛茸茸的腿和裹在绿色短裤中的屁股。

去看著名的峡谷的游客都要在凯瑟琳城中转，峡谷原本已被定为国家公园，可几个帮土著人维护土地权益的律师发现了法律文件中的一些瑕疵，正在帮土著人打官司把那片土地要回来。城里怨声载道。

我去了趟洗手间，过道里，一个土著妓女把胸贴到我的衬衣上，对我说："不想要我吗，亲爱的？"

"不。"

就在我小便那会儿工夫，她又转攻一个坐在吧凳上的小个儿男人，那人的小臂上青筋暴露，胸口别着公园管理员的徽章。

"滚！"他大声说，"你这个婊子！你可不会让我挺起来。不过，要是你坐在这吧台上，张开腿，我就把这个酒瓶塞进去。"

我拿起自己的酒，走到酒吧的角落里坐下来，同旁边一个西班牙人聊了起来。那人身材矮小，头发都掉光了，满身大汗，说话时嗓音尖锐，他是城里的面包师傅。就在我俩旁边几英尺的地方，两个土著人打了起来。

岁数大的那个额头上布满皱纹，身穿粉红色衬衫，纽扣一直开到肚脐上。另一个是个健硕的小伙子，身穿橘黄色紧身裤。岁数大的那个醉得比小伙子厉害，几乎站都站不稳了，要用胳膊肘支着身边的凳子才能站得住。小伙子杀猪般鬼哭狼嚎，嘴角上喷着白沫。

面包师傅用手捅了捅我的肋骨，对我说："我老家可是萨拉门加，这是不是有点儿像斗牛？"

旁边有几个人起哄，大嚷："黑鬼打起来了！"其实，两人还没打起来，可那些酒客们已经又叫又笑地围上来看热闹了。

岁数大点儿的土著人轻轻拨了一下面前小伙子手中的酒杯，酒杯落到地上，摔成碎片。小伙子弯下腰，捡起残破的杯座，拿在手中，仿佛拿着一把匕首。

旁边凳子上的卡车司机倒掉自己杯中的酒，把酒杯在吧台上敲碎，然后把破酒杯塞到岁数大点儿的那个土著人手中，还怂恿他说："给他一下。"

小伙子出击，岁数大点儿的男人还击，两人都见了血。

"好啊，"那个西班牙面包师傅的脸因兴奋而变了形，"打啊，杀啊！"

看场子的从吧台后面跳出来，把两人拖到酒吧外面的街上，拖过柏油马路，拖到马路中间的安全岛上。两人头靠头躺在粉红色的夹竹桃下，身上还在流血，从达尔文来的大卡车从两人身边飞驰而过。

我走出酒吧，那个西班牙人却跟了出来。

"他俩是好朋友，不是吗？"他说。

9

我原本打算今晚早点儿上床睡觉，可阿尔卡季又拉我去城里的另一处吃烧烤，说介绍几个朋友给我认识，于是我们在那儿又消磨了一个多小时。回去的时候，我在外卖酒店买了瓶冰镇白葡萄酒。

阿尔卡季租住在一间工作室里，楼下是一排车库，门上都挂着大锁。白天被日头晒得发烫的铁栏杆还有余温，他房间里的空调一直没关，一进大门，一股凉风扑面而来。门内地垫上有张从门缝塞进来的纸条，阿尔卡季开灯，拾起纸条，读起来。

"还不算晚。"他喃喃自语。

"说什么？"我问道。

他向我解释道，过去四个星期里，有位卡伊提族（Kaititj）长老——一个叫阿兰·纳库姆拉的老人阻碍了测绘的进度。那位老人是他那一氏族最后一个还活着的男性，同时按照传统，他也是中塘车站以北一片土地的所有者。铁路公司的测绘员早已等不及要完成那片地域的测绘了，可阿尔卡季说在找到阿兰之前，一切工作都要暂停。

"那他上哪儿去了？"

"你觉得呢？"阿尔卡季笑了笑，"当然是溜达去了。"

"其他人怎么样了？"

"其他哪些人？"

"他氏族的其他人。"

"吃了枪子儿，"阿尔卡季说，"那是 20 年代的事儿了，公路巡警的杰作。"

房间很整洁，四壁刷成白色，小厨房的吧台上放了台榨汁机，旁边摆着一篮橙子。地板上铺着张床垫，上面铺着印度尼西亚蜡染布和软垫。房间里放了台拨弦古钢琴，上面散落着几张乐谱，是巴赫的《十二平均律钢琴曲集》。

阿尔卡季拔掉葡萄酒瓶的软木塞，倒了两大杯。趁着我浏览他的书架的时候，他给老板打了个电话。

开头一两分钟汇报工作，然后他说城里来了个"英国佬"，想跟测绘队一起"出去转转"……不，不，不是记者……对，对，相对而言，没什么危害……不，不，不是摄影师……不，不，没兴趣观看土著仪式……不，不，不是明天……后天……

一阵停顿，几乎能听出电话那头儿的人正在思考，接着阿尔卡季脸上露出笑容，冲我竖起大拇指。挂上电话，他说："行了。"

接着，他又给卡车租赁公司打了个电话，说星期三早晨要用辆车。"就丰田陆舰吧，"他说，"说不定会下雨。"

书架上有俄国经典著作、前苏格拉底哲人的著作，还有不少是关于土著人研究的书，最后一类书中有两本是我的最爱：西奥多·斯特雷罗（Theodore Strehlow）的《阿兰达族传统》（*Aranda Traditions*）和《澳大利亚中部歌谣》（*Songs of Central Australia*）。

阿尔卡季开了一罐腰果，我俩都在床垫上盘腿坐下来。

"诸事顺利。"他举起手中的酒杯。

"诸事顺利。"

他又站起来，从书架上抽出一本影集，翻阅起来。

开始的照片都是些彩色快照，照片中的人大多数是他自己，这些照片记录了一个普通的澳大利亚年轻人的第一趟海外之旅：巴厘岛海滩、以色列农场、苏尼翁角（Cape Sounion）神庙、和未婚妻在威尼斯的合影、和妻女一起回到爱丽丝泉的合影。

阿尔卡季迅速翻到影集的最后，目光停留在一张褪色的黑白老照片上：一对年轻夫妇站在甲板上，背景中有船上的救生艇。"爸爸和妈妈，"他说，"1947 年 5 月，船靠亚丁湾。"

我凑上去，想再看仔细些。照片中的男人身材不高，体格健壮，双眉又粗又黑，两颊瘦削深凹，一片浓密的体毛从衬衫颈部露出来。他下身穿着条肥大的裤子，看上去大了好几号，腰部折叠着。

照片中的女人个子更高些，身材匀称，穿着素朴的套头长裙，头发的颜色很淡，梳成辫子，圆润的小臂搁在船栏杆上。两人的头都偏向一边，避开阳光。

那一页下面还有张那个男人的照片，不过时间晚了许多。照片中的他头发也白了，皮肤也皱了，站在一扇栅栏门前，身后是一个白菜园，除了俄罗斯，再也没有别的地方有那种白菜了。他身边站着个体态浑圆的农妇和两个头戴卡拉库尔大尾绵羊帽，脚蹬皮靴的彪形大汉。

"这个是我婶婶，"阿尔卡季说，"那两个是我堂弟。"

卡拉库尔大尾绵羊帽把我的思绪带回基辅，带回一个沉闷的夏日午后。一队哥萨克骑兵正在石子路上操练，毛色油亮的马，猩红的斗篷，高高的帽子微微歪戴在头上，旁边是人群中一张张怨恨与不甘的脸。

那是 1968 年 7 月，苏联入侵捷克斯洛伐克之前一个月。那年的整个夏天，谣言和不安飘浮在乌克兰的上空。

阿尔卡季给我又满上一杯，我俩的话题转到了哥萨克人身上：关于"哈萨克"和"哥萨克"，关于哥萨克雇佣军和哥萨克叛匪，关于哥萨克人叶尔马克（Yermak）和他对西伯利亚的征服，关于普加乔夫（Pugachev）和斯捷潘·拉辛（Stenka Razin），关于马赫诺（Makhno），以及布琼尼（Budenny）的红色骑兵。我一不留神提到了冯·潘维茨（von Pannwitz）的哥萨克旅，那支部队曾帮助纳粹德国同苏联红军战斗。

"想不到，你居然连冯·潘维茨都知道。"阿尔卡季说。

1945年，阿尔卡季的父母逃到了澳大利亚的英军占领区，那时盟军正在把苏联难民、叛徒，还有其他人一股脑儿遣返回苏联，任斯大林处置。审问阿尔卡季父亲的是个英军的上校情报官，那人用一口流利的乌克兰语指控阿尔卡季的父亲曾为冯·潘维茨干过。经过一个星期断断续续的审问，阿尔卡季的父亲最终成功地证明了自己的清白。

夫妇二人被送到德国，安顿在一家旧日的军官俱乐部中。两人申请移民去美国或加拿大，得到的答复是：阿根廷对于背景可疑的人来说是最佳的选择。经过一年的焦急等待，从澳大利亚传来关于父亲的工作的消息，两人的移民签证终于签发了下来。

两人欣然接受命运的安排，那会儿他们唯一祈求的就是离开杀机重重的欧洲，离开那里的寒冷、污泥、饥饿，还有妻离子散，去往一个阳光普照的新大陆，一个人人有饭吃的新国度。

两人在的里雅斯特港（Trieste）登上一艘由医疗船改建的客轮，旅途中所有的已婚夫妇都要分开居住，只有白天才能在甲板上见面。在阿德莱德上岸后，乘客们被直接送进隔离营，穿卡其布制服的人整天用英语冲他们狂吼。有时候，两人真觉得自己又回到了欧洲。

早些时候，我就注意到，阿尔卡季对澳大利亚的铁路有种不寻常的迷恋。现在，阿尔卡季向我道明了其中原因。

分配给伊凡·沃尔乔克的工作是在跨大陆线上做一名养路工，工作地点是纳勒博平原（Nullarbor Plain）中部地区，负责赞瑟斯站（Xanthus）到基奇纳站（Kitchener）之间路轨的养护和枕木的更换。妻儿远离身边，毒辣的日头晒得人发疯，顿顿都是牛肉和红茶。

一天，他被担架抬到了阿德莱德，医生说："中暑。"铁路公司给的赔偿微不足道。又一名医生说："你的心脏不稳定。"打那以后，他再也没有工作过。

幸运的是，阿尔卡季的母亲是个意志坚定、善于操持的女性，开始时她在街边支了个小摊儿卖鲜花和蔬菜，生意逐渐兴隆起来。她在城东郊买了幢屋子，自己读俄国小说，给阿尔卡季和他的哥哥们读俄罗斯民间故事，星期天带三兄弟去东正教堂做弥撒。

她所有的却正是她丈夫所缺的。他曾经一身肌肉，浑身是力气和反叛的精神。随着岁数的增长，他只能在店周围拖着脚走来走去，谁都看他不顺眼，而他也是每天喝自己私酿的酒喝到烂醉，要不就神色抑郁地回忆着过去。

有时他前言不搭后语，絮叨着什么妈妈花园里的梨树，什么藏在树上的护身符。他说，澳大利亚的树都是半死不活的，俄罗斯的树那才真正叫树，一到冬天就落光树叶，来年春天又复活过来。一天晚上，阿尔卡季的哥哥发现父亲正用斧头砍他们家种的诺福克岛针叶松，那时大家觉得父亲确实病得不轻了。

通过苏联驻堪培拉大使馆，阿尔卡季的父亲和哥哥佩德罗获得批准，回父亲儿时生活的小村庄去看看。阿尔卡季的父亲见到了自己的姐姐，见到了俄式茶炉，也见到了麦田、白杨、水流平缓的小河。花园的梨树早已夭于斧斤，在炉膛里成了灰烬。

他去了墓地，在父母坟前除除草，然后坐下来听生锈的风向标在风中发出吱吱呀呀的响声。天黑后，全家人坐在一起唱歌，两个侄子轮流弹奏班杜拉琴①。回澳大利亚前一天，克格勃的人把他带到罗斯托夫，问了一些问题。审问的人一遍又一遍看他的档案，问了一些很狡猾的问题，都和"二战"有关。

阿尔卡季说："爸爸这次到维也纳可比上次开心多了。"

那已是七年以前的事儿了。如今，阿尔卡季的父亲又闹着要回俄罗斯了，现在他嘴里说的除了老家还是老家。大家都清楚，他想死在老家，可该怎么安排呢？没人知道。

"虽然我来自西方，"我说，"还是可以理解你父亲的感受。他每次一到俄罗斯就迫不及待地想离开；可一离开后，又迫不及待地想回去。"

"你喜欢俄罗斯吗？"

"俄罗斯是个伟大的民族。"

"我知道。可为什么？"

---

① 乌克兰一种古老的弦乐器。

"很难说，我情愿把俄罗斯想象成一块充满奇迹的土地，你害怕得厉害，可总有一些美好的东西接踵而至。"

"比如说……"

"小东西，大多数都是些不值一提的小事情，那种小事儿在俄罗斯数不胜数。"

"我相信你说的话。咱们现在最好走吧。"

10

今晚月光皎洁。只有在皎洁的月光下，抄近道儿穿过托德街才安全。这里的土著人有个习惯，躺在干河床上醒酒。伸手不见五指的晚上，你可能会踢到哪个正躺在那儿醒酒的人，说不定那就是个危险的醉鬼。

白桉树的树干在月光中反射着白光，有好几棵被上一年的洪水掀翻在地。穿过干涸的河床，就能看到赌场，还有在那儿进进出出的车辆的大灯。脚下的沙子细腻松软，一脚踩下去就到脚踝了。远处的河岸上，一个蓬头垢面的人影从灌木丛中站起来，模糊不清地骂了一句。骂完，又倒了下去，传来细枝被压折的声音。

"喝醉了，不过没有危险。"阿尔卡季说。

他领路，我俩沿着一条新修的街道从赌场门口走过。道路两边都是新盖的房子，每幢房子的顶上都架着太阳能热水器，门道里停着宿营旅行车。街道的尽头，斜对着其他的房子，竖立着一幢老房子，是那种早期拓荒者盖的房子，已经有点儿东倒西歪了。房子前面有宽大的门廊，从花园里飘来鸡蛋花的香味和烤肉的吱吱声。

一个长着灰胡子的男人正在炭烤炉上烤牛排和香肠，他穿着无袖衬衫，身上大汗淋漓。

"你好啊，阿克。"他挥了挥手中的叉子。

"你好，比尔，"阿尔卡季回答道，"这是布鲁斯。"

"真高兴看到你，布鲁斯，"比尔说，虽然语音中有点儿犹豫，"自己动手，别客气。"

比尔一头金发的太太这会儿正坐在三角桌后面分沙拉，她有只胳膊断了，还打着石膏。桌上摆着各式各样的红酒，一罐罐啤酒，一个塑料桶里面盛满冰块。

空中吊着两盏防风灯，各种飞蛾、夜蝇围着灯光嗡嗡乱转。

宾客们端着盛满食物的纸碟子，有的在四下走来走去，有的三人一群、五人一伙坐在草地上聊天，不时发出笑声，还有的坐在露营椅上神情严肃地交谈。他们中有护士、教师、律师、建筑师、语言学家，我猜他们的工作多多少少同土著人都有一些联系。所有这些客人都很年轻，长着一双双强健的腿。

只有一个土著人在场，一个瘦高个儿男人，穿着白色短裤，下巴上的长须一直飘到肚脐的位置。一个混血姑娘紧贴在他身边，挽着他的胳膊。那姑娘头上扎着丁香色的头巾，把头发包得严严实实，她承担起所有与人交谈的任务，不仅为自己，也为身边的男人。

她夹着颤音谈起爱丽丝泉市镇委员提议禁止在公共场所饮酒。"可除了在公共场所喝酒，我的族人又能上哪儿去喝酒呢？"

接着，我又见到了那位运动健将，他正取捷径横穿花园，这会儿他上身穿了件印着土地维权字样的 T 恤，下身穿了条绿色的拳击短裤。我不得不略带妒忌地承认，其实他的长相也算英俊，不过就是有点儿对什么都不满的劲儿。他的名字叫基德尔，说话的结尾总发出一种尖锐的、向上翘的音调，故而无论多么老旧的陈词滥调，从他嘴里出来都染上了一层怀疑、质问的色彩。他要是去当警察就再合适不过了。

"在酒吧我就跟你说过，"他说，"那种研究的日子已经一去不复返了。"

"什么样的研究？"

"土著人已经烦透了，不愿别人再像看动物园里的动物一样看着他们。他们已经叫停。"

"到底是谁在叫停？"

"他们，还有他们的社区顾问。"

"你也是个社区顾问吧？"

"正是。"

"那是不是说，要没有你的许可，我就不能同土著人交谈？"

他伸出下巴，垂下眼睑，目光投向一侧，说："你愿意接受入门礼吗？"接着他又说，要是我愿意，首先就要切包皮，要是我还没有切过包皮的话。切完包皮后，还要做内割，据我所知，也就是像剥香蕉一样让阴茎露出来，然后用一种石刀在上面刻出图案。

"谢谢，还是算了。"我说。

"那也就是说，"基德尔说，"你无权伸长鼻子嗅这嗅那，那些事儿同你无关。"

"你肯定也接受过入门礼吧？"

"我……哦……我……"

"我说，你接受过入门礼吗？"

他用手指梳下头发，语气恢复平和："看来，有些政策决定应该先让你熟悉熟悉。"

"请讲。"

于是，基德尔扩大了话题，解说道，神圣知识是土著人的文化财产，白人手上的此类知识要么是抢来的，要么是骗来的。现在，所有这一切都要返还回来。

"知识就是知识，"我说，"要处理干净可没那么容易。"

他不同意我的看法。

所谓"返还"：首先要检查所有尚未出版的同土著人有关的材料，然后把相关的部分抽取出来，还给它的"合法所有者"；其次，它还意味着把已出版图书的版权从作者（描述者）那里转移给被描述者，把照片还给照片中的人（或者他们的后代），把录音带还给原始材料的提供者，等等。

听他说完，我倒抽一口凉气。真是难以置信。

"那谁才是'合法所有者'？这又由谁来决定？"我问道。

"我们有办法，能搜集到信息。"

"你们的办法，还是他们的办法？"

他没有回答我的问题，而是转向另一个话题，问我知不知道什么叫"尤瑞恩加"（tjuringa）。

"知道。"

"那是什么？"

"一种圣板，"我说，"对土著人来说，那是圣物中的圣物。或者，也可以说，那是他们的灵魂。"

尤瑞恩加通常是一个扁片，一端是椭圆形，有的是用石头刻成的，也有的是用马尔加木刻成的，表面上布满图纹，代表着其所有者的祖先的足迹。按照土著习俗，没有接受过成人礼的人绝不能观看尤瑞恩加。

"你看过没有？"基德尔问道。

"看过。"

"在哪儿看的？"

"大英博物馆。"

"你有没有意识到，自己的行为是非法的？"

"我还从没听过这么蠢的说法。"

基德尔抱起双臂，把手中的啤酒罐捏得咯咯直响，胸口急剧起伏，说道："有的人干的事儿还不如这个，可也挨了标枪。"

这时，阿尔卡季穿过草坪向我俩走过来，我终于长长地出了一口气。他手中的碟子堆满了酸卷心菜丝，嘴角还挂着几滴蛋黄酱。

"就知道你们两个能搞得来，"阿尔卡季咧嘴一笑，说道，

"都是爱说话的那种。"

基德尔咧开嘴，堆出一副勉强的笑容。在女性眼中他可是个宝贝，一个满头黑发的姑娘已经在他身边转了好几分钟了，瞎子都能看得出，她迫不及待想和他聊聊。这会儿，她抓住眼前的机会，而我也抓住机会，从这位仁兄身边走开，去搞点儿东西吃。

"你欠我一个解释，"我对阿尔卡季说，"这位基德尔是何方神圣？"

"富家子弟，打悉尼来。"

"我的意思是，他跟土地维权运动有什么瓜葛？"

"没什么瓜葛，也算不上什么人物。他有架小飞机，常常飞来飞去，传递传递消息，仅此而已。自我感觉良好。"

"飞蝇？"我问道。

"其实，他人不错，"阿尔卡季说，"反正别人都这么说。"

我吃了点儿沙拉，然后和阿尔卡季一起去见玛丽安，她正坐在一张地毯上，同一个律师聊天。这会儿，她身上的裙子比上次穿的那条更破烂，掉色也掉得更厉害，裙子上印着日本菊图案。旧衣服适合她，可以说那是她的个人风格。如果不穿旧衣服，她整个人反而给人一种邋遢的感觉。

她在我的双颊上各轻轻吻了一下，说得知我也去她很高兴。

"去什么地方？"

"中塘，"她说，"你也一起去吧？"

"你也去吗？"

"去，"她用余光扫视了一下阿尔卡季，说，"我可是大公爵的同伙儿。"

她说，土著女性的歌谣有自己的周期循环，因此需要保护的地方不止一处。对此大家一无所知，直到最近。在保守秘密方面，女人的嘴总是比男人紧得多。

"不管怎么说，你也一起去实在太好了，"她说，"肯定很有意思。"说完，她把身边的律师介绍给我认识："布鲁斯，这位是哈基。"

"你好。"我说。

律师轻轻点了下头，算是回应我的问候。

律师长了张椭圆形的脸，面色苍白，说话的时候每个音节都发得一清二楚，给人一种吹毛求疵的感觉，脸上还有雀斑，鼻梁上架着钢边儿眼镜，一小撮头发在脑后支着，他看上去还真像班里成绩最好的学生。可当灯光照亮他的面容时，能看到他脸上的道道深痕中尽写着憔悴与疲惫。

他打了个哈欠，说："咱们就不能找张椅子吗，亲爱的？我再也受不了了，实在讨厌坐在地上。你不讨厌吗？"

我找来两张椅子，跟他一起坐下来。这会儿工夫，阿尔卡季和玛丽安已经一道走开，商量日程安排去了。

律师白天出了一整天的庭，为一名受杀人罪指控的土著少年辩护。明天，他还要出庭一整天。律师老家在新西兰，在英国上的公立学校，在伦敦加入律师协会。

我俩聊起了在爱丽丝泉法院审判的劳森案件。劳森是名卡车司机，出事儿那天显然喝醉了，于是汽车旅馆的女老板拒绝再卖酒给他。他顶着当头的烈日，走出旅店，卸下卡车头后的拖挂车厢。二十分钟后，他开车回来，以每小时三十五英里的速度冲进酒吧，当场撞死五人，另有二十人受伤。

出了事儿之后，劳森一度消失在丛林之中。当然再发现他时，他什么也不记得了。

"你信不信那种话？"

"信不信？当然相信。劳森先生是个非常和蔼、可信的人，可他的工作严重超时。知道为他辩护难在什么地方吗？他不是喝醉了，而是用药过量。"

"什么药？"

"安非他命，倒霉蛋，整整五天没合眼。所有那些卡车司机嗑起安非他命来都跟吃糖一样，一把一把往嘴里扔。一颗，两颗，三颗，四颗，五颗……好了，人就跟离了魂一样。"

"你没在法庭上把那说出来吗？"

"五天没合眼，说了；安非他命，没说。"

"为什么不说？"

"不能说。安非他命和卡车运输行业的事儿不能说。想想吧，要是有调查怎么办？安非他命就是这个国家对距离的回答，没有安非他命，这个国家就会停止运转。"

"真是个古怪的国家。"

"一点儿不错。"

"比美国还要古怪。"

"古怪得多，"律师同意我的看法，"美国是个年轻的国度，年轻、天真，也残忍。可这个国家已经老了，老掉了牙，区别就在这儿。这个国家衰老、古怪，也聪明，胃口还很大。不管你把什么倒在这里，一下子就没影儿了。"

律师挥挥自己那又细又白的手臂，指指草坪上那些健康、强壮，皮肤被太阳晒成古铜色的男男女女，说："看看他们！他们以为自己很年轻，可其实他们并不年轻。知道吗？他们都是老朽，生下来就已经是老朽了。"

"不包括阿尔卡季吧，"我说，"阿尔卡季可没有给我任何老朽的感觉。"

"阿克是个例外，"律师说，"我甚至觉得他肯定是从天上来的，可其余人都是老朽。"他接着说道："有没有注意过这个国家小孩子的睫毛？那都是老朽的睫毛。把他从睡梦中唤醒，他看上去就像受了惊的半人半羊兽，有那么一会儿，接着，又恢复到平常老朽的样子。"

"或许是光线的原因，"我说，"澳大利亚的日头太毒了，人人都想在阴凉的地方待着。"

"阿克说你对什么事儿都有有趣的理论，有朝一日我真想洗耳恭听，可今晚我实在累了。"

"我也是。"

"其实，我也有一些自己的小理论，所以我才会出现在这儿。"

"我还真有点儿好奇。"

"好奇什么？"

"你在这里做什么。"

"我也在问自己，亲爱的。每次刷牙的时候，我都问自己这个问题。可在伦敦又如何？二人晚餐？漂亮的小公寓？不，不，那不适合我。"

"可为什么到这儿来？"

"我喜欢这儿，"律师若有所思地回答，"喜欢这里的空旷无垠，你懂吧？"

"我想我懂。"

"这儿适合有袋类动物，可并不适合人类，我是说这里的土地。人在这里会做出最离奇古怪的事情，听说过那个骑自行车的德国姑娘的故事吗？"

"没听说过。"

"非常有意思。那是个健康、标致的德国姑娘，在托德街上的一家店里租了辆自行车，又到科特街买了把锁，然后一个人骑出城，沿着拉那皮恩塔公路一直骑到奥米斯顿峡谷。那姑娘硬是拖着自行车过了峡谷，你要去过那地方，就知道那可真不是一般人能做到的。在一片荒芜之中，她把自己的腿绑在车架上，扔了钥匙，然后躺在大太阳地上晒太阳。看来，日光浴的冲动出了岔子，最后她身上的肉被啄了个精光。啄了个精光！"

"真可怕。"我说。

"不，不。她回归了，融化了，这也是我关于澳大利亚的小小理论的一部分，不过今晚就不烦你了，我实在是困得要死，早就该上床了。"

"我也该上床了。"说完，我站起身。

"坐下，"律师说，"你们英国佬干吗总是风风火火？"

他轻酌着杯中的酒，有一两分钟，我俩无言相对，然后他又开了口，仿佛在梦呓："这可真是个让人消失的好地方，消失在澳大利亚给人一种安全的感觉。"说完，他一跃而起，说："要走了。今晚跟你聊天真开心，以后我们肯定还有机会一起聊天。晚安。"

律师向大门口走去，一路上见到谁都点点头，说晚安。

我则又回到阿尔卡季和玛丽安身边。

"你觉得哈基人怎么样？"阿尔卡季问我。

"怪人一个。"我说。

"他做律师可厉害了，"阿尔卡季说，"整个法庭都被他逗得忍俊不禁。"

"我要走了。别起来，明早我来你办公室找你。"

"这会儿你还不能走，"阿尔卡季说，"还有个人我得介绍你认识认识。"

"什么人？"

"丹·弗林。"阿尔卡季边说边指那个长胡子土著人。

"弗林神父？"

"正是他本人。你也听说过他的故事？"

"听说过。"

"怎么听说的？"

"一个爱尔兰神父告诉我的，特伦斯神父。"

"没听说过。"

"你当然不会听说过他,他是个隐士。他对我说,去找弗林神父。"

阿尔卡季头一扬,笑出声来,说:"人人都想找弗林神父,不过那是在他们吃闭门羹前。要是他喜欢你,你就能学到很多东西;可要是他不喜欢你,结果如何你可想而知。"

"不错,"我说,"确实听说过,他这个人很难缠。"

11

澳大利亚天主教会在其传教布道的历史上还从未遇到过像弗林神父那样难缠的人物。他是个弃儿,没有留下姓名的母亲把他扔在一家爱尔兰人开的商店门口。六岁时,他被送往锡格涅特湾(Cygnet Bay)的本笃会布道点。在那里,他不肯跟其他的土著孩子一起玩儿,而是学习弥撒礼仪,还养成了问问题的习惯。问问题时,他总是操着温和、恭敬、口音很重的英语,而所问的问题也总是和教义有关。一天,他在树上刻下所有教皇的名字,从圣彼得到庇护七世。布道点的神父们觉得,这表明了他对耶稣信仰的渴望。

他们开始教他拉丁文,鼓励他加入神职人员的行列。后来,负责他的教育的是布道点上岁数最大的赫尔佐格神父,虽然神父的脾气有点儿古怪,不过人并不坏。神父还接受过民族志的训练，于是把一些基础的比较宗教学知识也传授给了自己的学生。

1969年，弗林得到任命，成了一名神职人员。他去了罗马，同神学院的其他学生一起在阿尔班山（Alban Hills）上漫步，还听到了圣父的声音，那声音持续了大概有几分钟。回到澳大利亚后，教会决定，他应该成为第一个独立负责一个布道点的土著神父。

教会为他选的是金伯利的鲁河（Roe River）布道点。不过，为了使他胜任自己的职务，教会首先把他派到另一个布道点布恩加里（Boongaree），让他在两位前辈手下先学习学习。那两位前辈一位叫苏比诺斯，另一位叫维拉沃尔德。

后来，我在苏比诺斯神父退休的修道院见过他本人，那是位好脾气的男人，身材矮胖，十足的加泰罗尼亚人，有点儿书生气。维拉沃尔德神父则精瘦干练，来自特鲁希略（Trujillo，圣地亚哥的旧称）。两人在一起合作了整整五十年，经历过洪水、饥荒、疾病、骚乱、日机轰炸，还有其他数不胜数的魔鬼袭扰。

从布恩加里到海边，即使步行也只要一个小时，而鲁河却在由此往北一百五十英里的地方，雨季到来时，可能整整三个月——甚至更长——都无法和外界联系。两处布道点都不是传统意义上的布道点，原本都是养牛场。教会在1946年把两块地买了下来，向那些因放牧活动而失去土地的土著人提供庇护。结果证明，教会在两处投的钱都回报丰厚。

维拉沃尔德神父同皮萨罗家族是老乡，故而他也感到必须要赋予自己征服者的角色。他说过，用爱来感化这里的异教徒根本

65

就是白费力气，因为他们唯一能理解的就是暴力。他禁止布道点的土著人狩猎，甚至不允许他们在菜园里种菜。他认为他们在经济上获得拯救的唯一可能性就在于对马背的如痴如狂。

维拉沃尔德神父从母亲怀中夺过孩子，然后把孩子们放到上下颠簸的马背上。再没有什么比带着一队年轻骑手在丛林中风驰电掣，更令他感到兴奋了。每逢周六下午，他都要举行运动会，并亲自主持。运动会的比赛项目包括短跑、摔跤、标枪，还有扔回旋镖。每次他都会挽起袖子亲自上阵，他天生就是名运动员，虽然已经七十多岁了，还是很乐于在众人面前展示他高人一等的欧洲体质。运动会上的土著人懂得如何哄他开心，每次都让他赢，然后给他戴上获胜者的桂冠，把他架在肩上，抬回住的地方。

维拉沃尔德神父禁止任何人类学家、记者，还有其他各种打探消息的人进入他的布道点；禁止"传统"仪式，尤其对那些离开布道点去讨老婆的年轻人有一种神职人员式的嫉妒。那些年轻人一旦离开布道点去了布鲁姆（Broome）或费兹罗伊（Fitzroy），就会学脏话，染上恶疾，而且酗酒成性。所以，神父先是竭尽所能地不让他们离开，可一旦他们离开，他又竭尽所能地不让他们回来。

土著人则认为神父在故意减少土著人的数量。

两处布道点我一处都没有去过，我到澳大利亚那会儿它们已经被关闭七年了。以上所说的一切都是从特伦斯神父那里听来的。当弗林到达布恩加里的时候，特伦斯神父正隐居在离布道点一英里左右的一间小茅草棚里。

维拉沃尔德神父第一眼看到弗林就讨厌上了他，让弗林吃了各种各样的苦，比如让他在发洪水时泅渡齐脖子深的河，安排他给水牛去势、刷厕所等等。他指责弗林在做弥撒时偷看做护士的西班牙修女，然而事情的真相却是那些修女在偷看弗林。那些修女来自穷苦的农村地区，被成批成批地送到这里来。

一天，布道点上的西班牙人正在领一位得克萨斯的养牛大王参观，养牛大王的夫人一定要给一位须发花白，盘腿坐在泥土地上的老人拍照。那位老人勃然大怒，张口吐出一口浓痰，正落在养牛大王夫人脚边。那位夫人站起身，向老人道了歉，又把胶卷从相机里抽了出来，还问他道："有什么东西我能从美国给你寄来吗？"看她说话时的神态，简直以为自己就是丰足女神。

"有，"老人说，"给我寄四辆丰田越野车来。"

听到老人的话，维拉沃尔德神父惊得合不拢嘴。对于这位真正的绅士来说，内燃机是个受诅咒的东西。肯定有人在背后挑起事端，他的怀疑自然落到了弗林身上。

大约一个月后，他截获了一封堪培拉的土著居民事务部的来信，信中说已收到布恩加里居民委员会的来信，至于他们要求分配到丰田越野车的要求，部里会加以考虑。

维拉沃尔德神父尖声质问："这个布恩加里居民委员会是个什么玩意儿？"

弗林抱起双臂，等着浪头过去，然后回答："我们就是布恩加里居民委员会。"

从那天开始，维拉沃尔德神父与弗林之间的战争尽人皆知。

下一个星期六的运动会上，正当维拉沃尔德神父奋力一掷，然后准备接受欢呼的时候，弗林穿着一袭白色长袍从小教堂后面大步流星赶过来，手里还拿着一根标枪，标枪杆上涂着赭色的土。他微微颔首，示意观众们退出空场，然后毫不费力地把手中的武器投向空中。他掷出的距离是那位西班牙神父的两倍，后者被气得卧床不起。

在布道点附近有三个部落，具体名字我已经记不清了。特伦斯神父曾把那三个部落的名字写在一张小纸条上给我，可后来让我给弄丢了。关键是：部落 A 是部落 B 的朋友和盟友，两个部落都是部落 C 的死对头。部落 C 两翼遭到夹击，又得不到女人，面临绝种亡族的危险。

三个部落距布道点的距离相等，每个部落都面对着自己昔日的家园。部落与部落之间先是相互奚落，相互指责对方装神弄鬼，然后就爆发械斗。不过，部落 A 和部落 B 之间好像有默契，不会联起手来同时攻打部落 C。三方都把布道点视为中立区。

对于这种隔一段时间就要爆发一次的流血冲突，维拉沃尔德神父更倾向于持一种默许的态度。只要那些野蛮人对上帝的福音无动于衷，他们就注定要打斗流血。再说了，充当斡旋者也满足了神父的虚荣心，每次一听到厮杀声起，神父就会大步流星冲到械斗现场，冒着漫天的石头和标枪，举起双手，做出耶稣基督的手势，大喝："住手！"于是，双方的勇士们都会垂下惭愧的头，拖着沉重的步伐回自己的部落去了。

部落 C 的大巫师有个让人一听就难以忘记的名字——切基巴格尔·塔巴基。年轻时，他是个优秀的猎人，为到金伯利的白人勘探队做过向导。现在，他憎恨每一个白人，在过去三十年中没有和布道点上的西班牙人说过一句话。

切基巴格尔的骨架庞大，可他已经衰老了，患有严重的关节炎，由于患皮肤病，皮肤上结满红色的痂。现在，他的双腿已经不中用了，平时他就坐在自己的小窝棚里，让狗舔自己身上痛的地方。

他清楚，自己来日不多了，这让他感到愤怒。他目睹身边的年轻人一个又一个先他而去，有的还死无全尸。过不了多久，就再也没有人剩下，没有人吟唱本族的歌谣了，也没有人在祭祀中献出自己的鲜血了。

在土著信仰中，没有人吟唱的土地就是死的土地，如果歌谣被遗忘，那么和那段歌谣相联系的土地也将死去，坐视那种事情发生而无所作为是最为恶劣的罪行。在这种想法的推动下，切基巴格尔决定把自己的歌谣传给自己的敌人，从而令自己的族人得到永久的和平。

他派人把弗林找来，请他做中间人。

弗林于是在营地和营地间穿梭往来，晓之以理，动之以情，最终，部落间达成协议，唯一的困难就是礼仪。

整个和谈的发起者是切基巴格尔，按照传统，应当由他亲自传授歌谣，可问题是他不能走路，也不愿意被人抬去。有人说给他一匹马骑，他的回应就是鼻子一哼。最后，还是弗林想出了个点子：他从马来厨子那儿借了辆手推车。

一个天空蓝得炫目的下午，两点到三点之间，队伍出发向目的地走去。这时，凤头鹦鹉也安静了，布道点上的西班牙人都在午睡，鼾声连天。切基巴格尔坐在手推车上出现在队伍的前头，推车的是他的大儿子。横放在切基巴格尔的大腿上，用报纸包裹着的，是他的尤瑞恩加，现在他要把它借给自己的敌人。其他人排成一行，跟在后头。

队伍过了教堂后，分别来自部落 A 和部落 B 的两个人从树丛中走出来，陪着队伍一直走到"办正事"的地方。

弗林远远地跟在后面，双目半闭，仿佛神情恍惚。他同特伦斯神父擦肩而过，却没有认出对方。"看得出来，"特伦斯神父后来说，"他着魔了。我知道，这是在自找麻烦，不过眼前的一切十分动人。我这一辈子中，第一次看到了和平。"

约莫日落时分，布道点上的一个护士抄近道从树林里穿过，听到了男人们低沉的歌声，还有回旋镖敲击的声音。她赶紧跑去向维拉沃尔德神父报告。

神父冲了过来，想驱散聚集在一起的人，可弗林从一棵树背后突然闪出来，警告他别生事，要他走开，结果两人打了一架。后来，人们说是维拉沃尔德神父先动了手，弗林双手死死钳住对方的手腕，叫他动弹不得。不过，弗林却无法阻止维拉沃尔德神父向自己的上司一封接一封地写告状信，指控弗林无故袭击他，并要求教会把这个已沦为撒旦仆人的家伙开除出去。

苏比诺斯神父劝维拉沃尔德神父别把那些信寄出去，那些土著维权组织已经在四下活动，游说关闭布道点了。再说，弗林本人也并没有参加异教仪式，只不过充当了一个和平缔造者的角色。要是媒体听到风声怎么办？要是报上说，两个老西班牙人在挑拨部落械斗，那又该怎么办？

虽然一万个不情愿，维拉沃尔德神父还是屈从了。1976年10月，雨季到来前两个月，弗林离开布恩加里，正式接手鲁河布道点。前任主管不肯去接他，回欧洲去了。接着，大雨到来，一切归于沉寂。

大斋节期间，金伯利主教用无线电给布恩加里发来指令，要他们确认一则传闻是否真实——风闻弗林"回归野蛮"。维拉沃尔德神父马上回复："他从来都是野蛮人。"

一等到天气适合飞行，主教大人就亲自驾驶小飞机，载着维拉沃尔德神父，飞到鲁河布道点。两人下了飞机后，看着眼前一片残败的景象，就像"两个站在恐怖袭击现场的保守党政客"。

小教堂里一片破败，许多建筑都被拆了，当柴火烧了；牲口栏空空荡荡，到处是熏黑的牛骨。维拉沃尔德神父说："咱们在澳大利亚的努力全白费了。"

那一次，弗林玩儿过了火。他以为土著维权行动会狂飙突进，可实际发展并没有那么快。他相信了某些左翼人士的话，以为全澳大利亚的布道点都会移交给土著人。他拒绝和解。这次，维拉沃尔德神父打出了手中的王牌。

那次事件触动了教会最敏感的神经——资金。很少有人知道，教会用来购买土地，建立起布恩加里和鲁河两个布道点的钱都来自欧洲的西班牙，马德里的一家银行拥有两处地产的所有权。为了避免被政府没收的厄运，两处布道点被秘密售给一个美国商人，成了跨国企业的一部分。

媒体先是大造声势，要求收回那两片土地，可美国人威胁说，要收回土地，就要关闭珀斯（Perth）以北一家无利可图的冶炼厂，将会有五百个工人失业。于是，工会也卷了进来，媒体的声音逐渐平息下去。原先住在布道点上的土著人被遣散，昔日的弗林神父成了丹·弗林，和一个姑娘住到布鲁姆去了。

那姑娘叫古蒂，身上集中了马来人、日本人、苏格兰人和澳大利亚土著人的血统，她父亲是位采珠人，她自己则是一名牙医。在搬进她的公寓前，弗林用完美无缺的拉丁文写了封信，祈求天父解除他曾经立下的誓言。后来，两人搬来爱丽丝泉，积极投身于土著政治运动。

12

那位前本笃会成员这会儿正坐在花园一个阴暗的角落里，身边围了十好几个人。月光照亮他高耸的眉毛，而他的面容和长须则淹没在黑暗之中，脚边坐着他的女朋友。不时，她伸长她那曼妙的长颈，把头依靠在他的大腿上，而他则伸出手，用手指轻轻搔弄她的头发。

毋庸置疑，他确实不容易对付。阿尔卡季在他的椅子边弯下腰，向他解释我想做什么。我听见弗林自言自语："天哪，别又是一个吧！"

我整整等了五分钟，他才屈尊把头扭向我的方向，然后用平淡中带着讽刺的腔调问我："有什么事我能帮上忙吗？"

"确实，"我的声音有点儿紧张，"我对歌之途有兴趣。"

"是吗？"

他的样子实在吓人，不管你说什么，话一出口就会觉得自己说了蠢话。我试图用各种关于语言起源的理论引起他的兴趣。

"有些语言学家认为，"我说，"语言起源于歌唱。"

他的目光转向别的地方，手轻抚着长须。

于是，我改变策略，试着向他描述吉卜赛人如何在电话中唱秘密歌谣。

"是吗？"

我接着往下说，每一个吉卜赛男孩在成人礼前都要背熟自己氏族的歌谣，内容有宗系传承、先人姓名，还有数以百计的国际长途电话号码。"吉卜赛人或许是世界上最出色的电话接线员。"我说。

"吉卜赛人同我们有什么关系？我实在看不出。"弗林说。

"因为吉卜赛人也视自己为猎手，"我说，"整个世界就是他们的猎场，守一地而居的人在他们眼中是'不动的猎物'。知道吉卜赛人怎么称呼他们吗？肉。"

弗林的脸向我转过来。

"知道我的族人怎么称呼白人吗？"弗林问道。

"肉？"我猜道。

"知道他们管福利支票又叫什么？"

"也叫肉。"

"拿张椅子过来，"弗林说，"我想和你谈谈。"

我搬过刚才坐过的椅子，在他身边坐下。

"抱歉，刚才我有点儿过了，"弗林说，"真该带你去见见那些我天天要打交道的蠢货。你喝什么？"

"啤酒。"我说。

"再来四杯啤酒！"弗林冲一个穿橙色衬衫的小伙子喊道。那小伙子一溜小跑把酒端了过来。

弗林俯下头，在古蒂的耳边密语几句，古蒂轻轻一笑。接下来，弗林打开了话匣子。

一开始他就说，白人犯了个错误，以为土著人四处流浪，就没有成系统的土地所有制度。这完全是胡说八道。事实是，土著人无法把土地想象成由四条边圈起来的一块地，他们更多地把土地想象成一条条纵横交错的线，也可以说是"道路"。

"在我们的语言中，"他说，"大地和线条是同一个词。"

对此，有一种简洁的解释：澳大利亚内陆的大部分地区都是干热的沙漠，那里的降雨总是星星点点，假如哪一年雨水丰足，之后可能就紧跟着七年干旱。在这片土地上，流动就意味着生存，困居一处无异于自杀。一个人"自己的土地"，其定义就是"无须多问的地方"。然而，要想在那个地方有"回家"的感觉，却取决于你有没有能力离开它，每当人身处危机时，都希望至少有四条"出路"。每个部落都不得不同自己的邻居们拉关系，不管他们愿不愿意。

"因此，如果 A 有水果，"弗林说，"B 有鸭子，而 C 有赭矿石，三方就会交换，而且有正式的交换法则，也有正式的交换线路。"白人所说的"溜达"实际上是一种传播消息的方式，流浪者把消息从一个人那儿带到另一个他素未谋面的人那里，后者可能根本就没有意识到前者的存在。

"这种贸易并不是你们欧洲人所理解的贸易，买或卖都不是为了牟利。我们的贸易永远是对等的。"

总体而言，澳大利亚土著人都有一种类似的想法，即认为所有货物可能会反害其主，要想避其害，就必须让它处于不断的流动中。货物也未必都是能吃的东西或者有用的东西，人们最喜欢的就是一无用处的小玩意儿——羽毛、圣物、人的头发。

"我听说过，"我说，"有人交换自己的脐带。"

"看得出，你读了不少书。"他接着往下说，易货更多地被视为一场宏大游戏的一部分，整个澳大利亚大陆都被视为游戏场，所有的居民都是游戏的参与者。"货物"成为一种意愿的标志：不断交换，不断碰头，不断确定边界，不断通婚、歌唱、舞蹈，分享资源和观念。

一片贝壳经人手相传，从帝汶海一直到了大海湾，而那些传播路线亘古以来便已存在。那些路线通常把长年有水的"水孔"串接起来，而那些"水孔"又反过来成为不同部落的人聚集交换的中心。

"歌舞狂欢在你们的语言中叫什么？"

"你们叫歌舞狂欢，"他说，"我们可不这么说。"

我点点头，说："你是不是说，贸易路线和歌之途总是合二为一？"

"贸易路线就是歌之途，"弗林说，"因为交换的主要媒介是歌谣，而不是货物。货物的交换不过是歌谣交换后的副产品。"

白人到来以前，他接着说，在澳大利亚没有谁是没有土地的，因为每人都继承了一段歌谣，那是她或他的个人财富。拥有一段歌谣，也就拥有了一片那段歌谣流传过的土地，口中的歌谣就是土地的所有权。你可以把自己的歌谣借给别人，也可以借来别人的歌谣，但有一样事情你绝对办不到——出售它或毁掉它。

假如大花斑蟒蛇族的长老决定把本族的歌谣从头到尾完整吟唱一遍，那会发生什么？消息会沿着歌之途向四方传开，召集所有拥有歌谣的人来参加大集，然后所有人一个接一个唱出自己所拥有的一段歌谣，那代表着祖先留下的脚印，而且次序绝不会错。

"唱错次序是项大罪，"弗林说，"通常，唱错次序的人会被处死。"

"我明白，那无异于一场地震。"我说。

"更糟，"弗林说，"那是在逆转世界的创造。"

每当有歌谣大集，有着其他梦象的部族也会来参加，于是一次大集可能会集中四种图腾部族，来自于更多的部落。他们聚在一起，交换歌曲和舞蹈，也交换人口——男人、女人，还交换允许对方通过自己领地的许可。

"等你在澳大利亚再待久些，"弗林把头转向我说，"你就会听到这样的表达方式：学习仪礼。"

所有这些都意味着一个人在拓展自己的歌谣地图，通过自己的歌谣，他扩大了选择的余地，探索着周围的世界。

"想象一下，两个土著人在爱丽丝泉的一家酒吧相遇，一个想描述出一种梦象，而另一个想描述另一种，接下来可就精彩了……"

"那将引发一段最为精彩的酒友关系。"阿尔卡季在一旁补充。阿尔卡季的话把他身旁的人都逗乐了，只有弗林没有笑，他接着往下说。

他说，下一个要理解之处是，每一支歌谣都能跨越语言的障碍，突破部族的边界。一条歌之途可能源起于西北部靠近布鲁姆的地区，它一路穿越二十个语言区，甚至更多，最后到达海边的阿德莱德。

"可它依旧是同一支歌谣。"我说。

弗林答道："我们这些人凭气味就能区分出不同的歌谣……当然，这实际上指的是曲调。曲调永远不变，从头到尾。"

"歌词各有不同，"阿尔卡季又插进话来，"可曲调永远流传。"

我问道："那是不是说一个浪迹天涯的年轻人只要能唱出正确的调子，就能走遍澳大利亚？"

"理论上说，确实如此。"弗林答道。

1900 年前后，曾有个阿恩海姆兰德（Arnhem Land）地区的年轻人横穿了半个澳大利亚大陆，就为讨个媳妇。他在南部海岸讨了个媳妇，然后又带着新娘和新娘的弟弟一起走回故乡。接下来，那位年轻人的小舅子在阿恩海姆兰德也讨到了个媳妇，也带着自己的媳妇回到自己远在南部海岸的家乡。

"那些女人可真可怜。"我说。

"乱伦禁忌的真实体现，"阿尔卡季说，"想要补充新鲜血液，就得远行。"

"不过实际上，"弗林说，"长辈一般不赞成年轻人一次行程超出两三站。"

"什么叫站？"我问道。

"所谓站也就是交接点，由那里开始歌谣就不再属于你。"

"懂了，"我说，"类似于一种国际边界，路牌上的语言变了，可路还是那条路。"

"有点儿那个意思，"弗林说，"不过还是难以表达出这套系统之精妙。在这里，没有边界，有的只是一条条路，一个个站点。"

就以阿兰达中部（Central Aranda）的部族为例，假设那一带有六百个不同的梦象进进出出，就意味着那一地区的周边分布着一千两百个"交接点"，每个点的位置都是祖先用歌谣确定下来的，它在歌之版图上的位置永远不会改变。然而，定下那些点的祖先各不相同，故而也根本不可能把所有的点联系起来，画出一条现代意义上的边界。

一个土著家庭可能有五个同父同母的兄弟，可兄弟五人分属不同的图腾部落，每个人都有不同的联盟，无论在族内还是在族外，都是如此。无须否认，土著人之间也有争斗，也有血仇，不过那总是为了纠正某种偏颇，或者惩治某种亵灵的行为。侵占邻人的土地？这种念头永远不会闯入土著人的脑子。

"说一千，道一万，这是不是有点儿类似鸟类的歌声？"我的话语中还带着几分犹疑，"鸟类也通过歌声来确定彼此间的边界。"

阿尔卡季一直把额头埋在膝盖上，竖着耳朵倾听。这时，他倏然抬起头，说："真没看出来，你还注意到了这一点。"

谈话的最后，弗林介绍了一个长期以来一直令人类学家迷惑不解的问题，即双重父源的问题。

早期到澳大利亚旅行的人传言，那里的土著人认为性行为同受孕间没有联系，而那也被当作土著人"无可救药的"原始意识的铁证。当然，那纯属无稽之谈。任何土著人都知道谁是自己的父亲。然而，除了肉体上的亲缘关系外，还有另一种亲缘关系，将一个人的灵魂同某一地点联系起来。

人们相信，祖先边走边唱，足迹踏遍澳大利亚大地之时，也在自己的足迹旁播撒下精气或元气。

"一种音乐精子。"阿尔卡季说，他的话把所有人都逗得乐起来，甚至弗林也不例外。

歌曲静静卧在路上，成双成对，连成牢不可破的锁链，祖先的每一双脚印就是锁链上的一对。接下来，一个已经怀孕的女人像往常一样出来散步，突然，她踩上了一双祖先留下的脚印，于是精气上行，爬过她的脚趾，再沿着两腿之间，穿过阴道，进入子宫，使胚胎再次受孕于歌谣。

"胎儿的首次胎动对应着感应受孕的时机。"弗林说。

于是，那位准妈妈记下那个地点，然后跑回村，叫来村里的长者，在勘察地形之后确定是哪位祖先从那里经过，相应地，那段歌谣就成为孩子的财产。

一架喷气飞机从低空掠过，弗林的声音被淹没在飞机发动机的怒吼中。"美国人！"玛丽安的声音里饱含不满，"不到晚上不飞过来。"

在麦克唐奈山中的松峡（Pine Gap）有个美国人的太空检测站，要是坐飞机去爱丽丝泉，就能在空中看到巨大的白色球形天线，还有一排排其他设备。就连澳大利亚总理也不清楚那些玩意儿究竟是什么，又在干些什么。

"天哪，那些东西太恐怖了，"玛丽安边说边打冷战，"早走早好。"

飞行员打开制动仪，那架飞机沿着跑道缓速滑行。

"会走的，"弗林说，"迟早会走。"

男主人和他妻子这会儿已经收拾好客人们吃剩的东西，上床睡觉去了。我看见基德尔穿过草坪，向我们走来。

"我得走了，"他对大伙儿说，"回去还要制订飞行计划。"

明天早上，他要驾机去艾尔岩，去处理一些同土地维权有关的事务。

"代我问好。"弗林的话中不无讽刺。

"回头见。"基德尔转向我。

"再见。"我说。

他那辆闪闪发光的丰田越野车就停在车道上，他上了车，打开大灯，顿时把园中的所有人照得雪亮。

"白人大酋长终于走了。"弗林说。

"真是个蠢货。"玛丽安说。

"别那么刻薄，"阿尔卡季说，"他本质还不错，内心善良。"

"我可看不到那么深。"

这时，弗林已俯身压在自己的姑娘身上，一缕缕黑须盖住了姑娘的脸和脖子，两人的嘴胶合在一起。

该走了。我向他道谢，他向我挥挥手。我代特伦斯神父向他问好。

"他怎么样了？"

"挺好。"

"还住在茅草棚里？"

"对，不过他说就要搬走了。"

"特伦斯神父是个好人。"

13

我回到旅馆，差不多快睡着了，门外传来敲门声。

"布鲁斯，在吗？"

"在。"

"我是布鲁斯。"

"知道。"

"噢。"

从凯瑟琳来时,这个和我同名的布鲁斯就坐在我旁边。他从达尔文来,他老婆在那儿,两人刚刚闹翻了。他想另外找份活儿,又想老婆想得厉害。他这人长了一个大啤酒肚,脑子也不是很灵光。

路过腾南特克里克时,他对我说:"布鲁斯,咱俩能搭个伴儿,我教你开推土机。"还有一次,他更热情地对我说:"你跟一般英国佬还真不一样。"这会儿已过半夜,他还在我门口叫我的名字。

"什么事儿?"

"想叫你一起去撒尿。"

"不去。"

"不如咱俩一起去找两个姑娘。"

"是吗?都什么时候了?"

"你没事儿吧,布鲁斯?"

"没事儿,回去睡觉吧。"

"那好,晚安。"

"晚安。"

"布鲁斯?"

"又怎么了?"

"没……没什么。"说完,他拖着拖鞋走过走廊,向自己的房间走去。

我房间外的街道上点着盏钠灯，一个醉汉在人行道上喃喃自语。我把头转向墙，想睡着，可脑海中弗林和他的姑娘挥之不去。

我还记得和特伦斯神父一起坐在空无一人的海滩上，神父说："但愿那姑娘柔情似水。"神父说弗林是个炽烈似火的汉子。"她要是柔情似水，那万事大吉。可她要也是个烈脾气，那就可能让自己的男人惹出乱子。"

"会出什么样的乱子？"我问道。

"革命，或其他类似的乱子。不过，要是那姑娘够温柔就好了……"

特伦斯神父在帝汶海边找到了自己心目中的底比斯①。他住的小棚屋建在如面粉般细腻的沙堆上，沙堆顶上长了几棵露兜树，他的棚屋就建在树丛中，是用波纹铁搭的，上面刷了白灰。神父在棚屋的外墙上缠满电线，以防铁皮被暴风吹走。屋顶上立着一个十字架，伸出的两臂是两片残破的船桨。自打布恩加里布道点关闭后，他就住到了这里，已度过了七个年头。

我从内陆方向向他的住处走，在很远的地方就能看到他住的棚屋孤零零地立于沙堆之上，日头之下。沙堆下有座围栏，一头牛正在围栏里吃草。一路上，我绕过一座由珊瑚岩筑成的祭坛，又路过一个从树枝上垂下的十字架。

---

① 底比斯，古埃及都城。

长年累月的堆积已使沙堆的顶部高出周围的树冠，我向顶部爬去，不时回头，眺望身后树木葱茏的平原。沙堆面向大海的一侧崎岖不平，星星点点长着草。视线前方，在海湾的北侧，长着淡淡一线红树林。

特伦斯神父正坐在打字机前打东西，我在门外叫他的名字。他走出门，只穿了条短裤，立马又退回屋去，再出来时身上多了件脏兮兮的白色长袍。这样的大热天，居然有人走这么老远的路来看他，实在让他吃惊不已。

"坐这儿，"他对我说，"这儿阴凉，我去煮水泡茶。"于是我俩坐在棚屋后部的一张长凳上，地面上摆着一双脚蹼，一只潜水呼吸器，一套潜水面具。神父折断几根枯枝，把它们点燃，枯枝上升起一团火焰。

神父个头不高，头上的红发已显得有些稀疏，嘴里只剩下几颗牙齿，又黄又平。当他略带犹豫地微笑时，那几颗牙就隐没不见。他说自己不久就要动身去布鲁姆做手术了，冷冻切除皮肤癌。

他说自己小时候住在爱尔兰驻德国大使馆里，父亲是个民族主义者，身负摧毁大英帝国的秘密使命。那个男人的脾气最终把自己的儿子赶上了祭坛前的人生道路。20世纪60年代，神父来到澳大利亚，加入了维多利亚州的西多教会。

每天傍晚这个时候，他都在打字，大多数时候是给世界各地的朋友写信，他同日本一位禅宗大师长期保持通信。打完东西就阅读，然后点上灯，接着阅读，直到半夜。近来，他在读涂尔干（Durkheim）的《宗教生活的基本形式》（*Elementary Forms of*

Religious Life），书是一位朋友从伦敦给他寄来的。

"鬼话连篇！"他说，"基本形式？宗教生活怎么可能有什么基本形式？那位作者是不是马克思主义者？"

他也正在完成自己的一本书，那将是一本"贫困手册"。至于书用什么名字，他还没有想好。

他说，今天的人们比以往任何时候都更应当学会如何安于贫困。物让人恐惧，人拥有的物越多，恐惧就越深。物在不知不觉之间已凌驾于心灵之上，向心灵发号施令。

他往两只杯子里倒满茶，我俩谁也不说话，有一两分钟。接着，神父突然开口，打破了沉默。"真是太妙了，生活在这神奇的 20 世纪，不是吗？人类在历史上首次无须拥有任何东西。"

其实，他小小的棚屋里也并非空无一物，不过过不了多久，他就会舍它们而去。对这间小小的棚屋，他已爱得太深。

"人一时需要冷静，一时需要热闹。现在，我想要来点儿热闹了。"

过去的七年中，沙漠这位"神父"一直是他精神上的向导，迷失在沙漠中也就是在寻找通向天国的道路。不过，如今他对民众需求的关注超过了自身的救赎，他即将去悉尼帮助那里的无家可归者。

"对沙漠我也有类似的感觉。"我说，人类起源于非洲的沙漠，回到沙漠也就是回归自我。

特伦斯神父清了清嗓子，说："看得出，你也是个进化论者。"

我又告诉他自己曾去拜访苏比诺斯和维拉沃尔德两位神父，

他轻叹一声，说："那两个，真是对活宝。"我又向他问起弗林，神父沉默了一会儿，仔细掂量一番后才作出回答。

"弗林有某种天赋，"神父说，"他身上有那种与生俱来的机智，什么都能学会。他对神学的把握相当不错，不过我从来就没觉得他信奉过上帝。他永远也无法踏出那一步，步入信仰，他不具备所需要的想象力，而那也使他具有某种危险性。他的一些念头相当危险。"

"比如说？"

"融合论。那次罗马之旅是个错误。"

"正是在罗马，弗林开始憎恨那些在他面前趾高气扬的白人。当他回到布恩加里时，他已经开始独立思考。"

有一次，弗林对特伦斯神父说，教会把澳大利亚土著人说成困在上不着天、下不着地的孤岛上的人，根本就是谬论。澳大利亚土著人的状况更接近于堕落前的亚当，他还喜欢把澳大利亚的"祖先足迹"同上帝"我即大道"的谕示作比较。

"我该怎么办？"特伦斯神父问我，"是缄口不言，还是直言自己的想法？我必须对他说，在我看来，土著人的内心世界纷然混乱，残酷无情。除了基督之言，还有什么能缓和他们心灵上的痛楚？要制止杀戮，还有其他的道路吗？在金伯利，有个地名的意思就是'杀个精光'，如今那里居然成了土著人顶礼膜拜的圣地。那些可怜的孩子，他们只有两个选择：基督或警察。"

没人会否认，土著人在其"大梦时代"的观念中已初次窥视到永生之光，也就是说体悟到宗教根植于人之本性中。但无论谁也不能把土著人的巫术同基督之言混为一谈。

这一切并不是土著人的错。数千年来，他们中断了同人类主流的联系。在基督降生之前的几个世纪里，一场大觉醒撼动了整个旧世界，可他们对那一切一无所知。关于佛、道、《奥义书》，还有赫拉克利特的逻各斯，他们知道什么？一无所知！又如何能有所知！但他们可以仿效《圣经》中那三位圣者，去顶礼膜拜伯利恒（Bethlehem）的婴儿。

"我想我同弗林正是在这儿分道扬镳，"神父说，"他从未理解基督诞生的真正含义。"

这会儿，天凉快了点儿，于是我俩走出棚屋。远方海面上立着一条线状的雷雨云，仿佛一列飘浮在半空中的冰山。蓝色的巨浪泛着白沫，一波又一波拍上海岸，燕鸥在低空掠过海湾，发出一声声金属敲击般尖厉的叫声，穿透海浪声传入我们的耳朵。没有一丝风。

特伦斯神父又谈起计算机和基因工程。我问他是否怀念过爱尔兰。"从未，"他向着天边举起双臂，说，"身居此处，我却从未离开过爱尔兰。"

棚屋的门上钉了块漂流木，神父在木头上刻下两行诗句：

狐有洞，鸟有巢
人之子却无处立足

他说，我主曾在荒野中度过四十个日日夜夜，无房也无屋，只是蔽于一口枯井之壁。

"来，"他对我说，"给你看点儿东西。"

他领路，我俩走过一堆粉红色的贝壳，那是昔日居于此地的部落留下的。再向前走两百码，我俩在一块乳白色的巨岩前停下脚步，岩下，一眼清泉汩汩而出。神父撩起长袍，用手拨打着泉水，仿佛一个未成年的孩子。

"沙漠中的泉水，是不是很神妙？"神父大声冲我说，"我把这口泉称为米利巴。"

回棚屋的路上，一只沙袋鼠从露兜树上探了个头，接着朝我们的方向跳过来。

"那是我的兄弟。"神父笑着说。

我俩走进棚屋，拿上点儿面包屑，又出来。那只沙袋鼠从神父手心衔起面包屑，又用鼻孔摩挲着神父的大腿，神父则轻轻抚摸它耳后的皮毛。

我说自己该走了，神父说要沿海滩送我一程。

我脱下脚上的靴子，把两只鞋的鞋带系在一起，然后把两只靴子挂在胸前。温软的沙子挤压着我的脚趾，一只只海蟹乘我俩还未走到跟前赶紧侧身逃走。

若是离开这里，他最怀念的将是在这里游泳的日子。风平浪静的时候，他沿着珊瑚礁潜水，一潜就是几个小时。有一次，海关的船发现了他，错把他当成浮尸了。"当时，恐怕我一丝不挂。"神父说。

神父又说，这儿的鱼太温顺了，你可以游到浅水处，伸手去触摸它们。神父认识所有鱼的颜色，知道所有鱼的名字：光线鱼、隆头鱼、斑纹鲨、手术鱼、蝎子鱼、兔子鱼、天使鱼。每种鱼都有自己的习性，它们让神父想起都柏林街上的一张张面孔。

向外海游去，在珊瑚礁的尽头，有一道深邃、幽暗的深沟横在前面。一次，一条虎鲨从幽暗的深渊游出来，在他身边打转，他清清楚楚地看到鲨鱼的眼睛、巨颚，还有五个鳃孔在水中一张一合。那只水中巨兽转了几圈后，又向远处游去，消失在幽暗的深渊中。神父游上岸，仰面躺在沙滩上，完全没法动弹。第二天早上，他感到仿佛一块巨石从他胸口搬开，他知道自己再也不怕死亡了。又一次，他游回那片水域；又一次，那条鲨鱼游出幽暗的深渊，在他身边打转，又一次返回深渊之中。

"战胜恐惧！"神父边说边握住我的手。

远处空中的雨云越飘越近，海浪上升起一阵暖风。

"战胜恐惧！"我已走远，他在我身后又喊了一遍。

我转身，向远方的两个黑影挥挥手：一个神父，身穿一袭飞舞的长袍；他身边站着只沙袋鼠，竖起的尾巴像个大大的问号。

14

我下楼吃早饭时，天空灰暗，阴云密布，太阳只是天空中一个白色的光斑，四下里弥漫着一股烧焦的味道。早上的报纸上登满了阿德莱德以北的山火的消息。我忽然意识到，天空中的密云其实是烟雾。我给几个朋友打了电话，据我的判断，他们这会儿即使不在火场中央，也在不远的地方。

"我们这儿还行，"电话另一端传来玲欢快而清脆的声音，"风向变得正是时候，不过昨晚大家还是给吓得头皮发麻。"

他们看到火线就在不远的地方，推进速度高达每小时五十英里，在火线和他们的住宅间就只剩下一片州有林了。桉树的树冠在折断，变成一团团火球，在强风中飞舞。

"确实让人头皮发麻。"我说。

"这就是澳大利亚。"电话那端传来她的声音，可接着电话就断了。

外面热极了，我回到房间，打开空调，那天大多数时间就待在房间里读斯特雷罗的《澳大利亚中部歌谣》。

这是本行文蹩脚、散漫，又长得让人难以置信的书。根据各方的介绍，斯特雷罗本人也够糟的。他父亲卡尔·斯特雷罗是位牧师，曾负责爱丽丝泉以西的赫曼斯堡（Hermannsburg）的路德派布道点。他属于屈指可数的"好日耳曼人"，为土著人提供了一个安全的基地，在帮助澳大利亚土著人免于灭族厄运方面做得比谁都多。尽管如此，他依旧不招人喜欢。"一战"期间，媒体掀起了一场反抗"条顿间谍老巢"和"土著居民日耳曼化"的运动。

还在襁褓之中时，西奥多·斯特雷罗就有位阿兰达族的奶妈，长大后他能说一口流利的阿兰达语。大学毕业后，他回到自己的阿兰达同胞中，在以后长达三十年的时间里用笔记本、磁带和胶片精心记录下正迅速消失的歌谣和仪式。他的土著朋友要求他这样做，这样他们的歌谣就不会随他们一起消失。

鉴于他的背景，斯特雷罗身上的争议就不足为奇了。他是个自学成才者，既渴求独处，又渴求为世人所知；他也是个日耳曼"唯心主义者"，同澳大利亚的理想格格不入。早先，他已完成了一部专著——《阿兰达族传统》。那是本思想超前的著作，其中心观点就是土著人在智力方面绝不劣于现代人。那一观点为绝大多数盎格鲁–撒克逊读者所拒斥，却被一个名叫克劳德·列维-施特劳斯的法国人所接纳，并在自己的著作《野性思维》（The Savage Mind）中把这一观点发扬光大。

即将步入暮年之际，斯特雷罗为一个伟大的想法押上了自己的一切。他想展示，澳大利亚土著民谣的方方面面同希伯来语、古希腊语、古北欧语、古英语民谣有着精密的对应。他抓住了歌谣同土地的联系，想再深挖下去，直至根部，从中找到解开人类处境之谜的钥匙。可那根本就是一个不可能完成的任务，他的一切努力并未带来回报。

《澳大利亚中部歌谣》于1971年问世，当时《泰晤士报文学增刊》（Times Literary Supplement）上的一篇文章说，作者应当谦虚谨慎些，别再满口"宏大的诗歌理论"。那篇文章令斯特雷罗十分不安，而更令他不安的是"社会运动家们"对他的攻击，那些人指控他从天真无邪、毫无戒心的土著长者手中窃来歌谣，唯一的目的就是把它们出版。

1978 年，斯特雷罗身心俱疲，逝于书桌前。死后，又有人为他立了部恶传，那本书我在沙漠书店里也翻过一两页，第一印象就是它根本不值一驳。我确信，斯特雷罗是位独特的思想家，他的著作伟大而寂寞。

下午 5 点左右，我溜达到阿尔卡季工作的地方，顺道就进去看看。

一看到我，他就对我说，有好消息。三百五十英里外的澳大利亚西部边境上，有个叫卡伦（Cullen）的土著人聚居点，从那里传来电讯，两个部族为了矿场的开采权转让费而发生了争执，双方决定召唤阿尔卡季去调解。

"想不想一起去？"他问我。

"那还用说？"

"首先还得用一两天的时间把铁路上的事情处理好，然后咱们就能向西出发了，横越大陆。"

他已经为我安排好访问土著人聚居点的许可证，那天晚上他还有个早就安排好的约会，于是我打电话给玛丽安，问她能不能和我一起吃晚饭。

"不行啊！"电话里她的声音气喘吁吁。电话铃声响起时，她正准备锁门出去，要去腾南特克里克，去接参加勘察工作的女人们。

"那就明天见吧。"

"明儿见。"

我在托德街上的桑德斯中校餐厅吃了晚餐。刺眼的霓虹灯下，一个身穿蓝色西服的男人正在给一群稚气未脱的未来炸鸡工人传经授业，仿佛炸肯塔基家乡鸡无异于一种宗教仪式。然后我回到旅馆的房间，在斯特雷罗和一瓶勃艮第葡萄酒的陪伴下度过整晚。

斯特雷罗曾把土著神话研究比作"深入迷宫之旅，里面有着无数走廊和通道"，一切都有着神秘的联系，其繁复程度足以令任何人灰心丧气。读着他的《澳大利亚中部歌谣》，仿佛看到一个人从后门溜进了土著人神妙莫测的世界，目睹一个比地球上任何其他东西都更精妙、更宏大的意识结构。在那样的意识结构面前，人类在物质上的进取似乎不值一提，可正当你要把那个结构描绘出来的时候，却发现它已逃脱你的视线。

土著民谣之所以难以为外人所欣赏，原因在于它积聚起无限的细节，然而，无论多肤浅的读者也会产生一种总体印象，感到有一个完整的道德世界从自己眼前一闪而过。那是个道德性丝毫不亚于《新约》的世界，在那个世界里，血亲关系向四处延伸，束缚住所有的人、所有的生物，还有河流、岩石、森林。

我接着向下读，斯特雷罗对阿兰达语的翻译真让人眼冒金星。我耐着性子继续，直到实在读不下去，砰的一声合上书，感到自己的眼皮像玻璃纸一样抖动不停。我喝完酒瓶里剩下的一点儿酒，然后到楼下的酒吧，点了杯白兰地。

一个胖男人和他的老婆坐在水池边。

"今晚真不错。"他向我打招呼。

"晚上好。"我回答。

我点了一杯咖啡和一杯双份白兰地，喝完又点了一杯带回房间。读斯特雷罗的东西使我自己也有了写点儿什么的冲动。我还没醉——不过——这么多年了，这次离醉最近。我取出一本黄色硬纸本，动手写起来。

万物之始

万物之始，大地平整、昏暗、广阔无垠，上面是天空，四周是咸涩的灰色海水，万物笼罩在一片如雾的微光中，既无日月，也无星辰。遥远的地方居住着神族，那是一群永远年轻、永远漠然的生灵，有着人类的形体，却长着鸸鹋的脚；金色的头发熠熠生辉，仿佛夕照下的蛛网。不知甲子，忘年忘岁，他们居住在西天边云彩的尽头，居住在四季常青的乐园中。

大地之上，唯一的变化就是一些空穴，有朝一日，那些空洞会成为水孔。没有动物，也没有植物，然而在水孔周围簇拥着一团团泥浆般的东西，那就是最原始的生命之汤，无听，无视，没有呼吸；既未醒来，也未睡去；每一团都蕴含着生命的精髓，或是成为人类的可能。

地壳之下，群星闪烁，阳光普照，月盈月缺，一切生命之形式正在沉睡之中：紫红色的沙漠豌豆、霓虹般展翼的蝴蝶、白色长须轻轻扯动的老人袋鼠——一切都在蛰伏之中，犹如沙漠中的种子，等待着游移不定的降雨的光临。

第一天早晨，太阳最先感到了出生前的骚动。（那天晚上，月亮和众星也将接踵而至。）太阳冲出地壳，把金色的阳光播洒向无垠的大地，温暖着大地上的空穴。每一个空穴里，都有一个祖先在沉睡。

和神族不同，这些祖先从不知何谓青春，他们长着灰色的胡须，扭结的四肢，千万年以来他们一直独自沉睡于孤独与寂寞之中。

于是，第一天早晨，每一个昏睡中的祖先都感到太阳的热力烘烤着自己的眼睑，感到自己的身体在生育后代。蛇人感到蛇从自己的肚脐爬出，杜鹃人感到长出了羽毛，木蠹蛾虫人感到身体在抖动，忍冬人感到叶片在舒展、花朵在绽放，袋狸人感到小袋狸从自己的腋下往外跳。每一个"生灵"，在自己的出生之地，不约而同向白日之光伸出自己的臂膀。

在空穴的底部（那里现在已经聚满了水），祖先先迈出一条腿，接着迈另一条，耸耸肩，甩甩臂，身体穿破厚厚的淤泥，破壳而出。他们睁开眼，看到自己的后代在金灿灿的阳光下游戏，奔跑。

泥土从他们的躯干上纷纷剥落，仿佛新生儿的胎盘。接着，每个祖先张开口，大声发出问世以来的第一声吼叫：我乃……蛇……杜鹃……忍冬……自那以后，那第一声"我乃"，那最原始的命名，一直被尊为祖先流传的歌谣中最神秘也最神圣的名字，直到永远。

煦暖的阳光下，每个祖先向前迈出左脚，呼唤出第二个名字；再向前迈出右脚，呼唤出第三个名字……他给水孔命名，给芦苇命名，给胶树命名。他的目光从左及右，他给一切命名，把一切唤入存在，把它们的名字编成歌。

祖先们唱着歌，足迹踏遍整个世界。他们唱河流和山脉，也唱盐湖和沙堆。他们狩猎、吃东西、做爱、跳舞、杀戮，足迹所到之处总留下一条音乐的轨迹。他们编织起一张音乐的大网，把整个世界包裹其中。最后，他们唱出了这片大陆。而后，祖先们感到疲劳、困乏，他们的四肢再一次感到岁月的凝结，难以动弹。有些僵立在地上，然后再次陷入地壳；有些爬进幽深的洞穴；还有些退回到"永久的家园"，也就是当初他们的诞生之所，那些无底的水孔。

所有的祖先都"回去"了。

15

第二天清晨，天空中的烟雾已散尽。旅馆8点才供应早餐，我干脆出去晨跑，热量已在积聚，远处是棕红色的群山，在晨曦中显出道道褶皱。

出旅馆的时候，我又看见那个胖男人，仰面朝天躺在游泳池里。他肚子上有道伤疤，看上去仿佛嵌了条鱼骨。

"早上好，先生。"

"早上好。"

街对面，几家土著人已经在市政府门前的草坪上找好位置，躲在洒水器下纳凉。大家尽量靠近洒水器，这样就都能淋到水；不过，也不能近得过分，要不手上的烟就灭了。旁边，几个扁鼻头的孩子在草地上打着滚，浑身上下都湿透了，闪闪发光。

我向一个大胡子男人问好，那人也说："你好，伙计。"我又向他妻子点点头，她却对我说："滚蛋！"说完，那女人垂下眼皮，大声笑起来。

经过健身娱乐中心，我向右拐，沿着河岸跑，前面桉树上贴了张告示。我停下脚步，告示上写着：

毛虫梦注册圣地
禁止一切机动车辆通行
如有损毁，罚款两千

其实那里什么也没有，至少在白人眼中如此：一道破铁刺网，几块石头，茁壮的蒿草丛中到处是破酒瓶。

我继续向前跑，一直跑到峡谷。天实在太热了，我再也跑不动了，于是走回旅馆，那个胖男人还躺在游泳池里，不过这会儿他身边多了他的妻子，跟他一样胖。

我冲罢澡，打好包，装好一叠旧的黑皮笔记本，都是当年为写"游牧民族"而准备的笔记。当年的原稿被我烧了，但原始资料保存了下来，有些已经有十年没看一眼了——至少十年。上面的字潦草得几乎我自己都认不出来，有"想法"，有引用，还有游记，与谁谁谁相遇，还有故事提要……我之所以把它们带到澳大利亚来，因为自己打算在沙漠中找个地方猫起来，远离人群，远离图书馆，好好把它们重新读一遍，看看里面到底有些什么。

刚出门，一个一头金发、穿打补丁牛仔裤的青年拦住了我，他满脸通红，看上去心急火燎的，问我有没有见到过一个留着拉斯特法发式的土著青年。

"没有。"我说。

"哦，如果您见到他，告诉他格雷厄姆在货车旁等他。"

"好的。"我答道，说完去吃早餐了。

咖啡真难喝，刚喝完第二杯，我的"同名伙计"就走到桌旁，把脑袋上的硬边帽重重扔在桌上。我说自己要走了。

"是不是再也见不到你了？"

"或许吧，布鲁斯。"

"那么，再见，布鲁斯。"

"再见。"我俩握握手，他就打粥去了。

阿尔卡季9点到，开了辆棕色的丰田陆舰越野车。车顶行李架上放了四只备用轮胎和一排装水的水壶。他穿了件刚刚浆洗熨烫好的卡其布衬衫，身上一股肥皂味。

"看上去真帅。"我说。

"长不了，信我，长不了。"

我把包塞进车后座，后座上已经塞满了整盒整盒的汽水和"爱斯基"。"爱斯基"是"爱斯基摩"的缩略语，实际是一种聚苯乙烯隔热袋。没这玩意儿，深入沙漠不可想象。阿尔卡季发动汽车，沿托德街走，刚开到一半，他就刹了车，下车冲进沙漠书屋，出来时手里多了一本企鹅经典版的奥维德（Ovid）的《变形记》（*Metamorphoses*）。"给你的礼物，"他说，"出门在外，有东西读很管用。"

车开到城边，在黎巴嫩人开的肉铺外停下来，我们进去买了点儿肉。进门的时候，老板的儿子抬头看了我俩一眼，接着又低头继续磨刀。接下来的十分钟里，我俩把"爱斯基"撑到要爆，里面都是香肠和大块大块的牛排。

"给那几个老家伙准备的。"阿尔卡季说。

"好像太多了点儿吧。"我说。

"等着瞧吧，那几个，一顿饭能吃一头牛。"

继续向前开，路过一处路牌，指向爱丽丝泉旧电报站。再往前是大片空旷、灌木丛生的原野，这就是博尔特大平原。

道路就是一条笔直的柏油带，道路两边都是一块块红土地，上面种着甜瓜。甜瓜大约板球大小，阿富汗人把它们带到澳大利亚，做骆驼的口粮。有时候，阿尔卡季不得不把车拐上甜瓜地，避开迎面呼啸而来的拖挂车。那种车一个拖车头拉三节车厢，遇到对面车也不减速，一头冲出飘浮波动的热空气，占了整条马路的中央。

每隔几英里，车就会经过一处牛棚或者风力井，井的四周聚集着几头牛。到处可见动物的尸体，四脚朝天，肚子里胀满了气，上面站满乌鸦。雨水已经迟到两个月了。这一带几乎所有的优良草场都被外国人买走了：维斯特依、邦克尔·亨特，等等等等。难怪内陆人觉得自己被卖了。

"这个国家和他们是对头，"阿尔卡季说，"政客和他们是对头，还有跨国公司，还有土著人。谁说这里只适合土著人居住？"

有一次，他和土著人在委奇山（Mount Wedge）追踪一条歌之途，当地一位牧场主开车追上来，手里挥着霰弹枪，冲他们大吼："滚出我的地盘！带着那些黑鬼快滚！"来之前，阿尔卡季曾给那人写过五封信，可一封回信也没有。于是，阿尔卡季向他解释《土地权益法》（Land Rights Act）的规定，法律保护土地的"传统所有人"访问故土的权利。

阿尔卡季的解释反而让那位牧场主气疯了，他跳着脚喊："我的土地上没什么狗屁圣地。"

"不，这里有。"在场的一位土著人说。

"没有，没有，就是没有。"

"你站的地方就是圣地，伙计。"

道路拐了个弯，穿过一条干涸的河床，阿尔卡季向东指了指，指向平原尽头一抹淡棕色的丘陵，那丘陵仿佛纸牌上的风景。

"看见那座小山了吗，那儿。"他说。

"看见了。"

群山中有一座圆锥形的小山，比周围的更矮小点儿。

"铁路公司想在那儿炸开个口，至少能省两英里线路。"阿尔卡季说。

那片丘陵所在的位置是阿兰达的北部边界，阿尔卡季通过常规渠道散出话去，可没人来申领那片土地的所有权。他几乎就要确认那是片"无主地",突然一群阿兰达人冲进他的办公室⋯⋯声称他们就是那片土地的主人。阿尔卡季开车带其中五个来到那片丘陵前,那五人开始四下乱转,眼睛里写满了恐惧。阿尔卡季一而再、再而三问他们,此地的歌谣是什么,此处的梦象又是什么,可所有人咬紧牙关,一个字也不肯说。

"我实在琢磨不出到底出了什么事儿,"阿尔卡季说,"于是,我把铁路公司炸山开路的计划说给他们听。那下子可真炸开了锅,每个人开始胡言乱语,什么黑人要死了,白人要死了,所有人都活不成了。澳大利亚完了,全世界都完了,全玩儿完了!"

"显然,"阿尔卡季说,"有什么大事儿。于是我去请教一位长老,那位长老听了我的话,从头到脚都抖起来。我问长老,那里到底有什么。长老用手捂着我的耳朵,在我耳边低低地说,是蛆。"

根据那片丘陵一线的歌谣,"大梦时代"曾有位祖先搞错了次序,从而没能控制好丛林蝇的生长周期,于是蛆虫如潮水般吞噬了整个博尔特平原,所有植物被一扫而空,成了今天的样子。那位祖先把蛆虫赶到一起,然后把它们埋到巨石之下,自打那以后,它们就在地底下繁衍。长老说,要是那座山被炸开,会发生更猛烈的爆炸,飞蝇如乌云般腾空而起,笼罩全球,放出毒素,毒死所有的人和动物。

"那不就是原子弹吗?"我说。

"不错,"阿尔卡季说,"我有些朋友对原子弹爆炸后的景象并不陌生。"

英国人在马拉林加（Maralinga）试验氢弹前，军队到处贴出"禁止入内"的告示，给土著人看，不过都是用英语。不是所有人都看到了那些告示，看到的人中也不是所有人都读得懂英语。

"有些人从核爆区穿过。"阿尔卡季说。

"蘑菇云中？"

"蘑菇云中。"

"死了多少人？"

"没人清楚，"他说，"大家对此噤若寒蝉。你可以去问一个叫吉姆·汉伦的人。"

16

约莫一个小时后，我们经过格兰·阿蒙德酒吧，然后车向左拐下柏油路，在一条土路上颠簸前行，最后在一处废弃的仓库外停下来。

不远处，在一排柽柳树之后，有一座老旧的铁皮棚屋，灰色的铁皮没上漆，许多处已经生了锈，棚屋的中央立着烟囱。那就是吉姆·汉伦的住处。

铁皮屋前面的院落里堆着两排东西，一排是空油桶，另一排是已过时的军用品。铁皮屋后面，在一座吱呀作响的风力井下面，停着辆瘫痪的雪佛兰轿车，里面已长出蒿草，从车窗伸出来。前门上刷着一行标语，字迹已模糊不清，依稀还能看出来是"全世界工人联合起来"。

门开了条六英寸的缝，汉伦站在门后。

"搞什么鬼？"他的声音沙哑，"没见过不穿衣服的男人吗？进来，小伙子。"

汉伦已七十出头，对于他这个年龄来说，他的体形算保持得不错的了，没有赘肉，肌肉结实。汉伦留着短短的平头，长脖子，他时常用手把头上的短发压平。他的鼻梁骨断过，上面架着一副钢边眼镜，说话时带着浓重的鼻音。

我俩坐下，他站着，两眼盯着自己的裆部，用手搓了搓那里，然后向我俩吹嘘起他在腾南特克里克遇到的一个女药师。

"七十三了，还不错吧？"他看看自己，"这副睾丸还能派上用场，还有这副牙齿，还行。除此以外，一个老头儿还需要什么？"

"不需要了。"阿尔卡季说。

"说得对。"汉伦笑着说。

他在腰上围上一条毛巾，取出三瓶啤酒，我注意到他的右臂上有烧灼的痕迹。

屋子里热得像烤炉，热浪从屋顶上向下压，我俩的衬衫不一会儿就湿透了。外面的屋子是间"L"形的过道，一头放着个搪瓷浴缸，后面是厨房，再后面是一张桌子和几把椅子。汉伦指墙上的剪贴给我俩看，有卡尔古里（Kalgoorlie）的罢工、列宁的头骨、"乔大叔"的胡子，还有几张《花花公子》的封面女郎照片。早在三十年前，他就住在这儿，当时身边还有个女人，不过那女人现在已离他而去。如今，他卖了所有的土地，靠福利过日子。

桌上铺着张紫红色的油布，一只猫正在桌上舔盘子。

"滚，杂种！"汉伦挥起拳头，那只猫跳下桌子逃走了。"说说吧，你们俩小子来做什么？"

"我俩正要去卡伊提人那儿，和阿兰·纳库姆拉的人一道。"阿尔卡季说。

"勘察，是吧？"

"不错。"

"又是什么圣地？"

"对。"

"圣个屁！就得好好管教管教那些小子。"

他砰的一声撬开啤酒瓶，向手心里擤了把鼻涕，然后小心翼翼地把手心里的东西抹到椅子的底部，发现我在看着他，于是他也看着我。他回忆起自己"二战"前在卡尔古里的日子，当时他是名职业党员。"问问他，"汉伦指着阿尔卡季说，"不妨问问他，我的事迹如何。"

汉伦拖着脚步走进里屋，他的床在里面，在一堆报纸里摸了一通后，翻出一本暗红色封面的硬脊书。他再次落座，调好鼻梁上的眼镜，脊梁紧紧贴着椅子背儿。他假装随手翻开手中的书，大声说："现在，现在，让我们听听天父马克思为我们留下的福音。请原谅我的亵渎。今天……他妈的今天是星期几……星期四……大概吧。日子无足轻重……翻到第二百五十六页，看看这里写了什么。"

那么，劳动的外化表现在什么地方呢？

首先，对劳动者说来，劳动是外在的东西，也就是说，是不属于他的本质的东西；因此，劳动者在自己的劳动中并不肯定自己，而是否定自己，并不感到幸福，而是感到不幸，并不自由地发挥自己的肉体力量和精神力量，而是使自己的肉体受到损伤、精神遭到摧残。

"吃东西前，没什么比读上几行马克思的话更开胃了，"汉伦咧开大嘴笑着说，"醒脑提神，还强脾健胃。你俩小子还没吃过吧？"

"吃过了。"阿尔卡季说。

"吃过了就跟我再吃一点。"

"不行，真的不行。"

"行，就他妈行。"

"我们要迟到了。"

"迟到？什么算早，什么算迟？这还真是个重要的哲学问题。"

"我们要去接一位叫玛丽安的女士，不能迟到。"

"看来不是什么哲学问题，那个玛什么安是谁？"

"我的一位老朋友，"阿尔卡季说，"她为土地委员会工作，去接几个卡伊提妇女，我俩和她要在中塘会合。"

"玛丽安，玛丽安，"汉伦一边说，一边呷巴着嘴，"从天上下到中塘，还带着一串儿女士。我跟你说，让她们等一会儿。去拿牛排，小子。"

"一定得快，吉姆，"阿尔卡季还是松了口，"我俩只有一个小时的时间。"

"给我……给我……给我……一小时……"汉伦保持着还说得过去的男低音，他看看我，突然开口说，"别那样看着我，当年我可是合唱班的成员。"

阿尔卡季到外面车上去拿牛排。"你是个作家？"汉伦问我。

"算是吧。"

"这辈子老老实实地干过一天活儿吗？"他蓝色的眼睛在闪烁，眼球四周布满血丝。

"试过。"

他那只留有烧伤疤痕的手臂猛地向上抬起，紫红色的皮肤，小指不见了。他把手伸到我面前，像爪子一样蜷曲着。

"知道这是什么吗？"

"手。"

"劳动者的手。"

"我也干过农活，"我说，"还干过伐木工人。"

"伐木？什么地方？"

"苏格兰。"

"什么样的木？"

"杉树……落叶松……"

"听起来挺像。用什么样的锯？"

"油锯。"

"什么牌子？"

"记不清了。"

"听起来不对劲。"他说。

阿尔卡季拿着牛排推门进来，白色的塑料袋上沾了滴滴血迹。汉伦接过塑料袋，打开，深深吸了一口气。

"啊，真不错。又好又红的肉，终于可以换换口味了。"他站起身，点燃煤气炉，从一只旧油漆桶里倒出一点儿猪油，然后把牛排平摊到烤架上。

"喂，你，"他冲我喊道，"过来跟厨师聊聊天。"

猪油开始噼啪作响，他拿起一只平底铲翻动牛排，防止肉粘在烤架上。

"你是不是在写书？"

"正在努力。"

"干吗不在我这儿写？你我二人的谈话奋发向上。"

"确实。"我的回答有些迟疑。

"阿克，"汉伦大声喊，"能帮我看两分钟牛排吗？我要带这个小书虫去看看他的住处。这儿，跟我来。"

他把腰上的毛巾扔到地板上，套上条短裤，穿上双拖鞋，我跟着他走进外面的大日头下。刚刚起了风，沿着小路卷起红色的沙尘，我俩一直走到一株摇摇欲坠的白桉树下，树下搭着一间小棚子。

汉伦打开门，一股霉变的味道扑鼻而来。窗户上结满蛛网，床上的铺盖破破烂烂，污渍斑斑。桌上不知谁打翻了番茄酱，四周爬满蚂蚁。

"不错的小地方，"汉伦说，"房租公道，树有点吱呀声，要是嫌吵，就给它上点儿油。"

"还真不赖。"我说。

"可还不够好，是吧？"

"我可没说。"

"可你就那意思，"他气冲冲地说，"当然，咱们可以把这个地方消消毒，杀杀虫，顺便把你也消消毒。"他砰的一声甩上门，然后大踏步走回自己的房子。

我在院子里磨蹭了一会儿，进去时牛排已经做好了。汉伦还煎了六个鸡蛋，正准备切面包。

"殿下先来。"他冲阿尔卡季说。

他切下三大块面包，在桌上摆上一瓶酱。我等着他坐下，实在是太热了，让人受不了。我看了看面前那块牛排和鸡蛋黄。汉伦盯着我看了好像有整整一分钟，然后说："你他妈的快给我啃！"

三人一起吃着，谁也不出声。

汉伦用伤残的那只手摁住牛排，用另一只好手把牛排切成肉丁，他用的刀上有锯齿。

"他他妈的以为自己是谁？"汉伦转向阿尔卡季，"是谁请他把那上流社会的势力鼻子伸到我这儿来的？"

"是你自己。"阿尔卡季回答。

"是我吗？那我错了。"

"我不是什么上流社会。"我说。

"不过对于我的小小午餐会来说有点儿讲究得过头了！"

"别再说了，吉姆。"阿尔卡季说，表情很尴尬。

"我的话对事不对人。"汉伦说。

"跟他说说马拉林加的事儿吧，"阿尔卡季说，显然他想转移话题，"说说那次大爆炸，蘑菇云。"

汉伦举起好的那只手，舔了舔手指，说："蘑菇云！对，蘑菇云！女皇陛下的蘑菇云！可怜的安东尼爵士，想蘑菇云都想疯了，有了那玩意儿，就能跟日内瓦的罗斯基说，瞧，咱也有蘑菇云了。至于气候变化之类的小事儿当然不在他的考虑之中……也不用考虑什么风向问题。他打电话给鲍勃·孟席斯说，鲍勃，我要看到蘑菇云，今天就要。鲍勃说，可风向不对……别跟我提什么风向，安东尼说，我今天就要看到。于是，他们引爆了那个装置。装置！我太爱这个词儿了。于是，蘑菇云没有飘到海上去毒害那儿的鱼，却飘到内陆来毒害我们。"

"够了。"阿尔卡季的语气坚定。汉伦垂下了脑袋，骂了声："狗屎。"然后狠狠叉起一大块牛肉，塞到嘴里。谁也不作声，最后汉伦说："对不起。"说完，推开面前的盘子。他的手在抖，脸成了酱色。

"怎么了？"阿尔卡季问。

"肠子有点儿不顺。"汉伦答道。

"你该去看医生。"

"去看过了，他们要给我动刀。"

"抱歉。"我说。

"我绝不会让他们把我切开。这么做对不对？"

"或许不对，"阿尔卡季说，"或许，你该听医生的话。"

"可能吧，或许以后我会。"汉伦说话时鼻子悲伤地抽动着。

这样又过了五分钟，最后阿尔卡季站起身来，用手抱着老头儿的肩膀。"吉姆，"阿尔卡季的语气温柔，"实在抱歉，可我们真的要走了。能捎你到什么地方吗？"

"不用，"汉伦说，"我就待在这儿。"

我俩准备走，汉伦说："再多待会儿吧。"

"真的不成了，我一定要走了。"

"真希望你俩小子能多待会儿，大家一起开开心心的。"

"我俩还会再来。"我说。

"真会再来吗？"汉伦屏住呼吸，追问，"什么时候？"

"过几天吧，"阿尔卡季说，"那时候手上就没事儿了。"

"刚才跟你发了火，真抱歉，"汉伦对我说，他的嘴唇在颤动，"我总是对英国人发火。"

"别多想了。"我说。

外面更热了，风也渐渐减弱下来。门外，一只楔尾鹰正滑过一排篱桩，那是只可爱的鸟儿，长着古铜色的闪闪发亮的羽毛，一看见我们就向远处飞去。

"吃了牛排，至少也该说声谢谢吧！"汉伦在我俩身后喊道。

他想再摆出那副周身是刺儿的架势，可看得出他心里慌得很，他的脸颊已被泪水打湿。他转过身去，实在不忍心看着我们离去。

17

骷髅溪营地（Skull Creek Camp）大门口，告示牌上写着"任何人带酒精饮料进入土著人聚集点罚款两千"，旁边又有人用白粉笔写着"狗屁"。我们到这里来接一个叫蒂米的卡伊提长老，他跟阿兰·纳库姆拉是亲戚，对中塘一带的梦象有所了解。

我下车解开大门上的锁链，再上车，车向几座错落分布的房子驶去，这些房子的大部分都隐藏在高高的蒿草之中，只能看到铁皮屋顶。车开到聚居点边上，几个孩子正在跳蹦床，附近有间大大的铁皮屋，棕色，无窗。阿尔卡季说那是诊所。

"也有人管那儿叫死亡机器，"他说，"如今没人肯走近那儿。"

我在两棵白桉树下停好车，树旁边是一间小屋子，墙上刷了白浆。树上，鸟儿正在鸣唱；门廊里，两个胸部丰硕的女人正躺着睡觉，其中一人穿着绿色的宽松套头衫。

"马威斯。"阿尔卡季大喊。

两个胖女人依旧打着鼾，没有一点儿动静。

白桉树远处，一大片红土地上，约莫二十间半锥形窝棚排成了一个圈，都是波纹铁搭建的，一面敞开，像猪圈一样。阴凉地里，有人蹲着，有人躺着。

风卷起纸箱和破碎的塑料薄板，整个聚居点上空悬浮着一股青草的味道。羽毛光亮的黑乌鸦跳来跳去，猩红色的眼睛一眨一眨，啄着过期的牛肉罐头。一只狗跑来，赶走群鸦。

一个小男孩认出了阿尔卡季，大叫："阿克！阿克！"短短几秒钟之内，一群光屁股小子围上了我俩，嘴里都叫着："阿克！阿克！"他们的黄头发看起来像黑色庄稼地收割后的残茬，苍蝇绕着他们的眼角飞来飞去。

阿尔卡季手里抱起两个，第三个爬到他背上，剩下的扯住他的双腿。他拍拍孩子们的头顶，捏捏他们伸出的胳膊，然后打开丰田车后门，分发饮料和糖果。

两个昏睡的胖女人终于有一个坐起身来，用手拢拢蓬乱的头发，打个哈欠，揉揉眼睛，然后问道："阿克，是你吗？"

"你好，马威斯，"他回答道，"今天怎么样？"

"还行。"她一边说，一边又打了个哈欠，晃晃脑袋。

"蒂米在吗？"

"在睡觉。"

"我想带他出去。"

"今天吗？"

"现在就出发。"

马威斯费劲地站起身来，步履沉重地走过去，想摇醒自己的丈夫。她其实不用去，蒂米已经听到外面的嘈杂声，这会儿正站在门洞里。

他肤色浅淡，瘦骨嶙峋，一只眼睛因为白内障而浑浊不清，虽然已上了年纪，脸上还是挂着一副捣蛋鬼的神情；头上戴着棕色宽边帽，微微歪向一边，脖子上系着条红脖巾；人太瘦，显得裤子过于宽大，要两手拉着向上提。他伸出一根手指，向阿尔卡季摇了摇，呵呵笑起来。

阿尔卡季推开身边的孩子们，从车上取出一本影集，里面是上次远行时照的照片。他和蒂米在台阶上肩并肩坐着，蒂米翻着影集，专注的神情就像个看故事书入迷的孩子。我在他俩身后坐下，伸头看，一只有乳腺炎的母狗老围在我身边，用鼻子拱我的大腿内侧，赶也赶不走。

阿尔卡季用手抱住老头儿的肩膀，问他："今天打算跟我们一起走吗？"

"吃的带足了吗？"蒂米问。

"带足了。"

"那就走。"

马威斯松松垮垮地坐在我们旁边，把头发拨弄到脸上，现在只能看到她那开裂、突出的嘴唇。阿尔卡季俯过身去，问道："跟我们一起去吗，马威斯？柯蒂斯泉的托普西和格拉迪斯也来。"

"我如今哪儿也去不了了，"她恨恨地说，"只能整天坐在这里。"

"没假期了吗？"

她轻轻哼了一声，说："有时候我们去腾南特克里克，我在那儿有亲戚，我妈就是打那儿来的。她原来就住在溪流旁的大水塘附近，你知道那个地方吗？"

"应该吧。"阿尔卡季的话音并不很肯定。

"那片地属于比利小子帮，"马威斯的话音里带着几分几乎耗尽的自豪，仿佛在伸张自己的权利，"一直到麦克克鲁汉站，都是。"

"不想和我们一起去中塘吗？"

"没法去。"

"为什么没法去？"

"没鞋，"她伸出脚，在阿尔卡季面前露出结满老茧、生着道道裂口的脚跟，"没鞋哪儿都去不了，得搞双鞋了。"

"穿我的吧，"我自告奋勇道，"我有双备用的拖鞋。"说完，我走到车前，松开背囊，抽出自己唯一的一双绿人字托。马威斯一把把拖鞋从我手中夺过去，倒好像鞋是我从她那里偷来的。她套上鞋，晃晃脑袋，然后拖着脚取蒂米的棒子和毯子去了。

这会儿工夫，蒂米正在吸手中的盒装苹果汁。他放下果汁，用手把帽子戴正，然后又拿起果汁吸一口，微微思索一下，然后说："叫上大个儿汤姆，怎么样？"

"他在吗？"

"肯定在。"

"肯去吗？"

"肯定愿意。"

我们走到一间矮棚子前面，大个儿汤姆正在里面睡觉，光着上身，胸膛一起一伏，上面覆盖着浓密的毛。狗叫起来，把他吵醒了。

"汤姆，"阿尔卡季说，"我们要去中塘，你一起去吗？"

"当然去。"他笑着答道。

他爬出棚子，伸手取了件衬衫和一顶帽子，说自己能出发了。这时，他老婆卢比也从自己那边的棚子爬出来，往头上缠了条带绿点的头巾，说自己也准备好了。

还从没见过哪对夫妇准备得这么快。

现在，我们有六个人了，越野车里的气味可真叫丰富多彩、千奇百怪。

出去的时候，我们碰上一个长胳膊长腿的年轻人，一头黄发，下巴上的胡子带点儿红色，整个人躺在路中央。他上身穿着橙色的短袖衫，下身的牛仔裤已洗得发白，身边蹲坐着四五个黑女人，好像在给他做腿部按摩。

阿尔卡季按响喇叭，挥挥手，地上的青年勉强点了下头。

"怎么回事儿？"我问。

"那是克瑞格，"阿尔卡季说，"旁边的女人中有一个是他老婆。"

18

我们的车在伯恩特·弗莱特旅馆门口停下加油，附近公路上出现了一具尸体，一位警官正在盘问过往车辆。

据那位警官介绍，死者是白人，二十多岁，流浪汉。过去三天里，沿途的司机不时地看到他就躺在那儿。"现在都成一摊泥了，要用大铲子把它从路面上铲起来。卡车司机还以为那是死袋鼠的尸体。"

事故发生在凌晨 5 点，可尸体，更确切地说，被拖挂车碾轧后还剩余的部分至少已经晾了六个小时。

"好像什么人把它扔到了马路上。"警官说。

警官礼貌得有些拘谨，"V"形衬衫领口上喉结蠕动。问几个问题是他的职责，在爱丽丝泉，轧个黑鬼没人会在意，可白人就不同了……

"昨晚 11 点你们在什么地方？"

"爱丽丝泉。"阿尔卡季面无表情地回答。

"非常感谢，"警官触帽行了个礼，说，"不用再打搅你们了。"说话的时候，他的眼睛一刻也没有离开车厢里的四个乘客，而四个乘客则假装他根本不存在，面无表情地望着远处的平原。

警官向自己开着空调的警车走去，阿尔卡季按铃要人来加油，没动静。再按，还没动静。第三次，还是没见人影儿。

"看来咱们得等会儿了。"他耸耸肩。

"确实。"我说。

正是午后 3 点时分，整幢建筑浸泡在热浪中。旅馆的外墙刷成土黄色，波纹铁的屋顶上用白漆刷了六个大字——伯恩特·弗莱特，字迹已经斑驳脱落。门廊里放着一排鸟舍，里面有虎皮鹦鹉和玫瑰鹦鹉，大通间的门窗已经用木板钉起来，一块牌子上写着"本店待售"。

这处房产的主人也叫布鲁斯。

"他的酒精饮料销售许可证被吊销了，打那儿以后利润就急剧下滑。"阿尔卡季说。

过去，布鲁斯赚了大把的钱，可新的酒精饮料销售许可法出台，禁止向土著人出售高度酒，一切都变了。

我们还在等。

一对老年夫妇开着辆宿营车来加油，丈夫按了按铃铛，酒吧间的门开了，走出一个穿短裤的男人，身后一条大布尔犬伸着舌头，狗脖子上系着牵绳。

这位布鲁斯长了双三又四分之一码的脚，红发，圆滚滚的下巴，臀部松弛，手臂上有美人鱼刺青。布尔犬一看到我们车里的乘客就狂吠不已，布鲁斯拴好狗，用余光扫了阿尔卡季一眼，然后走过去给那对老夫妇加油。

老夫妇付了钱后，阿尔卡季十分客气地问道："请问，能给我们加一箱油吗？"布鲁斯解开狗，原路回去。

"真是猪。"阿尔卡季说。

刚才问我们话的那位警官一直在自己的车里看着我们。

"最后他还是要给我们加油，"阿尔卡季说，"法律规定。"

过了足足十分钟，门开了，走出一位穿蓝裙子的女人，她不算老，但头上的短发已先灰白了，指甲缝里还沾着面团，看来刚才她一直在做糕点。

"别在意布鲁斯，他今天气疯了。"她叹口气说。

"跟往常不同吗？"阿尔卡季笑着问，那女人耸了下肩，长出了一口气。

117

"想见识见识地方特色吗？"阿尔卡季对我说，"进去瞧瞧。"

"进来看看。"那女人一边挂起油枪，一边也说。

"咱们有时间吗？"

"时间可以挤，给你长长见识。"

那女人抿紧嘴唇，发出一声尴尬的笑声。

"不如我去给大家买点儿东西喝吧。"我说。

"那快去，"阿尔卡季说，"我要啤酒。"

我探过脑袋，问后面的人要什么，马威斯先说要橙汁，又改口说要橙汁加芒果汁，大个儿汤姆要葡萄汁，蒂米要可乐。"再来只紫脆皮。"他加了一句。紫脆皮是一种巧克力皮的糖果棒。

阿尔卡季向那女人付了钱，我跟着她走进酒吧。

"出来的时候，注意看电灯开关的右边。"阿尔卡季在我后面喊道。

酒吧里，几个人正在玩儿飞镖，一个一身西部牛仔穿戴的男人正在往唱机里投硬币，墙上贴满了宝丽莱快照：赤身裸体的大胖子，好多长气球。一张告示上写着：信用跟性一样，有人有，有人无。一幅"中世纪古卷"上面画着大力士的漫画，还有几句"古英语"，大概意思是：

虽然我走过

阴暗的死亡之谷

我不会惧怕

任何邪恶的东西

因为我，布鲁斯

就是死亡之母

最卑鄙的儿子

在一排金馥力娇酒瓶中，有一只盛着黄色液体的旧酒瓶，标签上写着"纯正的澳大利亚北领地劣酒"。

我等人过来，听到布鲁斯对一个酒客说，自己在昆士兰州（Queensland）买了块地，在那里"黑鬼还是叫黑鬼"。门外走进一位电报公司的工程师，身上大汗淋漓，要了两杯啤酒。

"听说你在公路上干过打了就跑的事儿？"那人问道。

"对，"布鲁斯一笑，露出牙齿，"更多肉！"

"什么？"

"我说有更多肉吃。"

"能吃？"

"白人。"布鲁斯伸出舌头，那个工程师皱了皱眉，什么也没说。工程师的同伴也推门进来，在吧凳上坐下，一个瘦削的土著混血年轻人，一脸欢快的表情和自我欣赏的笑容。

"这儿不招待黑鬼，"布鲁斯提高嗓门，压过周围的嘈杂声，"没听见吗？我这儿不招待黑鬼。"

"我可不是黑鬼，"那位混血青年答道，"我有皮肤病。"

布鲁斯大声笑起来，周围的人也轰然大笑，混血青年咬紧牙齿，保持微笑的表情。我注意到他抓啤酒杯的手攥得紧紧的。

接着，布鲁斯强装礼貌，对我说："你大老远来吧，要什么？"

我点了东西，说："再加个紫脆皮。"

"给这位英国绅士来根紫脆皮。"

我什么也没说，付了钱。

出门时，我看看电灯开关的右边，在墙纸上看到一个弹孔，弹孔的四周挂着一个镀金框子，里面还镶了一小片黄铜箔片，上面写着"麦克—1982"。

大家接过我手中的饮料，头也没点一下。车发动开走，我问："谁是麦克？"

"麦克就是麦克，"阿尔卡季说，"布鲁斯以前的酒吧侍者。"

那也是一个炙热流金的下午，四个皮因土皮族青年开车从巴尔哥（Balgo）布道点回来，经过这里，下车加油，再买点儿东西喝。四人都很疲惫，火气一点就着，最大的一个看见了那个"劣酒"瓶子，说了些不中听的话，丁是麦克拒绝为他们服务。那个小伙子瞄准"劣酒"瓶子扔过一只啤酒杯，没砸着，于是麦克取出布鲁斯放在吧台里随时备用的点二二口径步枪，瞄着几个青年的脑袋上方一点儿开了火。

"至少在审判时麦克是这么说的。"阿尔卡季说。

第一颗子弹从青年的头盖骨上部打穿过去，第二颗子弹打在墙上，电灯开关右边一点儿的地方，第三颗打进了天花板。

"自然，"阿尔卡季继续毫无表情地说，"邻居们为倒霉的侍者捐款，帮他付律师费，还组织了一次晚会。"

"最后怎么判的？"

"自卫。"

"那证人呢？"

"要土著人作证有时候比较麻烦，"阿尔卡季说，"比如说，他们不愿意再听到有人呼唤死者的名字。"

"你是说土著人拒绝出庭作证吗？"

"所以很难告倒麦克。"

19

我们的车路过一个写着"中塘"的路牌，右拐，向西行驶，与旁边一道岩石陡坡并行，路上尘土飞扬。路时上时下，穿过一片灰叶灌木林，时而有灰隼立在篱桩上。阿尔卡季不停地打着方向盘，避开路上较深的车辙。

我们的右手方不远，有一片出露的砂岩，风吹日晒下已侵蚀不少，岩石间四处立着二十英尺左右高的石柱。那儿肯定有什么梦象，我捅捅大个儿汤姆的肋下。

"那是什么？"我问。

"小东西。"他弯起中指，模仿蠕动的小虫。

"木蠹蛾虫？"

他使劲摇摇头，又做了个把小虫送进嘴里的手势，说："更小。"

"毛虫？"

"对。"他笑起来，向我的肋下回敬了一下。

道路驶向远处一片树丛，树丛中有一幢白房子，四周还散落着一些建筑，那里就是中塘聚居点。地上长的草居然有着白骨一样的颜色，几匹栗色的马正在吃草。

车拐弯驶上一条更窄的土路，越过一条小溪，在聚居点的大门口停下来。这是我拜访的第二个土著聚居点。这里不像骷髅溪那么寒酸，碎酒瓶少些，流浪狗也少些，孩子们看上去要胖许多，也健康许多。

虽然已经傍晚，大多数居民还在午睡。树下，一个妇女正在整理自己的东西，阿尔卡季向她打了声招呼，她垂下头，望着自己的脚趾。

我们深一脚浅一脚走过茅屋，在蒿草间绕来绕去，最后走到一辆没车轮的大众旅行车前。车门上挂着一块绿色的油布，一条长长的塑料管拉进旁边一块西瓜地，还有水向外滴。一条常见的尖嘴猎犬拴在车上。

狗叫起来，阿尔卡季提高嗓门喊："阿兰？"

没人答应。

"阿兰，在吗？……天哪，"阿尔卡季压低声音说，"但愿他没有出去。"

又过了一会儿，油布的缝里伸出一条长长的黑胳膊，再过一会儿，一个瘦削的男人从里面现身。他花白胡须，戴着一顶浅灰色的斯泰森毡帽，白色的裤子上污渍斑斑，紫红色的衬衫上印着吉他的图案，脚上没穿鞋。他步入日头下，目光越过阿尔卡季，颇具派头地微微点了下头。

狗还在叫，他解开绳子。

阿尔卡季上前，用瓦尔比里语同他交谈，老人听着，再次点下头，然后又回到篷布后面。

大家走开，我说："他让我想到海尔·塞拉西① 。"

"更有派头。"

"有派头得多，"我同意，"他会来吗？"

"我想应该会吧。"

"他不会说英语吗？"

"会，不过不肯说。英语不是他最爱用的语言。"

阿尔卡季告诉我，卡伊提族不太走运，因为他们居住的地方靠近大陆电报公司的电报线路，故而同白人的接触也早。他们学会了用电线杆上的玻璃导管做刀和标枪头，白人觉得要教训教训他们，制止这种行径。卡伊提族吃了亏，有人送了命，自然要报复。

下午早些时候，我们曾路过一个电报员的坟墓。1874 年，那位电报员身中标枪，临死前向阿德莱德的妻子拍去永别的话语。卡伊提族与警察间的报复行动断断续续，一直持续到 20 世纪 20 年代。阿兰小时候亲眼看到自己的父兄倒在枪口下。

"你说他是最后一个？"

"在这一地区，他是族里的最后一人。"

一棵白桉树下，大家背靠树干而坐，看着眼前的营地恢复生

---

① 海尔·塞拉西（Haile Selassie），埃塞俄比亚末代皇帝，1930 年至 1974 年在位。

气。马威斯和卢比去探望自己的女性朋友去了，大个儿汤姆打着盹儿，蒂米盘腿而坐，面露笑容。地面干涸、开裂，一队蚂蚁从我脚前几英尺的地方坚定地列队通过，丝毫没有改变行军路线的意思。

"玛丽安到底上哪儿去了？"阿尔卡季突然问起，"她几小时前就应该到了。煮点儿茶喝吧。"

我从树丛里拾来些柴火，点起一堆火，阿尔卡季准备好茶具。他向蒂米递过一个火腿卷，蒂米狼吞虎咽，又要了一个，然后把自己手中的茶缸递给我，要我给他加满茶，一副被人伺候惯了的神情。

水快烧滚了，冷不丁营地方向传来一阵喧哗，女人在叫，狗在跳，小孩子四散逃开，找地方躲起来。眼前，一道紫中泛黄的尘土柱朝我们的方向滚滚而来，越来越近，呼呼声大作，吞下树叶、枯枝、塑料片、废纸、铁皮，绕着，卷着，送上半空，然后在远离营地的道路上一泻而下。

一阵惊慌过后，一切恢复如前。

又过了会儿，来了个穿天蓝色衬衫的中年人，头上没戴帽子，头顶上的发茬和下巴上的胡子茬差不多长，一脸笑容透着坦率，叫我想起我的父亲。他蹲下来，用调羹往自己的杯子里舀了一勺糖，说话声音很低，边说还边用手指在沙地上画什么。再过一会儿，我们又向阿兰住的旅行车的方向走去。

"那人是谁？"我问道。

"老头儿的侄子，"阿尔卡季说，"也是他的'主礼人'。"

"来做什么？"

"试探试探我们。"

"通过了吗？"

"我想我们应该是可以探访了。"

"什么时候？"

"不久后。"

"我想搞清楚什么叫'主礼人'。"

"不太容易。"

火堆上升起的烟扑面而来，不过至少也熏走了蚊蝇。

我取出笔记本，在大腿上摊开。

阿尔卡季说，首先要了解两个土著名称：科尔达（Kirda）和卡吞古尔鲁（Kutungurlu）。老阿兰是科尔达，也就是说，他是我们将要勘测的某块土地的"主人"，要为那块地负起责任，确保歌谣延续及各种仪礼的准时。那个穿蓝衬衫的是他的卡吞古尔鲁，也就是"主礼人"或"助手"，这个职务向来由"主人"的属于另一个图腾部落的内侄担任。卡吞古尔鲁一词的意思是"子宫的亲属。"

"那是不是说'主礼人'的图腾总是不同于'主人'？"

"是这么回事儿。"

两人结成对子，帮助对方在自己的土地上完成仪礼。大多数情况下，"主人"和"主礼人"年龄有相当的差距，这也确保仪礼能一代代相传下去。过去，欧洲人以为"主人"就是真正的"主人"，"主礼人"是为他打下手的，其实那完全是一厢情愿的看法。土著人自己有时候也把"主礼人"叫作"监护"，或许那样更准确地表述出了两人间的实际关系。

"监护"不点头，"主人"几乎什么也做不了。就以阿兰为例，他侄子刚才来告诉我们，他们俩都十分忧心，担心铁路会毁掉一个重要的梦象场所——蜥蜴祖先永眠之所。不过，最后决定是否跟阿尔卡季一起走的是他，而不是阿兰。这套体系的魔力在于，一块土地的责任人说到底居然不是它的"主人"，而是邻近部族的某个成员。

"反之亦然？"我问道。

"那是当然。"

"那也就是说，邻里间很难发生争斗，对吗？"

"一语中的。"

"就好像美苏两大国把自己的内政交到对方手中……"

"小声点儿，"阿尔卡季说，"他们来了。"

20

蓝衬衫穿过蒿草，步履迟缓，在阿兰身后一两步跟着。阿兰的额头上扣着一顶毡帽，挡住大半张脸，那张脸上既看得出怒火，也看得出克制。他在阿尔卡季身边坐下，盘起腿，把点二二口径步枪横放在大腿上。

阿尔卡季铺开测绘图，用石块压住四角，以防一阵风吹来把图吹走，他用手指着图上的丘陵、道路、水塘、篱笆，以及铁路线的可能走向。

阿兰面色平静，仿佛一位参加参谋会议的将军，时不时还伸出手指，指指图上某个地方提个问题，然后又收回来。原以为他不过是做做样子，没想到他居然能看得懂地图。这会儿，他张开拇指和食指，形成个"V"字形，在图上上上下下比来比去，嘴唇无声地颤动着。后来阿尔卡季告诉我说，他那是在丈量歌之途。

大个儿汤姆给阿兰递去一根香烟，阿兰接过，抽起来，还是不出一声儿。

几分钟后，一辆破旧的卡车向我们开来，前面坐着两个白人，后面货厢里猫腰蹲着一个黑人。司机瘦高个，脸上岁月的痕迹纵横，留着连鬓短须，头上戴顶油腻腻的黄帽子。他走下车，同阿尔卡季握握手，说自己叫弗兰克·奥尔森，中塘站点的业主。

"这位，"他指向身边的年轻人，"是我的搭档，杰克。"

两人都身穿短裤和无袖汗衫，足蹬沙漠靴，脚上没穿袜子，腿上青一块紫一块，既有虫子咬的，也有荆棘刺的。两人看来神情凝重，似乎是有备而来，阿尔卡季也转入守势，其实他不必紧张，他俩不过想搞清铁路线的走向。

奥尔森在地图旁蹲下身，说："让我瞧瞧那帮家伙到底想干什么。"话音里带着怒气。他说，过去两星期，推土机在树林里推出了一条宽道，一直推到他南边的篱笆前。要是继续沿着分水岭的走向那样推下去，他的储水设施就毁了。

不过，测绘图显示计划中的路线在那里拐了个弯，向东去了。

"嘘！"奥尔森长出一口气，把帽子推到脑袋后面，擦擦手心的汗，说，"没人想到知会我一声，那是当然。"

他又谈起疲软的牛肉价格，干旱，遍地的死牲畜。好年份的降水有十二英寸，今年只有八英寸，要是低于七英寸，那大家就都破产了。

阿尔卡季问奥尔森，能否在他的水坝边扎营。"我没意见，"奥尔森回答，眼神飘向阿兰，眨巴下眼睛，"你最好问问这里的主人。"

老头儿一动没动，飘动的胡须上浮起一丝笑意。

奥尔森站起身，说："再见，明早别忘了来喝杯茶。"

"不会忘，"阿尔卡季说，"多谢。"

已是傍晚时分，万物洒上一层祥和宁静的金色，远处的道路上升起一缕轻烟，那是玛丽安的车。

玛丽安开着辆灰色的旧路虎车，穿过棚屋，一直开到距火堆五十码的地方才停下。车厢里挤出两个健硕的女人，是托普西和格拉迪斯，后排座位上还有四个瘦点儿的女人。她们也鱼贯跳下车，掸掸身上的尘土，伸伸胳膊腿。

"你迟到了。"阿尔卡季似乎在责备，不过语气并没那么严肃。

"你们都迟到过。"玛丽安笑着答道。

离开爱丽丝泉后，她一人开了三百英里，医治了一个被蝎子蜇伤的男孩，给一个患痢疾的婴儿开了药，帮一个老人拔了牙，给一个女人缝合丈夫留下的伤口，又给那个丈夫缝合小舅子留下的伤口。

"现在，"她说，"我饿疯了。"

阿尔卡季拿给她一个法式小面包，一罐茶，担心她累过了头儿，还能不能开车。"咱们可以在这儿过夜。"他说。

"用不着，"她说，"还是离开这里吧。"

她坐在前挡泥板上，两腿叉开，把手里的东西一股脑儿塞进嘴里。我想跟她说两句话，可她的目光越过我的头顶，脸上挂着女人特有的笑容，想的是女人常想的事儿。

她把罐子里的茶一饮而尽，把空罐递给阿尔卡季。"给我十分钟，然后出发。"

她一路小跑，跑到营地的消防龙头下冲了一把，又一路小跑回来。正好背对着夕阳，浑身上下湿漉漉，闪闪发光，晃动的头发像游动的金蛇。毫不夸张地说，她看上去就像皮耶罗画中的圣母，虽然一步一滑，微微不便，却因此更显得迷人。

一群年轻的母亲在她身边围成了个圈，她抱起她们怀中的孩子，擦去孩子鼻头上的鼻涕，掸去他们小屁股上的灰尘，把他们上上下下晃上一晃，然后再交还给孩子的母亲。

我不禁好奇，究竟是什么使这些澳大利亚女人如此坚强，如此容易满足，而世上那么多男人却像被掏空了似的。我又试着跟她说几句，可遇到的还是那副空洞的笑容，似乎是叫我走开。

"玛丽安怎么了？"整理行装的时候，我问阿尔卡季，"我是不是做了什么错事儿？"

"别在意，"阿尔卡季回答，"她一跟女人在一起就那副样子。要是那些女人看到她跟个陌生人打得火热，就会以为她是个大嘴婆，再也不会跟她说什么了。"

"不错，"我说，"是个合理的解释。"

"来吧，大伙儿，"阿尔卡季向大家喊道，"出发了！"

21

丰田越野车轧着土路上的两条车辙，左歪右扭，上下颠簸，地面上的蒿草、灌木从车底盘上划过。阿兰和蒂米坐在前排，那支点二二口径的步枪立在阿兰的两膝之间。玛丽安的车紧紧地跟在我们后面，车上坐的都是女人。车经过一段沙地，要换成四驱才能通过。外面，一匹黑马人立而起，发出一声嘶鸣，小跑而去。前面是大片开阔的林地，正是傍晚时分，漫天橘红，树木在草地上投下一条条长长的黑影，白桉树仿佛荡漾在半空中，如同落了锚链的热气球。

阿兰抬起手，示意阿尔卡季停车，把点二二步枪伸出车窗外，朝林子里开了一枪。一头母袋鼠带着小袋鼠从隐蔽的地方逃了出来，大步向远方跳跃而去，背上的白皮毛在灰色的灌木丛中若隐若现。阿兰又开了一枪，再一枪，然后和蓝衬衫一起跳下车，急追过去。

130

"大红袋鼠，"阿尔卡季说，"日落时分出来喝水。"

"打中了吗？"

"我觉得没打中。瞧，他们回来了。"

阿兰的帽子最先从齐人高的草头中浮现出来，"主礼人"蓝衬衫的肩膀部位撕破了，荆棘剐的，有血。

"运气不好啊，老爹。"阿尔卡季说。

阿兰重新给步枪上膛，两眼死盯着窗外。

太阳已挂上树头，车驶近一台风车，风车旁有废弃的牲口圈舍。过去这里有人住过，地上还有一堆木头，已经发灰腐烂，放牧人住的屋子也已残破不全。风车不停地把水喷到两只巨大的圆形镀铬水箱中，水箱边上落了一群桃红鹦鹉，足足有好几百只，还有红冠凤头鹦鹉。鸟儿们一看见我们就一齐飞上半空，在我们的头顶上盘旋，露出翅膀下面野玫瑰一样的颜色。

大家一下子围上饮水槽，捧起水洗净脸上的尘土，再灌满自己的水壶。

我特意避开玛丽安，可她却从背后上来，使劲儿拧了一把我的屁股。

"啊，开始懂规矩了。"她咯咯笑着说。

"疯女人！"

向东边，地势平坦，没有树木，完全没有遮阴处。阿兰不停地用手指着远方天际线上一处孤零零的凸起。我们到达一座岩石小山脚下时，天已差不多全黑，三齿稃正开着花，白色的花瓣在岩石上摇摆着。

这座小山，阿尔卡季说，就是蜥蜴祖先的永眠之所。

大家分两处扎营，彼此能听见对方的动静。男人们围成个圈，整顿好自己和行囊，说话开始压低嗓音。阿尔卡季拿出东西，我去砍柴生火，用干草和树皮做火引子。刚生起火，从女营那边传来一阵惊叫声，借着她们那边的火光，能看出那个跳来跳去的人是马威斯，还用手指着地上的什么东西。

"什么情况？"阿尔卡季大声问玛丽安。

"蛇！"玛丽安大声应答，听上去挺开心。

那不过是沙地里的一条小蛇，可也足够让女人们歇斯底里了。男人们也焦虑起来，大个儿汤姆带头，大家一跃而起，阿兰抓紧手中的枪，另两个拿起木棍做武器；大家仔仔细细地搜寻着沙地，小声说话，情绪激动，挥舞手臂，像是莎翁戏剧中的演员。

"别管他们，"阿尔卡季说，"不过是做做样子。我还是到车顶上去睡吧。"

"胆小鬼。"我说。

至于我自己，拉起一块"防蛇咬"地席，把四角系在小树上，四边翘起，距地面有一英尺高。然后我开始做饭。

火太大，没法不把牛排烤焦，最后连我自己都被烤焦了。阿兰如同大师般冷眼旁观，其他人也没说一句谢谢，只是不断拿过碟子，再来点儿，再来点儿；都吃饱后，他们才重新开始说话。

"知道他们让我想起什么吗？"我对阿尔卡季说，"一屋子的银行家。"

"他们就是，这会儿正在决定怎么才能少给我们留点儿。"

132

牛排又焦又硬，在汉伦那儿吃过午饭后，我俩都没什么胃口，收拾好东西，过去加入老家伙们的圈子。火光扑打着大家的脸，月亮升上来，能看清小山的轮廓。

大家坐着不说话，最后阿尔卡季觉得是时候了，转向阿兰，用英语缓和地问他："老爹，这地方有什么故事？"

阿兰注视着火光，一动不动，颧骨上的皮肤紧绷，反射着光芒。接着，他向蓝衬衫点下头，动作轻微，几乎让人无法察觉。于是，蓝衬衫站起身，开始哑剧表演，间或也夹上一两句怪腔怪调的英语。

故事说的是蜥蜴祖先的旅行，歌谣讲述了蜥蜴祖先和他年轻漂亮的妻子从澳大利亚北部步行来到南部，一条南部蜥蜴诱拐了他的妻子，还给他一个冒牌货，打发他回家。不知道他演的是哪种蜥蜴——松狮蜥、走路蜥，还是那种满身是皱褶、看上去怒气冲冲、脖子上带环状"领子"的蜥蜴——只知道蓝衬衫把蜥蜴给演活了，要有多像，就有多像。

他既是雄，又是雌；既是诱拐者，又是被诱拐的；既是暴食的饕餮、缩头的乌龟，又是疲惫的旅行者。用爪子轻轻刨一侧的土，然后突然静止不动，仰起头；用下眼睑盖住眼球，闪电般伸出舌头；被激怒时，脖子胀得老粗；临死时，翻来滚去，越来越微弱，像垂死的天鹅；最后，他下巴僵住了，那就是结局。

蓝衬衫抬手指指前面的小山，脸上带着刚刚讲完一个精彩至极的故事后的得意，大声说："那儿……他就在那儿。"

整个表演不到三分钟。

蜥蜴之死让阿尔卡季和我有点儿伤感，可大个儿汤姆和蒂米自打换妻那段过后就大笑不止，一直到蓝衬衫坐下来还不停，就连一向沉静似水的阿兰的脸上也浮现出一丝笑意。他们一个接一个打起哈欠，铺好铺盖，蜷起身子睡下。

"他们肯定挺喜欢你，"阿尔卡季说，"刚才他们在以自己的方式为晚饭表示感谢。"

我俩点上防风灯，远离火堆，在两张宿营凳上坐下。阿尔卡季说，刚刚看到的当然不是蜥蜴之歌的完全版本，只不过是缩略，专演给陌生人看的。完全版要道出蜥蜴人整个旅途中喝水的每一处水坑，做标枪时砍倒的每一棵树，睡觉的每一处洞穴。

下面是我草录下的故事：

北方蜥蜴带着妻子动身去南方的大海，他的妻子年轻漂亮，肤色比她丈夫浅许多。两人穿过沼泽和河流，在一座小山前停下脚步——那就是中塘的小山。他俩就在山下睡觉过夜。第二天早晨，他俩路过野狗窝，母狗正在给一窝小狗喂奶。"哈，"蜥蜴说，"我会记下这个地方，迟些时候抓它们来吃。"

两人继续向前，走过乌德纳达塔，走过艾尔湖，最后到达奥古斯塔堡的海边。海上一阵风吹来，蜥蜴感到寒冷，浑身打战。他看到不远处的滩头上点着堆篝火，围着篝火坐着几只南方蜥蜴，就对妻子说："去借根火把回来。"

她去了，可有只南方蜥蜴看到她浅色的皮肤就动了心，向她求爱，她答应留下来。那只南方蜥蜴叫自己的妻子拿火把到北方蜥蜴那里去，为了把她的肤色扮浅些，还给她从头到脚涂上矿土。北方蜥蜴开始还以为那就是自己的妻子，直到后来矿土都掉了才知道自己上了当。他跺着脚，七窍似乎都冒出烟来，可在这里他举目无亲，身单力薄，又能怎么样呢？根本无力报复。哀伤中，他带着那个冒牌货，向自己的家乡走去，路上把那窝小野狗捉来吃了。可野狗肉引起消化不良，他病了；到达中塘的小山脚下时，他一头栽倒，再也没有起来……

阿尔卡季和我坐着，静静地思考着这个南半球的海伦传说。从这里到奥古斯塔堡，就是空中的直线距离也有一千一百英里，大约是从特洛伊到伊萨卡（Ithaca）的两倍。我俩想象着一部如《奥德赛》一般记下主人公在十年时间里足迹所到的每一个地方的史诗。

我抬头看看银河，说："还不如去数夜空中的星星。"

阿尔卡季接着说，大多数部族都能说自己近邻部族的语言，因此并不存在语言障碍问题。难解之处在于，住在歌之途一端的 A 族人对 Q 族的语言一窍不通，可他如何能在听 Q 族人唱上几小节后，就能准确地说出那片土地的情况？

"老天，"我惊呼，"你是说就算歌里讲的是一千英里以外的事儿，老阿兰还是能够听出来，是吗？"

"很有可能。"

"即使他从来没有去过那里？"

"是的。"

阿尔卡季说，有一两位音乐民俗学家已开始研究这个问题，不过，最好还是想象一下自己也能做的一个小实验。

假设，我们在奥古斯塔港附近也找到一个能唱蜥蜴人之歌的歌手，又假设我们把他的歌声录下来，然后拿给阿兰听，会有什么结果？很可能他立刻就会根据旋律辨认出歌谣，就像我们听到某段旋律就知道那是贝多芬的《月光奏鸣曲》，可歌谣的意思他完全不懂。不过，他还是会十二万分仔细地聆听歌谣的旋律结构，或许还会要求我们把几小节来回多放几次。突然间，他同歌谣找到了"共鸣"，把自己的歌词加到歌谣之上。

"用他自己的歌词来唱一千英里外的奥古斯塔港？"

"不错。"

"真的还是假的？"

"千真万确。"

"到底怎么办到的？"

没人有肯定的答案，有人说那是心灵感应，土著人自己则说歌手的神思会不由自主地飞翔在歌之途上。不过，还有另一种更让人惊讶的解释。

不管歌词如何，似乎歌谣的旋律构成就在描绘着所经过的土地。因此，要是北方蜥蜴拖着脚步走过艾尔湖的盐湖盆，就会听到一连串长长的降半调音，就像肖邦的《葬礼进行曲》；要是他蹦蹦跳跳地经过麦克唐奈山中的陡坡，就会听到一连串琶音和滑音，就像李斯特的《匈牙利狂想曲》。

某些小节，某些音符组合会专门描绘祖先行走的动作。祖先在某小节走到"盐湖盆"，其他的小节走到"小河底""三齿稃""沙山""马尔加树林"，等等。经验老到的歌手听着它们出现的次序，计算着主人公多少次越过河流或攀越山脊，从而能够计算出，他在歌之途上已走了多远。

阿尔卡季说："他能做到听几小节就说，这儿是中塘，那儿是乌德纳达塔，在那些地方祖先又分别做过什么什么什么……"

"音乐就像地图上的比例尺？"我问道。

"音乐是记忆库，帮助人找到世界上的道路。"阿尔卡季回答。

"需要点儿时间来消化。"

"你不是整晚都在消化吗？尤其听说有蛇以后。"

女营那边还亮着火光，还能听到女人们的笑声。

"晚安。"阿尔卡季说。

"你也一样。"

"我跟这些老家伙们在一起最开心。"

我试着入睡，可睡不着，睡袋下面的地面又硬又不平。于是我试着数南十字星座旁的星星，可思绪不时地溜到蓝衬衫身上。他让我想到某个人，过去见过的什么人，也表演过几乎完全相同的故事。我在萨赫勒地区倒是看过舞者模仿羚羊和鹳的动作，可那并不是我苦苦搜寻的记忆。

突然，我想到了。

"洛伦兹！"

22

见到洛伦兹那个下午，他正在自家花园里干活。他的家在阿尔滕贝格（Altenberg），多瑙河上的一座小城，靠近维也纳，热风从东面吹来。我为一家报社去采访他。

这位"性格学"之父长着银白色的短胡子，眼睛像北冰洋的海水一样蓝，脸上的皮肤晒得通红。他写的《论攻击》（*On Aggression*）惹恼了大西洋两岸的自由主义者，对保守主义者却是个喜讯。于是，他的对手挖出一篇几乎已被人们淡忘的文章，发表时间是 1942 年，也正是"最终解决方案"通过的一年。那篇文章中，洛伦兹的生物本能理论服务于种族主义生物学。1973 年，他荣获诺贝尔奖。

他把我介绍给他妻子，她正在除草。她放下手中装野草的篮子，向我微微一笑，给人的感觉却远在天边。我俩彬彬有礼地谈论了会儿繁殖紫罗兰的困难。

"我妻子和我，"洛伦兹说，"打小就认识了。小时候常在灌木丛里玩游戏。"

洛伦兹带路，我们向他的大屋走去。这是一座富丽堂皇的新巴洛克风格建筑，是他做外科医生的父亲在弗兰兹·约瑟夫执政的黄金时期盖的。他打开前门，冲出几条黄毛杂种犬，其中一只的前爪搭上我的肩膀，舔我的脸。

"什么品种？"我问道。

"没人要的野狗，当初就该把这窝狗崽子都给灭了。看见那条狼狗了吗，那边？多漂亮！上两代是真正的狼！我妻子带着它转遍了整个巴伐利亚，想给它找条配种的狗，可它一条也看不上……最后居然跟一条雪纳瑞配上了！"

我俩在书房落座，房里有白釉瓷炉子、鱼缸、玩具火车。鸟笼里，八哥正叫得欢。洛伦兹开始回溯他的一生。

他六岁就读过进化论方面的书，打那时起就坚定地接受了达尔文的学说。后来，他去了维也纳，修动物学，专攻鸭类和鹅类比较解剖学，开始意识到鸭和鹅，还有其他许多种类的动物，都在基因中继承了一些本能行为"模块"或"范式"，绿头鸭的求偶仪式就是典例。求偶时，绿头鸭摇头，晃尾，伸长脖子，一步步向前冲，完成一整系列的行为。一旦开始，就按照可预测的模式进行下去，同它带蹼的脚掌和绿油油的脑袋一样，成为其天性的一部分。

洛伦兹还意识到这些"固定行动模式"为自然选择过程所改变，在物竞天择的过程中必定起到关键作用。可以用科学的手段对它们进行测量，就好像通过解剖来测量比较两个相近的物种。

"我就这样发现了性格学，"他说，"没人给我指导，不过我原本以为心理学家对此早有了解。那时我还是很年轻，对别人满怀敬仰，根本没有意识到自己开创了一门新学科。"

他开始给"攻击"下定义。所谓"攻击"就是动物和人类在同物种中寻求敌手，与之打斗，却不一定要置之于死地的本能，其功能在于确保栖息地上种群的合理分配，最"优秀"的基因能够传给下一代。打斗行为不是反应，而是一种"冲动"或"偏好"，就像性冲动和饥饿冲动一样，会逐渐累积，要求在"自然"物体上得到发泄。如果不能，那就要寻找一个"替罪羊"。

和人不同，野生动物很少会置对方于死地，它们更多的是露出牙齿、羽毛、伤疤，或者厉声鸣叫，把争斗"仪式化"。假如入侵方不如防守方强壮，就会接受"不得入内"的警告，退出安全距离以外。比如说，一匹战败的狼只要主动露出后颈背，胜利方就不会再苦苦相逼下去。

洛伦兹认为，《论攻击》反映了一个经验丰富的自然博物学家的发现，他见过许多动物间的打斗，人类间的打斗也见得不少。他曾在德俄前线当传令兵，在苏联的战俘营里度过好几年时间，由此得出结论：人类是一个具有危险攻击性的物种。战争之本质就是人类日常不断挫败的"打斗冲动"的集中释放。自从史前时代起，这种冲动就伴随着人类；可进入氢弹时代，它足以毁掉人类。

洛伦兹坚持认为人类的致命缺陷，也可以说是其堕落，就在于发展出了人工武器。作为一个物种，我们缺乏"本能禁忌"去阻止那些"以杀人为业的人"杀害自己的同类。

我原以为洛伦兹是个保持旧时的礼节、带着破碎信念的人，对动物王国的多样性和井然有序叹为观止，于是关上自己的大门，不再去理会痛苦、混乱的人类社会。我错得实在不能更离谱了，他同其他人一样对世事茫然迷惑。无论过去信仰过什么，如今他依旧孩子般强求别人分享他自己的发现，不时做出调整和更正，有时改正事实的错误，有时只是调整一下重心。

洛伦兹生来善于模仿，他能惟妙惟肖地模仿任何鸟、兽、鱼。他模仿起处于鸟类最底层的鹩哥，就成了那只倒霉的鹩哥；一会儿，他又变成一对灰纹雄鹅，脖子缠到一起，表演"胜利仪式"；接着又展示鱼缸里小鱼的"性跷跷板"，雌鱼先是将胆怯的求爱者拒于千里之外，可当一条真正的雄鱼进入鱼缸时，它一下子就变成了个千依百顺的少女。洛伦兹依次表演娇弱的雌鱼和霸道的雄鱼。

他也抱怨说自己为人误解，有人从他的"攻击理论"中读出永无休止的战争的托词，这纯属一派胡言。"攻击性"未必就会给自己的邻居造成伤害，可能只是把他"推开"，要是你不喜欢自己的邻居，你就可能做同样的事情。比如说，对自己的邻居说声"切"，然后头也不回地走开，蛙类就如此。

两只鸣蛙会彼此分开，越远越好，只有到产卵季节才凑到一起。还有北极熊，幸运的是，它们的数量并不多。

"北极熊，"他说，"还可以远远离开另一个家伙。"

在奥林诺科（Orinoco），印第安人通过交换礼物的仪式来抑制部落战争。

我插进话："这种交换当然不是在压制攻击，而是仪式化的攻击。只有当这种交换平衡被打破时，暴力才会发生。我说的对吧？"

"对，对，"他热情地回答，"当然如此。"

他从书桌上拿起一支铅笔，扔给我，说："我给你这件礼物，也就意味着我拥有这片领土，同时也还意味着我有自己的一片领土，对你不是威胁。交换礼物实际上就是在确定边界，我对你说，我在这儿放下礼物，不会再往前了。要是把自己的礼物放得太远，就会惹恼对方。瞧，领土未必就是吃喝拉撒的地方，那是你真正栖居之所……你熟悉那里的每一条小河小溪，脑海里记下了每一处遮风避雨的地方，永远立于不败之地。我甚至观测过刺鱼的行为，从而证明了领土的重要性。"

接下来是一场永生难忘的表演，洛伦兹一人表演两条怒气冲冲的刺鱼，在自己的领地中心时，它们谁都不可战胜，可离中心越远，就越来越惊慌，也越来越脆弱。两条鱼你追我赶，绕来绕去，最后达成新的平衡，保持着距离。洛伦兹一边说刺鱼，一边两手交叉放在下巴下，摆动手指模仿刺鱼脊椎的运动。我仿佛看到两条鱼，一条鳃变色了，另一条变白了；一条肚子鼓起来，另一条瘪了下去；一条向前冲，另一条往后逃。

正是那条掉头逃跑的没用刺鱼让我联想起缩头逃避的北方蜥蜴，远离自己的家乡，丢掉自己漂亮的妻子。

23

第二天早上醒来，我发现自己躺在亮蓝色地席中央，日头已经挂在天上。老头儿们早餐还要吃肉，"爱斯基"里的冰前一晚就全化了，牛排泡在血红色的水中，我决定在变质前把它们做了。

我重新点起火，而阿尔卡季则在和阿兰、蓝衬衫交谈，他在地图上指给他们看，铁路线离蜥蜴岩至少有两英里。最后，两人不情愿地表示同意。接下来，他又指向打算开车经过的二十五英里开阔地。

那天早上，越野车大多数时候在破碎的地面上缓慢前行，日光晃得人睁不开眼，植被东一丛西一簇。向东，大地向下沉陷，又再次升起，延伸向远方一道浅灰色的沙质山梁，中间的谷地上长满了成片的马尔加树。这个季节马尔加树的叶子都掉光了，一片银灰色，仿佛低悬在空中的一团云雾。

一切静止，只有热浪在波动。

车辆不断穿过火林地，有的地方只剩下被火烤硬的树桩笔直地立在地面上，车轮一轧上去就把车胎戳破了。我们的车爆了三次胎，玛丽安的车爆了两次。每当下车换胎，沙尘和烟灰就会迷住眼睛。女人们还挺开心，跳下车，到周围的丛林里去找吃的东西。

马威斯的兴致非常高，想为了那双拖鞋谢谢我。她拽住我的手，把我拉向一片低矮的绿色林子。

"嘿，上哪儿去？"阿尔卡季在后面高声问。

"带他去采林蕉，"她大声回答，"他还没见过林蕉。"可我们找到的林蕉都枯萎了，几乎什么也没剩下。

还有一次，她和托普西一起追一只巨蜥，可那只爬虫跑得比她们快得多。最后，她找到一棵茄属浆果树，把满满一捧果子倒到我手中，果子看上去和尝起来都像没长熟的小西红柿。为了讨好她，我吃了几颗，她说："真乖！"说完，还伸出肉嘟嘟的手，轻轻拍了下我的脸。

只要地貌哪怕还有半点儿特色，阿尔卡季就刹住车，问阿兰："那是什么？"

阿兰的目光投向窗外，注视着自己的"领地"。

中午时分，我们遇到一小片桉树，这是目力所及之处唯一的绿色。附近，有一片出露的砂岩，约莫二十英尺长，航拍图上显示了这片砂岩，沿着山脊的方向还有两片同这里一模一样的砂岩。

阿尔卡季对阿兰说，工程人员想开采这里的岩石做道砟，可能要用炸药把这里炸开。

阿兰什么也没说。

"这儿有没有什么故事？"

阿兰还是没出声。

"这片地上没有传说，是吗？"

"有，"阿兰长长地叹了一口气，"这里有小动物。"

"什么小动物？"

"小袋狸。"

他疲倦的声音响起，讲述小袋狸的故事：

"大梦时代"，袋狸人阿库卡和自己的弟弟沿着这条山脉打猎。正是旱季，两人又渴又饿，鸟兽一齐逃走了，树上的叶子也落光了，野火横扫过整片大地。

144

两个猎人到处找猎物，最后，几乎只剩下最后一口气了，阿库卡终于看到一只袋狸冲进自己的巢穴。他弟弟警告他别伤害那只袋狸，因为杀害自己的图腾同类是大忌，可阿库卡不听。他挖出那只袋狸，用标枪戳死它，剥了它的皮，吃了它的肉。肉一落肚，他就感到腹部痉挛剧痛，肚子胀了起来，然后爆开，从里面跑出一串小袋狸，吵着要水喝。

渴得要死的小袋狸向北一直跑到新格尔顿（Singleton），又向南跑回泰勒溪（Taylor Creek），也就是现在大坝所在的地方。它们发现了水源，喝光了水，回到三片出露的岩石旁。小袋狸们挤在一起，躺在地上等死，可就是死不掉。

它们的叔叔，也就是阿库卡的弟弟听到小袋狸的叫声，就请西边的邻居造雨，雨水从西边飘过来（那大片的马尔加树其实是变成树的闪电），小袋狸又上了路，向南边跑去。在蜥蜴岩不远的地方，小袋狸们过一条小河时遇上山洪，在水里"化"了。

阿兰说完故事，阿尔卡季柔声说："别担心，老爹，没事儿的。没人会碰小袋狸。"

阿兰绝望地摇摇头。

"现在开心了吗？"阿尔卡季问。

阿兰不开心，有关这条罪恶的铁路的一切都让他开心不起来。可至少，小袋狸安全了。

我们继续前行，阿尔卡季慢慢地说："澳大利亚就是个迷路的孩子。"

车又走了一小时，到达中塘站点的北界，丰田车这时只剩下一只备用胎了，原路返回风险太大，我们决定绕点儿路。有条旧土路向东，再向南，最后绕到阿兰的住处后面。最后一段路上，我们同铁路公司的人不期而遇。

他们正沿着预定的线路平整一块土地，推土机在马尔加树中开出一片空地，红土翻起，约莫一百码宽，向远方延伸。老头儿们望着一堆堆伐倒的树木，眼里满是悲伤。

停下车，我同一个黑胡子的大个儿聊了几句。那人足有七英尺高，好像是青铜铸出来的，头上戴着草帽，赤着上身，下身穿条运动短裤，正用锤子钉界桩。再过一两个小时，他就要去阿德莱德休假了。"哦，老天，离开这儿我可太高兴了。"

原来的路没了，车在松软的红土上爬行，我们下来推了三次车。阿尔卡季快疯了，我提议停下来休息片刻。车停到一片稀疏的树荫下，地上到处是蚁丘，上面沾满了鸟粪。阿尔卡季从车上取下一些吃的喝的，又扯起地席充当遮阳棚。

原以为老头儿们会像往常一样饥肠辘辘，可这次他们坐成一圈，抹着脸上的汗水，不吃东西，也不说话。看他们脸上的表情，就知道他们内心的痛苦。玛丽安和妇女们在另一棵树下停车，她们也一样，沉默不语，神情抑郁。

一辆黄色的推土机开过，掀起一道烟柱。

阿尔卡季躺下来，用毛巾遮住脑袋，打起鼾来。我背靠着树干坐下，用皮制背包做枕头，随手翻起奥维德的《变形记》。

莱基尔恩[1] 变成狼的故事把我带到春季里狂风大作的某一天，在阿卡迪亚，我望着莱基尔恩山的石灰质山顶，仿佛真看到一头兽中之王匍匐的身影。我又读到风信子和阿多尼斯，还有丢卡利翁和大洪水，还有"有生命的东西"如何从尼罗河温润的淤泥中创生出来。我突然有了个想法，从目前我对歌之途的了解来看，整个古典神话所代表的就是一部庞大的歌之版图的残余。众神由何处来、向何处去，洞穴和圣泉，斯芬克斯和奇美拉兽[2]，还有那些男男女女，有的变成夜莺，有的变成乌鸦、回声、水仙、岩石或星星，所有这一切都可以在图腾地理中得到解释。

我自己肯定也迷糊过去了，醒来时满脸苍蝇，阿尔卡季在大喊："都起来了，上路了。"

日落前一小时，我们回到中塘。丰田车还没停稳，阿兰和蓝衬衫就跳下车，头也不回大踏步走了。大个儿汤姆嘴里念念有词，说着铁路有"多坏"。

阿尔卡季看上去快崩溃了。"天哪！"他说，"又有什么用？"

他在自责，因为让那几个老头儿看到了推土机。

"你不用自责。"我说。

---

① 莱基尔恩，奥维德《变形记》中的人物。
② 奇美拉，古希腊神话中狮头、羊身、蛇尾的喷火怪兽。

"可我也没办法。"

"他们迟早会见到。"

"宁愿他们不是跟我在一起时见到。"

我俩在水龙头下冲了一把，我去点燃昨天留下的火堆，玛丽安也走了上来，在一截锯断的树桩上坐下，梳理已结成一团的头发。接着，她和阿尔卡季比较了一下自己的所得，妇女们向她讲述了一首歌谣，叫《两个跳舞的女人》，不过那条歌之途同铁路线毫不搭界。

我抬起头，看见一队妇女和孩子外出采摘回来，正在回家的路上，孩子们拉着妈妈的裙摆，平静地摇来摇去。

"只要妈妈在走动，孩子就不会哭。"玛丽安说。

她不经意间触动了我最喜欢讨论的一个话题。"要是孩子根本就忍受不了静静地躺着，"我说，"那他们日后又怎么能安定下来？"

她一跃而起，说："这倒给我提了个醒儿，得走了。"

"现在？"

"就是现在。我向格拉迪斯和托普西保证过，今晚就送她们回家。"

"她们就不能留下来吗？大家就不能在这儿住一晚吗？"

"你可以，"她一边说，一边调皮地伸出舌头，"我不行。"

我看了看阿尔卡季，他耸耸肩，仿佛在说："只要她脑子里有了什么念头，就没什么东西能阻止她。"五分钟后，她叫齐女人们，欢快地挥一挥手，然后就走了。

"那个女人真是个花衣魔笛手①。"我说。

"糟糕!"阿尔卡季说。

阿尔卡季让我记起,我们向弗兰克·奥尔森做过保证。

我俩来到聚居点的房子前,一个大个儿女人拖着脚来到房门前,身上的皮肤被晒伤了,隔着纱门望了望我俩,打开门。

"弗兰克去格兰·阿蒙德了,"她说,"出了急事儿,吉姆·汉伦病倒了。"

"什么时候的事儿?"阿尔卡季问。

"昨天晚上,"那女人回答,"在一家酒吧病倒了。"

"该叫上大伙儿出发了。"阿尔卡季说。

"对,"我同意,"最好现在就走。"

24

格兰·阿蒙德汽车旅馆的服务生说,吉姆昨晚9点左右到,还四处吹嘘他把自己的活动房租给了一位英国来的"精通文学的绅士"。凭着这笔交易,他要了五杯双份苏格兰威士忌。后来他一趔趄跌倒,头撞在了地上。大家以为他到第二天早上就能清醒过来

---

① 魔笛手,德国民间传说中的人物,以笛声引走群鼠,又因未得到应得的报酬,以笛声诱拐了全城的儿童。

了，于是把他抬到外面的一间小屋里去。凌晨时分，一个卡车司机听到他的呻吟，大家找到了他，发现他又滚到了地上，双手捂住肚子，身上的衬衫撕成了一条一条的。

人们叫来他的老伙计弗兰克·奥尔森，弗兰克又开车送他去爱丽丝泉。11点，他上了手术台。

"听说好像有什么阻塞，"服务生带着宣判的口吻说，"通常都意味着一样事情。"

吧台上有部付费电话，阿尔卡季拨通了医院，当值的护士说现在汉伦睡了，很舒适。

"到底是什么毛病？"我问道。

"护士不肯说。"阿尔卡季回答。

这家酒吧是用废弃的枕木搭起来的，门上挂着告示牌："饮用酒精饮料必须有许可"。我看了看挂在墙上的画，那是一幅水彩画，是规划中的格兰·阿蒙德野狗纪念中心的艺术效果图。"纪念中心"纪念的是这儿的野狗吃了个名叫阿扎丽娅·张伯伦的婴儿的事件——不过，婴儿可能根本不是野狗吃的。计划中建造一座六十英尺高的玻璃纤维野狗外形的建筑，狗的前腿上有螺旋楼梯可以上去，腹部还要建一座暗红色的餐厅。

"难以想象。"我说。

"确实难以想象，"阿尔卡季说，"还挺搞笑。"

开往达尔文的夜班客车在门外停下，酒吧里一下子挤满了乘客，有德国人、日本人、一个膝盖红彤彤的英国人，还有普通澳大利亚内陆居民。他们点了派和冰激凌，喝东西，出去撒尿，回来再接着喝。他们短暂的停留持续了约莫十五分钟，然后司机一声叫喊，这些人蜂拥而出，把酒吧还给常客。

酒吧另一头，一个胖胖的黎巴嫩人正在跟一个黄头发、穿着花哨的青年打台球。那青年有只眼有些斜，还结结巴巴地说，土著人的血亲关系"真……真……真……真他妈复杂"。吧台旁，一个脖子上有块红胎记的大个儿男人正慢条斯理地喝着苏格兰威士忌，让酒慢慢流过自己缺损的牙齿，边喝边和一位巡警聊天——就是我们前一天在伯恩特·弗莱特遇到的那位巡警。

警官这会儿换上了牛仔裤，脖子上戴了一条粗粗的金链子，上身穿白色的无袖衫。换下警服，他整个人仿佛都缩了一圈，胳膊显得细弱，警服衣袖以上的部分很白。他的阿尔萨斯犬安静地趴在一边，脖子上的皮带系在吧凳腿上，耳朵立着，舌头伸着，斜眼看着旁边的土著人。

警官转向我，说："是什么？"

我犹豫了一下。

"你喝的是什么？"

"苏格兰威士忌加苏打。"我回答。

"加冰吗？"

"加冰。"

"听说你是个作家？"

"消息传得可真快。"

"什么样的作家？"

"写书。"

"出版了吗？"

"出版了。"

"科幻小说？"

"才不是！"

"写过畅销书吗？"

"没有。"

"我自己也想写本畅销书。"

"不错。"

"我听过的那些故事，你都不会信。"

"我肯定会信。"

"难以置信的故事，"他的嗓音尖细，语气粗野，"都在这儿。"

"哪儿？"

"脑子里。"

"最重要的是把脑子里的东西写出来……"

"我想好了个很棒的题目。"

"那很好啊。"

"想听听吗？"

"要是你愿意的话。"

他垂下下巴，目光盯着我，说："开玩笑，伙计。你觉得我会把自己的题目告诉你吗？题目就是钱。"

"那你动手可要快点儿。"

他深情地说："一个题目能成就一本书，也能毁了一本书。"

想想看艾德·麦克贝恩（Ed McBain）的题目！《杀手的奖

赏》(*Killer's Pay-Off*)，还有《鲨鱼城》(*Shark City*)，还有《燃烧的伊甸园》(*Eden's Burning*)，还有《豺狗之日》(*The Day of the Dog*)，都是成功的题目。据警官估计，他那题目值五万美元。有个好题目，就算不写书，也还能卖给电影公司。

"没有故事情节也行？"我问。

"能行。"他点点头。

他说，在美国，好题目倒倒手就能值上好几百万。不过，他可不打算把自己的题目卖给电影公司，题目和故事本为一体。

"不，"他若有所思地说，"我可不会把它们分开。"

"不该分开。"

"或许，咱俩可以合作。"

他看到了一个艺术和经济上的伙伴。他提供题目和故事，我负责写作，因为他还得当警察，没有空闲时间来写东西。

"写作很费时。"我同意。

"有兴趣吗？"

"没兴趣。"

他看上去有些失望，还是不打算告诉我他脑子里的题目，不过，为了吊起我的胃口，他提议透露一点儿情节。在那个令人难以置信的故事的开头，一具土著人的尸体躺在公路上，被过往的一支车队轧扁了。

"接着呢？"

"最好还是告诉你吧。"他说着，舔了舔嘴唇，显然在做一个重大抉择。

"《尸袋》。"他说。

"《尸袋》？"

他闭上眼睛，微微一笑，说："我从没跟第二个人提起过。"

"可什么是《尸袋》？"

"就是装尸体的袋子，不是跟你说过吗，故事一开头，一个死黑鬼躺在公路上。"

"是说过。"

"觉得如何？"他的话语有些急切。

"不怎么样。"

"我说的是那个题目。"

"我知道你说的是那个题目。"

我转向坐在我左边的男人，就是那个脖子上有红胎记的大个子。大战期间，他在英国当过兵，驻扎在莱斯特郡（Leicester），上过法国战场，后来娶了个莱斯特姑娘。他老婆来澳大利亚住过，可现在带孩子又回莱斯特去了。

他听说我们正在勘察圣址。

"知道对待那些圣址最好的办法是什么吗？"他拉长声音问道。

"什么？"

"炸药！"

他咧嘴一笑，向旁边的土著人举起酒杯，喝上一口，脖子上的胎记蠕动了一下。

旁边的土著人中有一个很瘦，一头乌发乱成一团，两个胳膊肘撑在吧台上，听着大个子的话。

154

"圣址！"大个子冷冷一笑，"要是他们说的什么都是圣址，那澳大利亚就有他妈的三千亿个圣址！"

"差得也不多了，伙计。"瘦瘦的土著人说。

右手边，阿尔卡季和那位警官聊起了天，两人都在阿德莱德住过，上的是同一所学校，甚至连数学老师都是同一个人，警官长五岁。

"这世界真小。"警官说。

"确实很小。"阿尔卡季说。

"干吗为他们烦神操心？"警官竖起大拇指，指指旁边的土著人。

"因为我喜欢他们。"

"我也喜欢他们，"警官说，"喜欢他们，希望做对他们有利的事情，可他们不一样。"

"哪方面不一样？"

警官又舔了下嘴唇，从牙缝往里吸了口气，说："构造不一样。他们的尿道不同于白人，排泄系统也不同，所以他们一沾上酒就停不住口。"

"你怎么知道？"

"有证据，科学证实过的。"

"谁？"

"想不起来了。"

接着，他说，应该有两套饮酒法令，一套适用于白人，另一套适用于土著人。

"你觉得应该如此吗？"阿尔卡季问。

"惩罚一个人，就因为他的排泄系统更棒？"警官的嗓门因愤怒而提高，"不公平，违宪！"

阿尔萨斯犬低吠了一声，警官轻轻拍拍它的头。

排泄系统不同，下面很快就过渡到脑灰质不同了。警官又说，土著人的脑前叶不同于高加索人，他们的脑前叶更扁。

阿尔卡季的两眼已经眯成一条缝，好像鞑靼人，他正强压着怒火。

"我喜欢他们，"警官又说了一遍，"从没说过不喜欢他们，可他们就像孩子，他们的意识还停留在孩童期。"

"你怎么会这样想？"

"他们不会发展，"他说，"你们这些土地维权人士错就错在这儿，你们在阻挡发展。他们要毁了澳大利亚，你们是帮凶。"

"我给你买杯喝的吧。"我插进话去。

"不，谢谢。"警官断然拒绝。他的脸在愤怒中扭曲，指甲差不多都被咬平了。

阿尔卡季等了一两分钟，直到能控制住自己的情绪，然后才开始用缓慢、理性的声音向警官解释，判断一个人的智力，最可靠的办法就是看他处理语言文字的能力。

按照我们的标准，阿尔卡季说，许多土著人都可算得上语言天才。土著人同我们唯一的区别在于世界观：白人不断在改变世界，以适应其对未来不确定的看法；土著人把全部心思花在保持世界的原样上。你觉得哪种更低级一些？

警官的下巴向下垂，说："你不是澳大利亚人。"

"我就是澳大利亚人。"

"不，肯定不是。我能看出来，你肯定不是澳大利亚人。"

"我出生在澳大利亚。"

"那也不能说明你就是澳大利亚人，"他说，"我们家在澳大利亚已经住了五代了，你父亲在哪儿出生的？"

阿尔卡季停顿了一小会儿，然后满怀尊严，平静地回答："我父亲出生在俄罗斯。"

"难怪！"警官绷紧嘴唇，转身同大个子说："我说什么来着？你们一个是英国佬，一个是共产分子！"

25

夜里云团飘来，早上已是乌云密布。我们在旅馆的酒吧里吃了火腿和煎蛋当早饭，店主的妻子帮我们做了野外吃的三明治，还给我们的"爱斯基"里加满冰。阿尔卡季又给医院打了次电话。

"他们还是不肯说到底是什么问题，"阿尔卡季挂上电话，对我说，"我觉得挺严重。"

我俩讨论起是否该回爱丽丝泉，可回去也做不了什么，于是我们决定继续向卡伦进发。阿尔卡季在桌子上摊开地图，按他的估算，车要开两天，首先穿过一片旷野，在波潘吉过夜，第二天到卡伦。

隔壁桌上喝咖啡的女人听到我们的谈话，过来面带歉意地问我们，是否会经过朗巴迪·多恩斯（Lombardy Downs）。

阿尔卡季瞄了眼地图，说："经过，要不要捎上你？"

"不，不，"那女人说，"我不想上那儿，只是想知道你们能否给我捎点儿东西，一封信。"

她是个年轻女人，头发缺乏光泽，一双琥珀色的眼睛，神态紧张，说话时每个音节都发得一清二楚，身穿浅褐色长袖裙。

"信写好了，"她说，"我去拿，要是你们不介意……"

"当然不介意，我们帮你带去。"

她跑着离开，又跑着回来，气喘吁吁，手里拿着信。她把信放在桌上，使劲一推，推到我们面前，然后缩回手，手指抚弄着脖子上的金十字架。

"收信人是比尔·穆尔多恩。"她一边说，一边神情木然地盯着信封上的落款。"他是朗巴迪站点的经理，是我先生。叫谁转交给他就成，不过要是你们见到他本人……要是他问起是否见过我……就说我很好。"

她看上去既脆弱又悲伤。

"别担心，"我说，"我们会给你送去。"

"谢谢。"她声音低低地说，又坐回去喝自己的咖啡。

车行三个小时，穿过一片毫无特征可言的平原。昨晚下过雨，尘土都回到了路面上。远处，几只鸸鹋走过，起风了。一棵孤零零的树上，有什么东西挂着，晃来晃去。从近处看，是只大大的玩具熊，穿着海军蓝裤子，头上戴着红帽子。从脖子到背被人划了一刀，里面的填塞物都飘了出来。地上有个用树枝做成的十字架，上面涂满赭土。

我拾起十字架，拿给阿尔卡季看。

"土著人留下的，我要是你，就不会去碰它。"阿尔卡季说。

我扔下十字架，回到自己的座位上。前方的天空越来越暗。

"说不定要赶上雷雨了。"阿尔卡季说。

在标着朗巴迪·多恩斯的路牌处，我们拐下大路，在小道上开了一英里左右，来到一条飞机跑道的末端。风呼呼地吹，一只橘黄色的风向标指示着风的方向，远处停了架小型飞机。这处农场的主人还拥有一条航线。

农场上的房屋低矮，被刷成白色，散布在树丛中，靠近跑道，和机库平行的位置上有间小点儿的砖瓦房。机库里停放着主人收藏的老式飞机和汽车，一架虎蛾机旁边停着一辆福特 T 型车和一辆劳斯莱斯农用卡车。

我向阿尔卡季说起父亲常说的那个劳斯莱斯和身价百万的羊倌的故事。

"还不算太胡编乱造。"我说。

一个邋遢女人出现在门口，身穿带绿点的外套，金色的头发上卷着一个个卷发棒。

"找人吗？"她大声问。

"比尔·穆尔多恩，"我顶着风，大声回答，"有封信给他。"

"穆尔多恩出去了，"她说，"进来，给你弄点儿咖啡。"

我俩走进一团糟的厨房，阿尔卡季把信放在红格子塑料桌布上，几本女性杂志旁边。我俩坐下，墙上挂着一幅艾尔岩的油画，那女人瞟了一眼信封上的笔迹，耸耸肩。她是第三者。

水壶响了，她打开吃了一半的巧克力，咬上一英寸，再包上，舔掉嘴唇上的残渣。

"天哪，可真闷死我了。"她说。

她说，农场主人到周末才会从悉尼飞过来，平时就穆尔多恩在。她给我俩倒上咖啡，又说了一遍自己闷死了。

我们正打算走，穆尔多恩回来了。他身强体壮，红脸，从头到脚一身黑色：黑帽子，黑衬衫敞开到肚脐，黑牛仔裤，黑靴子。他原以为我俩来是有什么生意要找他，和我俩握握手，可一看到那封信脸色变得煞白，咬紧牙关，说："出去！"

我俩就这样离开。

"不太友好啊。"我说。

"父权伦理，"阿尔卡季说，"走遍全球都一样。"

半小时后，车经过一处牛栏，那儿就是朗巴迪·多恩斯的尽头了。我们差一点儿就给暴雨淋上了，眼看着灰色的雨柱斜掠过半空，落在不远处的小山上。再往前，我们上了爱丽丝泉去往波潘吉的大路。

路边丢满了废车，大多四轮朝天，埋没在破酒瓶堆中。前面有辆锈迹斑斑的蓝福特车，一个黑女人蹲在车旁，发动机盖敞开着，车顶上站着个小男孩，身上什么都没穿，仿佛在放哨。我们在那车旁停下车。

"怎么了？"阿尔卡季把头伸出车窗。

"火花塞，"黑女人说，"去搞新火花塞去了。"

"谁去了？"

"他去了。"

"去哪儿？"

"爱丽丝泉。"

"去多久了？"

"三天。"

"你们没事儿吧？"

黑女人鼻子发出一声轻哼，说："没事儿。"

"有水吗？不缺什么吧？"

"有。"

"三明治要吗？"

"要。"

我给那个女人和孩子三块三明治，两人一把夺过去，大口大口嚼起来。

"肯定没事儿吗？"阿尔卡季还在问。

"没事儿。"黑女人点点头。

"可以捎你们去波潘吉。"

她摇摇头，挥手叫我们走。

中午时分，我们经过一条小河，干涸的河床上长着桉树，是个野餐的好地方。我俩小心地避开被水流冲刷得圆滑的巨石，河床上还残留着几个水坑，里面的水昏黄浑浊，静止不动，上面漂着几片树叶。向西，大地一片灰色，没有树，浮云投下的阴影在地上滑过。那里没有牛，没有篱笆，也没有风车，那片土地的酸性太高，不适合牧草生长。没有牛，就没有粪，也就没了苍蝇。

我俩向一棵桉树走去，树上飞起一群黑色的凤头鹦鹉，它们嘎嘎的叫声好像生了锈的铰链，一会儿又在另一棵枯掉的桉树顶上落下来。我取下墨镜，看见鹦鹉尾羽上耀眼的红色。

我们在树阴中铺好东西，准备开吃。三明治已经变质了，便宜了乌鸦，但我们还有饼干、奶酪、橄榄、一罐沙丁鱼和五瓶冰啤酒。

我俩聊起政治和书——俄罗斯书。阿尔卡季说，在一个充满盎格鲁－撒克逊偏见的国度，他却感到自己真正属于俄罗斯，这感觉可真怪。他要是到悉尼去，跟一屋子知识分子待上一晚，他们迟早会去剖析什么早期罪犯流放地不为人知的事件。

他环视这广阔的大地，说："真可惜！不是我们先发现这里。"

"我们？俄罗斯人吗？"

"不光是俄罗斯人，"他摇摇头，"还有斯拉夫人、匈牙利人，甚至德国人，任何懂得如何同广阔的天地打交道的民族。这片土地太大了，都落入了岛民手中。他们永远不会理解这里。他们害怕旷野。"

"而我们，"他接着说，"会为它而自豪，热爱它原来的样子。我们可不会把它廉价卖给外国人。"

"是啊！"我说，"这实在是个有着无尽资源的国度，澳大利

162

亚人还在把自己的资源卖给外国人吗？"

"他们什么都卖。"他耸耸肩。

接着，他转变了话题，问我在旅途中有没有遇上过狩猎部落。

"有一次，"我说，"在毛里塔尼亚。"

"那是什么地方？"

"西撒哈拉。其实，与其说是狩猎部落，不如说是狩猎家族。他们被叫作尼玛迪人。"

"他们猎什么？"

"大羚羊和旋角羚羊，"我说，"带着猎狗。"

瓦拉塔城（Walata），阿尔摩拉维德帝国① 曾经的首都之一，今日就剩下了一片混乱的血色的庭院，我在那里度过了整整三天三夜，不停地骚扰当地总督，请求他让我去见见尼玛迪人。

总督对自己的健康总是疑神疑鬼，希望身边有个人能同他分享他在巴黎做学生时的回忆，他的口头禅就是"策略"和"技术"。可只要我提起尼玛迪人，他就发出刺耳的笑声，说："不行，那是禁止的。"

每当吃饭时，我们吃着古斯古斯面（couscous），一个红手指的鲁特琴手总会为我们演奏小夜曲。在我的提醒下，总督终于重新回忆起拉丁区的街道图。从总督的宫殿里——要是四间砖瓦和泥坯房也能叫作宫殿的话——就能看到山坡上的尼玛迪人的白

---

① 阿尔摩拉维德帝国（Almoravid Empire），柏柏尔人建立的王朝（1040—1147）。

帐篷，它们仿佛在向我招手。

"你干吗要去见那些人！"总督冲我喊了起来，"瓦拉塔是历史古城，可那些尼玛迪人，什么都不是！那些人太脏！"

他们不单肮脏，更是整个国家的耻辱。他们是恶棍、白痴、窃贼、寄生虫、骗子。他们吃不洁的东西。

"还有他们的女人，"总督补充道，"都是娼妓。"

"不过很漂亮，是吧？"我说。不过我并不想惹恼总督。

总督的手从蓝袍子下面猛地伸出来，在我面前摇着手指，说："哈，我看出来了！跟你说吧，英国年轻人，那些女人有病，治不好的病。"

"我听说的可不是这样。"我说。

第三晚，我纠正了他搞错的法国内政部部长的名字，终于看到了缓和的迹象。再过了半天，午饭时分，总督说我可以去尼玛迪人那儿了，条件是要有名警官陪同，而且绝不能说任何怂恿他们打猎的话。

"绝不允许再打猎，"总督声音低沉地说，"听到我的话了吗？"

"听到了，"我说，"可他们就是猎人，有先知之前就在打猎。除了打猎，他们还能做什么？"

总督交叉起手指，宣判道："打猎违犯了共和国的法律。"

几星期前，在翻阅有关撒哈拉游牧民族文献时，我读到一篇据一位瑞典民族学者的发现而写成的文章，文中把尼玛迪人评为"地球上最贫困的人"。

据估计，他们总共有三百人左右，大约三十人一群，沿着埃尔·德犹福（El Djouf）沙漠的边缘，在杳无人烟的撒哈拉游荡。遇见过他们的人说他们浅肤色，蓝眼睛，在摩尔社会中被归为第八阶层，也就是最低贱的社会阶层，比哈拉丁（Harratin）——也就是定居的黑人农业奴隶——的地位还要低。他们是"荒野中的流浪者"。

尼玛迪人没有饮食禁忌，也不尊奉伊斯兰教。他们吃"蝗虫和野蜜"①，有机会也会打上一头野猪下肚。有时候，他们卖干羚羊肉给游牧民，挣点儿补贴。那种干肉碾碎了放到麦粉里一起蒸，有股野味的香味。

男人们会用刺槐木雕马鞍和碗，卖出去也能挣上一点儿钱。他们坚称自己是这片土地的合法主人，摩尔人偷走了他们的土地。摩尔人把他们视为浪人，他们也只能在远离城镇的地方扎营。

至于他们的起源，很可能是中石器时代一个狩猎部落的遗民。史书上所说的"玛索菲特人"（Messoufite）肯定就是他们。1357年，一位只剩下一只半瞎的眼睛的玛索菲特人引领着伊本·巴塔塔走出沙漠，后来那位世界旅行家写道："这里的沙漠美丽而灿烂，心灵能在这里找到安宁。这里到处是羚羊，一群羚羊从我们的商队旁经过，靠得非常近，玛索菲特人用弓箭和猎狗捕猎。"

到了 20 世纪 70 年代，配备了路虎车和长程步枪的狩猎队使得原本就远非丰裕的大羚羊和旋角羚羊濒临灭绝，于是政府下

---

① "以蝗虫和野蜜为食"，语出《马太福音》(3:4)，原本是描述施洗约翰生活的词句。

令禁止捕猎，尼玛迪人也不例外。

尼玛迪人清楚，自己很柔弱，而摩尔人残暴，报复心强；他们也清楚，畜牧是暴力的根源，而自己不渴求任何的暴力。他们最爱唱的歌常常唱到，逃进沙漠，等待好时光。

总督说，他自己，还有他的同事，总共给尼玛迪人买过一千头山羊。"一千头哪！"他高声喊着，"知道那意味着什么吗？很多很多羊。可他们又拿那些羊来做什么？挤奶吗？不，全宰了吃了，一头都不剩。"

我高兴地看到，陪我的警官喜欢尼玛迪人，说他们英勇，讲义气。他接着压低声音对我说，总督脑子坏了。

我们朝白色的帐篷走去，先听到笑声，然后遇上一群尼玛迪人，十二个，有成人，也有孩子，都在一棵刺槐树荫下乘凉。没有谁看上去不健康，个个身上一尘不染。头人站起身，欢迎我们。

"马哈福德。"我边向他打招呼，边和他握手。从瑞典民族学家的照片中，我认识了这张脸：扁平，堆满笑容，头上缠着矢车菊色的缠头。二十年过去了，他好像一点儿都没变老。

这群人中有好几个穿蓝印花布衣服的女人，一个瘸腿的黑人，还有一个上了岁数的残疾人，活动要靠双手撑地。头号猎手是个肩膀宽厚的男人，脸上的表情既严厉，又随和。他正在把一大块木头刻成马鞍，他最喜爱的猎狗躺在他身边，狗鼻子轻触着他的膝盖。那是条毛色光亮的狗，与杰克·拉塞尔犬不无相似之处。

"尼玛迪"原来的意思就是"驯狗师"。据说，就算主人饿肚子，也不会把狗给饿着。一般五条猎狗结成一群，一条领头，四条跟随。

猎人发现前往草地的羚羊群后，就和自己的狗静静地趴在沙丘下坡的方向上，把要攻击的那只羚羊指给狗看。一听到信号，"头狗"一跃而起，飞箭般冲下沙丘，死死咬住羚羊的脖子，另外四只每只咬住羚羊的一条腿。猎刀一闪，猎人疾声祈祷，请求羚羊灵魂的原谅——狩猎行动就结束了。

尼玛迪人鄙视火器，认为那是亵灵。他们认为死去野兽的灵魂附着在骨骼上，所以总是万分尊敬地把骸骨埋起来，以防被野狗糟蹋了。

"羚羊是我们的朋友，"一名妇女如是说，露出一口白得耀眼的牙齿，"如今，它们走得太远了，我们也什么都没了，就只剩下笑声了。"

所有人哄堂大笑起来。我又问起总督送的山羊。

"要是你买只羊给我们，"头号猎手说，"我们还是会杀了吃肉。"

"好，"我对陪我来的警官说，"就去给他们买只羊吧。"

我们走过干涸的河谷，一直走到牧民给羊群饮水的地方。买了只一年生的羊，付的钱比牧民要的多一点儿，猎手把羊连哄带拉弄回了营地。树后传来一声惨叫，羊的生命走到了尽头，晚饭有肉吃了。

女人们又笑起来，当当地敲起几只旧铁盆，柔声唱起歌来，感谢外国人带来的羊肉。

有个故事，说的是一个摩尔人的埃米尔被一个尼玛迪女人的笑颜搞得意乱情狂，绑架了那女人，给她穿上丝绸的衣服，可他再也没见过那女人笑。直到有一天，那女人隔着窗上的铁栏杆看到一个尼玛迪男人漫步走过市场，那笑颜再次浮现。最后，埃米尔放了那女人，也算是为自己挽回点儿面子。

我问那些女人，她们到底有什么秘方，能有那么著名的笑颜？

"吃肉，"所有人异口同声地回答，"吃肉给我们美丽的笑颜，嘴里一嚼上肉，想不笑都不行。"

那顶白帐篷是用棉布条缝的，里面住着位老太太，还有她的两条狗和一只猫。老太太叫莱米娜，二十年前，瑞典人来访时，她就已经很老了。陪我来的警官说她肯定百岁出头了。高个儿，腰背挺直，一身蓝袍，莱米娜从长刺的树丛中走出来，向喧闹之源走来。

马哈福德起身向她打招呼，她又聋又哑，两人站在越来越深邃的天穹下，挥手打着手语。莱米娜的皮肤很白，白得像卫生纸，两眼中罩着一层迷雾。她面带笑容地举起干瘪的手臂，朝我挥了挥，喉咙里发出一连串笑声，那笑容持续了足足有三分钟。然后，她转身，折了根刺槐枝，回帐篷去了。

身处这些浅肤色的人中，那个黑人显得有点儿扎眼。我问他，怎么会加入这群人。

"他孤苦伶仃，"马哈福德说，"我就让他加入我们了。"

后来，从警官那儿又听说，男人是有可能加入尼玛迪人的，可女人不行。不过因为尼玛迪人的人口实在太少，而且任何"有自尊心的"外人都绝不会屈尊娶尼玛迪女人，所以她们时刻睁大眼睛，寻找"新鲜的白人血液"。

一位"年轻"妈妈正在给孩子喂奶，她是一个看上去可爱而又稳重的女人。她嫁给了一个猎人，你会说，她也就二十五上下。可当我提起瑞典民族学家的名字时，猎人咧嘴笑了笑，指着自己妻子说："她也曾是他的向导之一。"

猎人放下手中的工具，向另一处营地吹了声口哨。一两分钟后，一个周身古铜色、有着一双闪亮绿眼睛的年轻人从树林中走来，手里拿着一根标枪，身后跟着两条狗。他穿皮短裙，发色黄中带点儿红，上面插着一把梳子。一看到有欧洲人在场，他垂下眼睑，在母亲和继父之间坐下，默不作声。看到这一幕，有人会把他们错认作神圣家庭。

我的故事讲完了，阿尔卡季一声不发，站起身，然后说："咱们该走了。"埋好余灰，我们回到车上。

我还想刺激他做出点儿反应，对他说："你可能觉得听起来有点儿怪，可那位老太太的笑容一直伴随着我。"

那笑容在我看来就如同来自"黄金时代"（Golden Age）的讯息，它教导我拒斥任何宣扬人性丑恶的论调，返璞归真也并非没有科学根据的幼稚念头，并非同现实完全脱节。

"就算在这个时代，回归自然依旧可行。"

"我同意，"阿尔卡季说，"假如这个世界还有未来，也将是简朴的未来。"

26

在波潘吉警察局，两个土著姑娘正站在接待台前，准备在负责警官面前完成宣誓仪式。她们需要他盖章，然后才能签领福利。

两人的到来打断了警官的健美训练，他捉住高个儿姑娘的手，按到《圣经》上，说："好，现在跟我说。我，罗西……"

"我，罗西……"

"以全能的上帝之名，宣誓……"

"以全能的上帝之名，宣誓……"

"行了，"警官说，"到你了，米尔托。"

警官伸手去捉另一个姑娘的手，可那姑娘猛地抽回手，甩个不停。

"好了，亲爱的，没必要那么大反应。"

"来吧，米尔托。"她姐姐劝道。

可米尔托使劲摇着头，双手放在背后，死死地扣在一起。罗西缓缓掰开妹妹的手指，把那只手慢慢引到桌上。

"我，米尔托……"警官说。

"我，米尔托……"姑娘跟着他重复，好像每个字都会噎死她。

"行了，"警官说，"这样就行了。"

他在她们的申请表上盖了章，然后草草签下自己的名字。背后的墙上有张女王和爱丁堡公爵的合照，米尔托一边咬着大拇指，一边盯着女王的钻石。

"还有什么事儿？"警官问道。

"没事儿了。"罗西帮米尔托回答。

两个姑娘走了，走过旗杆，又走过泡在水中的草坪。这里一整天都在下雨，两人走过水洼，溅起积水，朝一群正在水里踢球的小伙子走去。

警官五短身材，脸上红彤彤的，两腿短而粗，身上的肌肉简直发达得超乎想象；他身上滴着汗，胡萝卜色的鬈发贴在脑门上；穿着冰蓝色的紧身连衣裤，连衣裤带着缎子般的光亮；他的胸大肌太发达了，衣服的肩带深陷在肉里，两个乳头凸出来。

"你好，阿克。"警官说。

"你好，里德！"阿尔卡季回答，"见见我朋友，布鲁斯。"

"见到你很高兴，布鲁斯。"里德对我说。

我们站在玻璃窗后面，望着外面空旷的天际，地上是一片一片的水洼，好几栋土著人小屋旁的积水淹到一尺多高，房主把家里的东西都搬上了房顶。

向西不远就是旧行政官邸，一座两层建筑，早就移交给社区了。房顶、地板、壁炉还在，可四壁、窗框和楼梯都被拆了当柴烧了。

我们的目光穿过这座如 X 光影像般的建筑，望着黄色的落日。一二层地板上都坐着一排人，围着朦胧的火光取暖。

"土著人不需要墙，"里德说，"可还是要房顶，好遮遮雨。"

阿尔卡季说我们要去卡伦。"泰特斯和阿玛迪斯人有点儿小争执。"

里德点点头，说："我也听说了。"

"谁是泰特斯？"我问。

"到时候就知道了。"阿尔卡季说。

"下个星期我也要走那条路，"里德说，"去找压路机。"

卡伦的主席克莱伦斯·贾帕拉亚伊借了波潘吉的压路机，打算铺一条从卡伦到饮水点的路。

"九个月前的事儿了，"里德说，"现在那杂种说压路机不见了。"

"压路机不见了？"阿尔卡季笑起来，"天哪，谁会把压路机给弄丢了。"

"要是天底下还有谁能把压路机给弄丢了，那就是克莱伦斯。"里德说。

阿尔卡季问起前面道路情况如何，里德手捏着腰间的皮带扣，说："现在没问题了。短腿琼斯星期四走时正赶上大雨，差点儿被水淹了，可洛尔夫和温迪昨天过去了，今早他们在无线电里说已经到了。"

他的两只脚焦躁不安地动来动去，看得出，他已经等不及要回去锻炼了。

"还有一个问题，"阿尔卡季说，"见没见过老斯坦·塔卡马拉？我想带他一起去，他跟泰特斯关系不错。"

"我想，老斯坦出门了，"里德说，"整个星期都在搞成年礼，到处一团糟。去问莉迪亚吧。"

莉迪亚是驻扎此处的教师之一，我们来之前在无线电里给她留了个口信，叫她等我们。

"一会儿见，"里德说，"今晚莉迪亚做饭。"

波潘吉警察局是幢低矮的混凝土建筑，分成三个同样大小的部分：公务室，警官的住处，剩下的一间被里德拿来做健身房。后面的院子里有间囚室。

健身房里一整面墙上镶着大镜子，杠铃被漆成电子蓝，同里德身上的紧身连衣裤一样颜色。我们看着他进去，他躺在矮凳上，抓起杠铃。一个男孩子向踢球的小伙伴们吹了个口哨，于是他们扔下球，一齐挤到窗户前，叫着，做着鬼脸，把鼻子贴上玻璃。

"也算是内陆一景。"阿尔卡季说。

"同意。"我说。

"这个里德人不坏，"阿尔卡季说，"喜欢事事有点儿规矩，能说一口流利的阿兰达语和皮因土皮语。你猜猜，他最喜欢读的是什么书？"

"我讨厌猜。"

"猜一猜！"

"施瓦辛格的《健美之路》？"

"差远了。"

"说吧。"

"斯宾诺莎的《伦理学》。"

27

我俩在学校的教室找到莉迪亚，她正在规整东西——本子、颜料罐、塑料字母、图画书，被丢得到处都是，有的被扔到了地上，上面有着泥乎乎的脚印。

莉迪亚走到门口，说："老天哪，这可怎么办啊？"

她四十出头，是个聪颖、能干的女人，离异，带两个儿子；灰发，有着一双坚定的棕色眼睛，眼睛上方的头发被剪成了刘海儿。显而易见，她已经习惯一次次化解危机，以至于不愿承认，无论对别人还是对她自己，她的神经都已经快要崩溃了。

今天早上，她去接听她妈妈从墨尔本打来的电话，她妈妈病了；回来时，就发现那些淘气鬼用手蘸着桶里的绿油漆，然后拍在墙上。

"至少他们没在课桌上拉屎，"她说，"至少，这次没有。"

她的两个儿子，尼基和戴维，正穿着底裤同一帮黑人朋友们在学校操场上疯，他们从头到脚全是泥，像猴子一样爬上一棵大树的气根晃来晃去。尼基实在玩儿疯了，冲妈妈喊着粗话，伸出舌头。

"我要淹死你！"她喊回去。

她张开臂膀，挡住教室的门，仿佛在阻止我们进去，可接着还是说："进来吧，进来吧！我有点儿犯病。"

站在教室中央，四周的混乱令她动弹不得。

"放把火，"她说，"真该放把火，把这里全烧了，然后重新开始。"

阿尔卡季安慰着他，用他那专为女性保留的充满磁性的声音。莉迪亚又把我俩带到一块木板前，上面钉着学生们的美术课作业。

"男孩子画马，画直升机，"她说，"能让他们画房子吗？办不到！小姑娘才会画房子……还有花。"

"有意思。"阿尔卡季说。

"那看看这些，更有意思。"

那是两张蜡笔画，一张画的是鸸鹋怪，长着吓人的尖牙利爪；另一张上是一个满身长毛的猿人，满口尖牙，一双黄眼睛放着凶光。

"格雷厄姆在哪儿？"阿尔卡季突然问。

格雷厄姆是莉迪亚的助手，也就是我离开爱丽丝泉那天在旅馆看到的那个年轻人。

"别再跟我提格雷厄姆这个名字，"莉迪亚浑身一抖，"我不想知道关于那个人的任何事情。要是再有人提到那个名字，说不定我会揍人。"

她又一次半真半假地试图理清一张课桌，可又停下手，深吸了一口气。

"没用，"她说，"根本没用。还不如从早晨起就面对这一切。"

她锁上门，叫回她的孩子们，逼他们穿上印着外星人侵者的汗衫。孩子们都光着脚，一肚子不情愿地尾随我们走过院落。院子里有太多荆棘和碎玻璃，最后我们只好把孩子们一个个背出来。

我们走过路德教会的小教堂，教堂的门窗上钉着木板，已经三年了；走过社区中心，中心实际上就是一间蓝色的铁皮车棚，上面画着一长串卡通蜜糖蚁，里面传来西部乡村音乐声，正在举行福音布道会。我放下戴维，伸头朝里面看。

舞台上的人肤色较浅，有一半土著血统，下身穿紧身裤，上身穿亮闪闪的紫红色衬衫，毛茸茸的胸口上挂着金链子；小肚子鼓起来，仿佛是后来才加上去的；穿着高跟鞋的双脚扭来扭去，竭尽所能激起观众的热情。

"好，"他粗着嗓子喊道，"来吧！来吧！大声点儿！大声点儿唱！"

歌词写在幻灯片上，一句句投影出来：

耶稣是最动听的名字

他和他的名字一样动人

所以我深深爱着耶稣

"瞧见了吧，"阿尔卡季说，"我们中有些人要跟什么斗。"

"这算是突然的降格吗？"我说。

莉迪亚和两个孩子住在一幢破旧的预制板房里，房子盖在铁树树荫下，有三个房间。一进门，她就把公文包扔到椅子上。

"现在，"她说，"我又要面对厨房的下水道。"

"咱们总要面对，"阿尔卡季说，"你得把脚抬起来。"

他从沙发床上拿下来一些玩具，指挥她把脚踩在沙发床上面。厨房里的残羹剩饭堆了三天，到处都是蚂蚁。我们使劲儿刮掉铝制平底锅上的油，烧了一壶开水。我切了几块牛排，一点儿洋葱，放在一起炖。第二壶茶下肚后，莉迪亚终于打开话匣子，理性地谈起格雷厄姆。

格雷厄姆从堪培拉的师范学院一毕业就直接来了波潘吉。他二十二岁，天真，还没学会忍耐，一笑起来魅力难当。要是有谁说他是"圣公会教徒"，他就会变得很可怕。

他为音乐而活，而皮因土皮族的男青年都是天生的音乐家。他到这里做的第一件事就是组建了一支乐队。他从爱丽丝泉一家半废弃的电台搜罗来一些音响设备，乐队在停用的外科诊室排练——只有那儿的电线还完好无损。

格雷厄姆自己担任鼓手，两个吉他手由阿尔伯特·塔卡马拉的两个儿子担任，键盘手是个胖小子，给自己起了个艺名叫"丹尼露"。歌手，也是整个乐队的明星，是个瘦得像竹竿一样的十六岁小子，叫"长手"米克。

米克的头发扎成拉斯塔式辫子，他是个模仿天才，看上五分钟录像，就能模仿鲍勃·马雷（Bob Marley）、亨德里克斯（Hendrix）、扎帕（Zappa），不过他最擅长的还是翻起两只怪眼，张开一张大嘴，模仿和他同名的大名鼎鼎的贾格尔（Jagger）。

乐队开着格雷厄姆的旧大众旅行车在各个聚居点间巡回演出，晚上他们就睡在车里，从延杜穆（Yuendumu）到厄纳贝拉（Ernabella），最远甚至到过巴尔戈（Balgo）。他们的歌中有一首是关于警察屠杀的，叫《巴洛湾传说》，另一首歌叫《阿波·拉斯塔》。乐队录制了磁带，后来又灌制了一张七英寸唱片，引起了轰动。

他们的《祖辈的土地》成为远离城市运动的战歌，歌曲有个永恒的主题，"向西，年轻人！向西！"，远离城市和政府营地，回到祖辈流浪的沙漠。歌中反复出现的"大伙儿聚一块儿……大伙儿聚一块儿……"微微带着一点儿宗教祷词的味道，就好像"天国的面包……天国的面包……"，足以让听众疯狂。乐队在爱丽丝泉的摇滚音乐节上演唱了这首歌，连胡子灰白的老土著都跟着节奏蹦啊跳啊，就更不用说那些小伙子们了。

一位悉尼来的星探找到了格雷厄姆，拿娱乐业的光环引诱他。

格雷厄姆回到了波潘吉，可他的心早飞走了，他仿佛看到自己的音乐横扫澳大利亚，横扫全世界，还看到自己在公路主题的电影中担任男主角。没多久，他就开始跟莉迪亚开口闭口不离经纪人、代理费、唱片版权、电影版权了。她听他说着，默不作声，心中满是伤悲。

她有点儿嫉妒，她这个人太直了，没法不承认这一点。她照顾过格雷厄姆，就像他的妈妈一样，给他做饭，帮他补牛仔裤上的破洞，打扫他的房间，倾听他充满理想主义色彩的高谈阔论。她最爱他那股较真的劲儿，他是个干事儿的人，跟她的前夫正好相反。那人的理想是"为土著人工作"，可到头来还是躲到邦带

（Bondai）去了。最让她害怕的就是，格雷厄姆会离她而去。

莉迪亚孤身一人，没有房子，没有钱，带两个孩子，时刻担心政府会切断资金，使自己成为多余的人，这一切都不算什么，只要格雷厄姆在她身边。她也为格雷厄姆担心，他和他的黑人朋友们在外面一漂就是好多天。他们究竟做过些什么，她从不去打探，不过她还是心存疑虑，就好像当年怀疑自己前夫的英勇气概。她担心格雷厄姆会卷入土著"事务"。

最后，他还是忍不住告诉她，说起歌舞、放血、神秘图形，涂满全身的白色和褐色条纹。她警告他，土著人的友谊从来不"纯洁"，他们总是把白人看成某种"资源"，一旦成为他们的一员，就要和他们分享一切。

"他们会拿走你的大众车。"她说。

他的脸上浮起轻蔑的微笑，说："你觉得我会在意吗？"

她还有一种顾虑，不过没有说出来。她担心一旦格雷厄姆加入了什么，就无法摆脱了——无论是秘密社团还是间谍网络，生活就会从此改变。在她的上一个工作地点，一位年轻的人类学家接受了秘密仪式，可又把那些仪式在自己的论文中公开出来。打那以后，头痛和抑郁就一直困扰着他，现在他只能生活在澳大利亚以外的地方。

莉迪亚努力不去相信那些传言，什么"巫师唱歌就能让人一命归西"之类的话。可她还是觉得那些土著人有种吓人的力量，扼住了澳大利亚的咽喉。看上去，他们消极避世，只是坐着看，坐着等，但他们却拥有某种力量，能控制白人的负疚感。

一次，格雷厄姆又消失了整整一个星期。他回来后，她直接问他："你还想不想教书了？"

他抱起胳膊，说："想教。"他的话语中带着一种不易察觉的傲慢。"不过，不是在一所被种族主义者控制的学校。"

她深吸一口气，想堵住自己的耳朵，可他还在往下说，不留情面。整个教育计划都是在系统地摧毁土著文化，把土著人捆绑进入市场。土著人需要的是土地、土地，更多的土地，没有得到许可的欧洲人禁止涉足。

反驳的话从她的喉咙里往上蹿，她知道不该说，可那些话还是自己冲了出来："在南非，有人给它起了个名字：种族隔离！"

格雷厄姆走了。从那天起，两人彻底决裂。晚上传来乐队排练的声音，可她觉得那些乐声中充满邪恶和威胁。她可以向教育当局告发，让他丢掉工作，可她并没有那么做，而是承担起了他的那份工作，一个人干两个人的活儿。

一天清晨，她看着日头照上身上的被单，仿佛听到格雷厄姆的声音出现在前屋，他在同尼基和戴维一起大笑。她闭上眼睛，微微一笑，又睡了过去。又过了一会儿，厨房里传来叮叮当当的声音。他走了进来，手里端着一杯茶，在床头坐下，带给她好消息。

"我们成功了。"他说。

《祖辈的土地》在全国音乐排行榜上名列第三，乐队受邀去悉尼表演，来回机票，还有宾馆住宿，全有人埋单。

"哦，"她应了一声，脑袋落回枕头上，"我很高兴，这些都是你们应得的。"

格雷厄姆同意，第一场演出在 2 月 15 日上演，可当他忙着签合同时，却把其他事情忘在脑后。他忘了，也可能是假装忘了，雨季在 2 月到来，2 月还是完成成人礼的月份；他忘了，他的朋友米克就要在 2 月完成成人礼，正式成为袋狸族的一员；他更把自己一时兴起许下的诺言忘到九霄云外——他曾许诺和米克一起接受成人礼。

　　全世界的成人礼都是一种象征性的战斗，接受成人礼的年轻人必须证明自己的精力已适合婚配，因此要在嗜血狂魔的血盆大口前露出自己的性器官，做环割的刀代替了狂魔嘴中的尖牙。澳大利亚土著人的成人礼还包括一个特别的环节——"咬脑袋"。长辈们撕咬年轻人的头盖骨，还用磨尖的东西戳；有时候，接受成人礼的年轻人会拔出自己的指甲，然后再血淋淋地插回去。

　　整个仪式在某个梦象之所秘密完成，远离陌生人。之后，在一个痛到让人永世难忘的聚会上，神圣的对句一而再、再而三地灌输进受礼者的脑海中，而他同时还要从冒着烟的火堆上爬过去。据说，那些烟有麻醉作用，能帮助伤口愈合。

　　要是哪个小伙子耽搁了成人礼，就要冒着被放逐到无性荒原上的危险；到目前为止，还没有听说过彻底逃避的行为。全部仪式就算不会拖上几个月，也要拖上几个星期。

　　到底发生了些什么，莉迪亚也不是很清楚。格雷厄姆好像非常紧张，怕错过首场演出，米克同他大吵了一场，说格雷厄姆要抛下他。

　　最终，大家都做出妥协：格雷厄姆只接受"象征性的"割礼，米克也可以缩短独处的时间。他可以返回波潘吉参加排练，可每天必须花上几小时同长辈们在一起。此外，他还保证直到演出开始前两天才出发。

开始，似乎一切顺利。2月7日，米克觉得自己能走了，就和格雷厄姆一起回到聚居点。天气又热又湿，米克还坚持在排练时穿条包得紧紧的蓝牛仔裤。2月9日晚上，他从噩梦中惊醒，发现自己的伤口严重感染。

格雷厄姆疯了，他把所有的音响器材和乐队全体成员一起装进自己的旅行车，黎明前向爱丽丝泉驶去。

那天早上，莉迪亚刚起床，就发现自己的房子被一群人围了，有些人手中还挥舞着标枪，说她把格雷厄姆给藏起来了。两辆卡车追了出去，上面载满人，要把米克抓回来。

我说自己在爱丽丝泉的旅馆外见过格雷厄姆，他看上去多少有点儿憔悴。

"还能做什么？只能往好处想了。"她说。

28

我们第二天早上8点上路。低空中悬挂着大片大片的云，道路就是两条平行向前的车辙印，里面积满了土红色的水。有的地方，车要穿过一大片积水，低矮灌木在水面上露出头，一只鸬鹚拍打着翅膀，溅起积水，从我们的头顶上飞过。我们路过一排木麻黄属的沙漠橡树，这些树看上去不大像橡树，倒更像仙人棍，也都泡在水中。阿尔卡季说再向前开真是疯了，可我们还是向前。浑浊的泥汤水溅进驾驶室，每当车轮开始打滑时，我都咬紧牙关，可车还在晃晃悠悠地向前。

"我最接近淹死的那次，"我说，"是在撒哈拉，碰到洪水暴发。"

中午时分，我们看到了短腿琼斯的卡车。他去卡伦送一个星期的给养，现在反转回头。他踩下刹车，把脑袋伸出车窗。

"嗨，阿克，"他高喊，"来口苏格兰威士忌怎么样？"

"好的。"

琼斯递过酒瓶，我俩轮流喝了两口，然后再递回去。

"听说你跟泰特斯有个约会？"琼斯问。

"对。"

"祝你好运。"

"他在吧？"

"哦，会一直在那儿的。"

短腿琼斯头发花白，绿眼珠，二头肌发达，有点儿黑人血统；穿红背心，左半边脸上带着一条发黄的伤疤。卡车上拖着一间活动板房，他要拉回爱丽丝泉做现代化改造。他走下车，检查检查绑货的绳索。他的两条腿短得出奇，一只手拉着车门，身子晃晃荡荡，小心地慢慢落下，轻轻触地。

"安全着陆，"他冲我们挥挥手，说，"最难走的一段已经过去了。"

我们继续向前,眼前简直就是一片漫无边际的湖泊。

"他的脸怎么了?"我问。

"被狼咬了,"阿尔卡季回答,"大概四年前的事儿,他下车换轮胎的时候,那畜生藏在车轴附近。狼给打跑了,可他的伤口感染得厉害。"

"老天!"我感叹道。

"没什么能打倒我们的短腿儿。"

两小时后,我看到一队给大雨浇得透湿的骆驼。透过水雾,低矮浑圆的卡伦山映入眼帘,这山高出四周的平原一大截。车越驶越近,山色也由灰转紫:那是被雨水浇透的红砂岩的颜色。一两英里外,立着一道峭壁,一端陡然升起,另一端缓慢向北迤逦而去。

阿尔卡季说,那就是莱布勒山(Mount Liebler)。

两座山峰间的鞍形山谷中坐落着卡伦的聚居点。

我们的车沿着小机场向前,驶过白人顾问的板房,向一幢镀铬的铁皮房驶去,房子外面有部油泵。太阳已经升高,天又热又湿,一群狗正在争抢几块猪下水,四下空无一人。树木间散落着不少矮棚子,不过皮因土皮人还是最喜欢住荆棘枝搭的防风棚。铁皮房外面挂着几件洗好的衣物,正在晾晒。

阿尔卡季说:"谁能想到,这里居然是住着四百人的热闹社区。"

"反正我想不到。"我说。

商店的门还锁着。

"咱们最好去找罗尔夫。"阿尔卡季说。

"谁是罗尔夫？"

"罗尔夫·涅哈特，"他说，"见到就知道了。"

他把车头对准远处树丛中的一间板房，开了过去。板房旁边还搭了间棚子，里面传出发电机的轰鸣声。阿尔卡季绕过地上的积水，使劲儿敲门。

"罗尔夫？"他叫道。

"谁？"房里传来还没睡醒的声音。

"阿克。"

"哈！大善人亲自登门！"

"够了。"

"您卑贱的仆人。"

"开门。"

"穿不穿衣服？"

"穿，你这个怪物。"

门内传来一阵摸索声，过了一会儿，罗尔夫出现在板房门口，一身上下干干净净，好像圣特罗佩兹海滩旁的游客，下身是牛仔裤，上身穿法国式条纹水手衫。他整个人都是小号的，肯定不足四英尺十英寸，鼻子高高隆起。不过，他真正与众不同之处还是那双眼睛的颜色——浑然天成的均匀的琥珀色，像金子，又像沙子。他的目光坚定中带着嘲弄，发型很有法国味儿，皮肤紧绷，没有一条皱纹，也没有粉刺和色斑。当他张开嘴，就会露出一口三角形尖牙，闪闪发光，仿佛小鲨鱼一样。

他是商店经理。

"进来。"他的表情中带着点儿做作。

板房里面，几乎难以挪脚，到处是书，大多数是小说，一架架、一堆堆，精装的、简装的，美国的、英国的、法国的、德国的，还有捷克的、西班牙的、俄国的。戈瑟姆书店寄来的包裹，还没有开包，一堆又一堆《法国新书简讯》和《纽约书评》；文学期刊、翻译文学期刊、文件、图书卡……

"坐！"他说，仿佛这里有地方可坐，最后我俩自己动手，清理出一小块儿空地。我们清理完了，罗尔夫也倒好了三杯咖啡。他给自己点上一根香烟，然后开始像机枪扫射一样向整个当代世界文坛发难，一个又一个响当当的名字被他送上文学的断头台，最后只得到两个字的评论——狗屎。

美国人，无聊；澳大利亚人，幼稚；南美人，玩儿完了；伦敦是粪坑；巴黎也好不到哪儿去；唯一还有点儿价值的书来自东欧。

"条件是，"他脆声说，"他们不离开东欧！"

接下来，他把毒液喷向出版社、出版代理，最后阿尔卡季实在受不了了。

"瞧，小怪物，我们累了。"

"一看就知道你们累了，还浑身发臭。"

"在哪儿能睡会儿？"

"有空调的可爱的活动板房。"

"谁的板房？"

"卡伦社区特别为两位准备的，床上有干净的床单，冰箱里有冰凉的饮料……"

"我说到底是谁的？"

"格兰的，他还没有搬进去。"

"那格兰去哪儿了？"

"在堪培拉，"罗尔夫说，"参加什么傻会。"

他走出屋外，跳上我们的车，然后载着我们向几百码外的一间板房驶去。那是间崭新的板房，上面刷着漂亮的油漆，旁边白桉树低垂的树枝上挂着桶式淋浴头，下面有两大箱水。罗尔夫拧开水箱盖子，伸进一只手指试试水温。

"还热着呢，"他说，"我们早就盼着你们来了。"

他把钥匙递给阿尔卡季，板房里面有肥皂、毛巾、浴巾。

"就把你俩留这儿了，"他说，"晚点儿再到店里来，我们5点打烊。"

"温迪怎么样了？"阿尔卡季问。

"跟我谈恋爱呢。"罗尔夫咧嘴笑了笑。

"这只猴子！"

阿尔卡季举起拳头，仿佛要擂罗尔夫一拳，可他早已跳下台阶，溜达远了，一会儿就消失在树丛中。

"你得跟我说说那家伙。"我对阿尔卡季说。

"澳大利亚是奇迹之国度，我一向这么说来着。"阿尔卡季回答。

"首先，那人多大？"

"九岁到九十，随便猜吧。"

我俩冲了澡，换下脏衣服，然后阿尔卡季略略谈起他所知道的罗尔夫。

罗尔夫的父系一方属于巴罗萨河谷的日耳曼人——整整八代普鲁士人，坚定的路德派教徒，有着厚实的家底，是澳大利亚最为根深蒂固的家族。他母亲是个法国女人，"二战"时来到阿德莱德。罗尔夫是三语通——英语、德语、法语；拿过奖学金，去法国索邦大学留过学，写了篇关于"结构语言学"的论文，后来成了悉尼一家报社的文化记者。

那段经历使他憎恶出版社、出版巨头，以及所有媒体。他女朋友温迪提议两人来卡伦自我流放时，他只提出一个条件：希望自己有足够的时间，想读书就读书。

"那温迪呢？"我问道。

"哦，她是个严肃的语言学家，正在收集资料，编一部皮因土皮语字典。"

阿尔卡季接着往下说，第一年年底，罗尔夫读书已经读到自闭，这时来了份儿社区商店经理的工作。

前一个经理也是个疯子，叫布鲁斯，以为自己比土著人更土著。那人犯了个大错，同一个叫沃利·汤加帕蒂的人吵嘴，脑袋被沃利的回旋镖砸开了花。不幸的是，在爱丽丝泉做 X 光检查时，大约只有一根针那么大的一小块马尔加木木屑没有被检查出来，慢慢地侵入了布鲁斯的大脑。

"不单单影响到他的语言能力，还影响到他的下肢功能。"阿尔卡季说。

"那罗尔夫干吗要接手？"我问。

"任性呗。"阿尔卡季说。

"他自己做什么？写作吗？"

阿尔卡季皱起眉头，说："我不会提那方面的事儿，简直让人心痛。我觉得，他的小说被退稿了。"

我俩小睡了个把小时，然后走到当地的医务所，无线电话设置在那里。医务所里的护士叫埃斯特拉，是一个西班牙姑娘，她正在给一个腿叫狗咬了的妇女上绷带。屋顶上，几块镀铬板松了，在风中噼啪乱响。

阿尔卡季问有没有消息来。

"什么？"埃斯特拉放大嗓门儿，压下外面的嘈杂声，"我什么也听不到。"

"有没有消息？"阿尔卡季用手指指无线电话。

"没有，没消息。"

"我明天第一件事儿就是把屋顶修好。"我说。

我俩向商店走去。

短腿儿琼斯运来了一车瓜，有岩瓜，还有甜瓜，这会儿大约五十个人正聚在油泵附近啃瓜，蹲的蹲，坐的坐。瓜的味道把狗都给熏跑了。

我俩走了进去。

商店里面，电灯把保险丝给烧了，买东西的人在半黑暗中摸索，有人在冷柜前鼓捣，有人打翻了一袋面粉，一个孩子哭着闹着要一个玩具。有个年轻母亲，身穿宽大的紫红色套头衫，还把婴儿塞到套头衫里面，她手中拿着一瓶番茄酱，正一口接一口地尝着。"回旋镖疯子"是个大个儿男人，头上没有一根头发，脖子上长着一圈肥肉，他正挥着手里的福利金支票，要兑现金。

有两个收银台，一台手工操作，另一台用电，因而也就无法工作。第一个收银台后坐着一个土著姑娘，正在数着手指算账；第二个后面坐着罗尔夫，他的头埋得很低，对四周的嘈杂充耳不闻。他在阅读。

他抬起头，说："你们来了。"他正在读普鲁斯特。

"马上就要关门了，"他说，"要点儿什么吗？新到了好多椰果洗发香波。"

"不用了。"我说。

准确地说，他正读到盖尔芒特公爵夫人的午餐会那段，已接近尾声；他的眼睛一行行扫过书页，脑袋也相应从左边晃向右边；最后，他带着啃完一段普鲁斯特小说的满足感，发出"啊"的一声，在书中塞上一张书签，啪的一声合上小说。

他站起身。

"出去！"他对店里买东西的大喝，"出去！都出去！"

那些已经排好队的妇女，他还让她们买完东西再出去；其他人，包括那个"回旋镖疯子"，都被他推向门口。那位年轻母亲发出一声痛苦的叹息，挡住自己的篮子不让他看见。他可不讲情面。

"出去！"他又喊，"你们都来了一整天了，明天9点再来。"

他一把夺过年轻母亲的篮子，把里面的罐装火腿、菠萝放回到货架上。最后，他把最后一名顾客推出门口，回头用手指指收银台下的"爱斯基"，说：

"艰苦的给养，短腿儿带来的。嘿，你两个大个子，帮下手好吗？"

我和阿尔卡季把那箱东西抬到他住的板房，温迪还没有回来。

"迟点儿见，"他说，"8点整。"

我俩读了两小时书，8点整出门，罗尔夫和温迪正在炭火上烤鸡。除了烤鸡，还有用锡箔纸包好的烤土豆、水果沙拉和绿色蔬菜。另外，餐桌上竟然出现了与周围环境格格不入的四瓶冰镇"查布里斯"酒，巴罗萨河谷出产的。

看到温迪的第一眼，我就忍不住对自己说："别又是一个！"别又是一个令人吃惊的女性！她身材高挑，表情平静，看上去很严肃，不过挺开心，金色头发扎成辫子。看上去，她不像玛丽安那么惹眼，不过也更少点儿"失落"的感觉，她对自己的工作更乐在其中。

"真高兴你们能来，"她说，"罗尔夫实在太需要有人同他聊聊了。"

29

泰特斯·特尔卡马他，阿尔卡季专程来见的人，住在卡伦聚居点西南二十五英里一口泉眼旁的棚屋里。

显然，他心情不佳，连阿尔卡季去见他前都要铆足了劲儿。我留在了聚居点，而他先去让泰特斯"发发脾气"。阿尔卡季有个帮手，泰特斯的"主礼人"，一个说话柔声柔气的人，走路腿有点儿瘸，也就被人叫成"瘸子"。9点，两人开丰田车出发。

天气炎热，大风，天空中飘过片片卷云。我向医务所走去，屋顶上的噪音简直能把人耳朵震聋。

"之前修过一次，"埃斯特拉扯着嗓门喊，"花了整整两千块！谁敢相信！"她是个身材娇小的年轻姑娘，脸上的表情实在是丰富。

我爬上屋顶，检查损毁情况。那儿实在被糟蹋得太狠了，屋顶上所有的木椽子都松了，在完全可预见的将来，整幢房子就要塌掉。

埃斯特拉叫我去找工棚经理唐，借锤子和钉屋顶的钉子。"不关你的事，"他说，"也不关我的事。"当初干这活儿的是某位从爱丽丝泉来的"狗屎艺术家"。

"可那并不能降低风险，"我说，"那个西班牙小护士就快崩溃了；说不定，大风吹走的铁皮顶就能把哪个孩子一切两半。"

唐最后让步了，虽然老大不情愿，给了我他所有的钉子。我花了两个小时把屋顶上的铁皮一片片钉好，活儿干完，埃斯特拉抿嘴一笑，以示嘉许。

"至少，现在我能听见自己在想什么了。"她说。

去还锤子时，我顺便去商店看看罗尔夫。

192

商店附近立着一圈空油桶挡风，里面聚了一群男男女女在打扑克，注下得很大。一个男的已经输了一千四百块，赢钱的是个大个子妇女，穿着黄色套头衫，用力把手中的纸牌甩到地席上，嘴角下垂，一副女赌徒的表情。

罗尔夫还在读普鲁斯特，他已经离开盖尔芒特公爵夫人的餐会，跟随夏吕斯男爵一起穿过巴黎的街道，回到他的寓所。他泡了一暖瓶黑咖啡，分了些给我。

"有个人你得见见。"他说。

他给身边一个小男孩递过一粒太妃糖，然后叫他跑去把约书亚叫来。约莫十分钟后，一个中年男子出现在门口，他的腿很长，上身很短，肤色非常深，戴着黑色牛仔帽。

"哈，"罗尔夫说，"韦恩先生到了。"

"老板。"那个土著人带着浓重的美国音说。

"听着，这是我的一位朋友，从英国来，我想你跟他说说梦象的事情。"

"遵命。"土著人应答。

约书亚是位著名的皮因土皮族"演员"，总能带给人精彩的表演。他去过欧洲表演，也去过美国。第一次坐飞机去悉尼时，他错把地面的灯光当成天上的星星，还问为什么飞机在倒着飞。

我跟着他穿过羊肠小道，小道两边长着高高的三齿稃。他的臀部没什么肉，裤子时常会掉下来，露出白白的、长出老茧的屁股。

他的"家"在两山间马鞍的最高点上，在一辆报废的旅行车，里面的东西早已被拆得精光，车厢外面裹着黑塑料皮，一捆打猎用的标枪从一扇车窗中露出来。我俩盘腿坐在沙地上。我问他能否指出本地的一些梦象。

"嚯嚯，"他粗着嗓门发出一长串笑声，"太多，太多了！"

"那么，"我继续问，手指莱布勒山，"那是谁？"

"嚯嚯，"他又笑了一声，说："大块头，跑得快，佩伦蒂。"

佩伦蒂巨蜥是澳大利亚体形最大的蜥蜴，能长到八英尺——甚至更长，狂奔起来比马跑得还快。

约书亚把舌头一伸一缩，模仿蜥蜴，又弯起手指做爪状，在沙地上模仿蜥蜴行走时的样子。

我再次抬起头，远眺莱布勒山的那道峭壁时，突然发现自己能在岩石中看出蜥蜴三角形的扁脑袋、肩部、前肢、后肢，那向北方迤逦而去的正是它的尾巴。

"不错，"我说，"我看出来了。那它打哪儿来？"

"遥远的地方，"约书亚回答，"比金伯利还要远。"

"它又上哪儿去？"

约书亚抬起手，指向南方，说："往那儿。"

搞清楚了巨蜥的歌之途沿着一条由北向南的轴线延伸之后，我掉过头，手指向卡伦山。

"那么，那又是谁？"

"女人，"约书亚回答，"两个女人。"

他又说起那两个女人如何上下追逐那条巨蜥，最后在这里堵住了它，她们用手中挖泥的棍子戳它的头。巨蜥钻到地底下逃走了，莱布勒山顶上还有个洞，有点儿像陨石坑，那就是当年留下的伤口。

暴雨后，卡伦以南一片青翠，十来块巨石拔地而出，仿佛平原上的小岛。

"约书亚，那些大石头又是谁？"

约书亚一一列数：火、蜘蛛、风、草、豪猪、蛇、老人、两个人，还有一种不知是什么的动物，看上去像狗，不过是白颜色的。他自己的梦象属于豪猪，从阿恩海姆兰德的方向来，穿过卡伦，一直向卡尔古里延伸。

我回头看看聚居点，看看那些铁皮屋顶，还有旋转的巨大风车叶片。

"这么说，豪猪从这条路来？"

"跟你来时同路。"

他画出豪猪的路线，穿过小机场，经过学校和油泵，然后沿着巨蜥峭壁的山脚走。

"能唱上两句吗？"我问道，"能唱唱它是怎么沿这条路来的吗？"

他四下望了望，确定没别人会听到，然后唱了不少豪猪歌谣的对句，同时还用指甲轻敲着一块硬纸板，打着拍子。

"多谢。"我说。

"不客气。"

"再给我说个故事吧。"

“你喜欢那些故事？”

“喜欢。”

“好吧！”他把脑袋歪向一边，说，“就说个会飞的大家伙的故事。”

“蜻蜓？”

“更大。”

“鸟？”

“还要大。”

土著人在追索歌之途时，会在沙地上画一系列的直线，中间加上圆圈。直线代表祖先旅途的一段（通常代表一天的行程），每个圈代表一个停顿、一个“水孔”，或者一处营地。可这个会飞的大家伙的故事实在把我搞得摸不着头脑。

开始是几条平直的长线；然后有了长方形的迷宫；最后是一连串的扭动。每追索一段行程，约书亚就用英语唱上一句，“嚯嚯！那儿的人真有钱”。

那天早上我肯定昏昏沉沉，隔了好久才明白过来，那个梦象实际上说的是澳航。约书亚坐飞机去过一次伦敦，迷宫其实就是伦敦机场：到达大厅、体检处、移民处和海关。然后，他乘地铁到达市中心。扭动的是出租车，把他从地铁车站接到宾馆。在伦敦，约书亚见到了大把异象：伦敦塔，卫兵换岗，等等。不过，他真正的目的地是阿姆斯特丹。

阿姆斯特丹的图形语言更让我迷惑难解：一个大圆，四周有四个小圆，每个圆上伸出一些线，通向一个长方形的盒子。最

196

后，我终于弄明白了，那是某种圆桌会议，有四名参加者，约书亚是其中一员。其他的参加者按顺时针次序分别是"白人神父""红衣瘦子"和"黑人胖子"。

我问他，那些线是不是代表麦克风的电线，他使劲摇摇头。对麦克风他再熟悉不过了，那天，麦克风都放在桌面上。

"不！不！"他大声说，用手指指着自己的太阳穴。

"是电极什么的吗？"

"对！你猜中了。"

我终于拼出了一幅画面，至于正确与否还不能肯定。那是一次科学实验，一位澳大利亚土著人唱自己的歌谣，一位天主教僧侣唱格里高利咏叹调，一位西藏喇嘛诵经，还有位非洲人，不知道唱的是什么。四个人同时拼命唱，以测试不同风格的歌谣对大脑的韵律结构有什么样的影响。

如今回想起来，约书亚觉得那一幕实在是可笑，可笑到他都不敢相信。他捧腹大笑起来。

我也跟着大笑起来。

我俩笑到抽筋，躺在沙地上，张口喘着大气。

我站起来，还感到浑身无力，实在笑过了头。然后我向他道谢，道别。

他咧嘴一笑。

"就不能给咱买点儿什么东西喝喝吗？"他带着约翰·韦恩式的口音大声说。

"在卡伦，没门儿。"

30

阿尔卡季接近傍晚才回来，疲惫和焦虑交加。他冲了个澡，记了点儿东西，然后就倒在自己的铺位上。对泰特斯的拜访并不理想。更准确地说，他个人和泰特斯相处得很好，可泰特斯所说的令他难受。

泰特斯的父亲是皮因土皮族，母亲是洛里塔族（Loritja），他本人四十七八岁。他出生的地方就离他现在住的棚子不远。可是，在1942年，他父母爱上了白人的果酱、茶和面粉，迁出沙漠，住到霍恩河的路德派布道点上去了。布道点上的牧师看出泰特斯是一个绝顶聪明的孩子，开始教育他。

直到20世纪50年代，路德派教士还是把自己的布道点办得像普鲁士军事学院，泰特斯是那里的模范学生。现在他还留有一张坐在书桌前的照片，他头发中分，身穿灰法兰绒短裤，脚蹬免擦皮鞋。他学会了一口流利的英语和德语，学会了微积分，掌握了各种机械技术。有一次，他这个年轻的业余教士就"沃姆斯敕令"（the Edict of Worms）的神学效应做了一次布道，委实令他的师长们大吃一惊。

一年两次，6月和11月，他会取出自己的西服，登上开往阿德莱德的火车，到那里住上几星期，去公共图书馆阅读《科学美国》(*Scientific American*)的过刊，去追上现代文明。有一年，他还参加了一期石油化工的课程。

另一方面，泰特斯是个极端保守的歌手，和那些依赖他的人，还有他的狗生活在一起；打猎只用标枪，从不用步枪；能说六七种土著语，因其对土著法规的娴熟而名震整个西部沙漠。

能够同时维持这两套系统，这本身至少证明了他强大的生命力。

泰特斯原本支持《土地权益法案》，觉得他的族人终于有机会重返自己的土地了，那也是他们摆脱酗酒困扰的唯一机会。他憎恶采矿公司的行径。

新法案下，政府保留了开采地下矿产、颁发勘探许可的一切权益。不过，如果采矿公司要想在土著人的土地上打眼探矿，必须征求土地的"传统主人"的意见；一旦开始采矿，还要支付土地租赁费。

泰特斯权衡了各方面的利弊，得出结论：采矿来的钱不是好钱，对白人和黑人都是如此。那些钱败坏了整个澳大利亚，带来虚假的价值观和生活标准。当一家公司得到政府许可，在泰特斯的土地上搞地质勘探时，他冲他们轻蔑地一笑，开始消极的不合作。

这种态度可不会交到朋友，无论是白人，还是爱丽丝泉野心勃勃的黑人——眼下的争端就这么开始了。

1910年前后，泰特斯的祖父曾和洛里塔部族的一支打过交道，那个部族现居住在阿玛迪斯布道点，称自己为"阿玛迪斯人"。当时，两边交换了两套没有印记的尤里恩加，相互赋予对方进入自己的领地打猎的权利。那两套尤里恩加一直没有归还，所以当年的协议一直有效。

那家采矿公司对同泰特斯打交道已经绝望了，正在此时，一对阿玛迪斯来的代表出现在爱丽丝泉，声称自己才是那片土地和歌谣的主人，因此得到土地租赁费的应该是他们。他们对手中的尤里恩加做了些加工，刻上了自己的图腾标志。换句话说，他们通过伪造抢夺了泰特斯与生俱来的权利。

此前，泰特斯也只是听闻过阿尔卡季的大名，就传过话来，请他帮忙。

从爱丽丝泉出发前，向阿尔卡季通报情况的人信誓旦旦地说，泰特斯不过是为了钱。可见到泰特斯本人，阿尔卡季才发现，他对钱根本不屑一顾，他面临的是远为严重得多的危险，因为那些阿玛迪斯人更改尤里恩加的行为，实际上就是在更改创世。

泰特斯告诉阿尔卡季，夜里，他听到祖先对他怒吼，要报仇雪恨，他感到必须遵从祖先的意志。阿尔卡季也意识到事件的紧迫性，必须迫使侵犯者停止亵灵行为，可他也只能多争取一点儿时间。他提议泰特斯到爱丽丝泉度个假，可泰特斯斩钉截铁地说："我就在这儿，哪儿也不去。"

"给我一个保证，"阿尔卡季说，"在我回来之前，什么也别做。"

"我保证。"

阿尔卡季知道泰特斯会信守自己的承诺，真正令他震惊的是，现在土著人自己也开始扭曲自己的律法，来填满口袋。"如果那就是未来，我不如也放弃算了。"他说。

那天晚上，埃斯特拉一定要为修屋顶的男人做份儿炖菜。我们在她的板房里等吃的时，听到了雨点敲打屋顶的声音。往外望去，一座厚实的云层堡垒悬挂在莱布勒山顶上，边缘不时地电闪雷鸣。几分钟后，帘幕般的暴雨从天而降。

"天哪，"阿尔卡季惊呼，"咱们可能要被困上几个星期！"

"那也不赖。"我说。

"对你不赖，"阿尔卡季立刻反唇相讥，"对我可太糟了！"

首先，他要处理泰特斯的事情；其次，还要探望汉伦；最后，他计划好四天后去达尔文会见铁路设计师。

"你又没说。"我说。

"你又没问。"他说。

发电机停了，我俩陷入半黑暗中。雨水继续敲打着屋顶，足有半个小时，接着又一下子停了下来，来去都那么突然。我走出门外，禁不住大喊起来："阿克！快来看！"

两道彩虹悬挂在峡谷上方，两座山峰的山尖上；原先干红色的峭壁现在成了一片紫黑，上面布满一道道垂直的白色水柱，仿佛是斑马的皮；天上的云浓厚得好像比地上的泥土还要沉重，云层底端，最后一缕阳光破云而出，在地面上的三齿秤上投下道道浅绿色的光芒。

"明白，明白，"阿尔卡季说，"全世界再没有哪儿能有这番美景。"

夜里，大雨又落下来。第二天清晨，还未见晨曦，阿尔卡季把我摇醒。

"咱们得赶快走，快！"

"一定要走吗？"我睡眼惺忪地问。

"我是一定要走，你要想留下来就留下来。"

"不，一起走。"

我们俩喝完茶，清理了房间，擦干净地板上的泥水，给罗尔夫和温迪草草写了张条子。我们沿着小飞机场驱车穿过路上的水坑，驶上从麦凯湖方向过来的公路。黎明，没有太阳，四下一片昏暗，车开上一块高点儿的地方……眼前，公路消失了，只有一望无际的水面。

回到卡伦时，暴雨又落下来。罗尔夫站在商店门口，身上披着防水披风。

"哈！"他冲我咧嘴一笑，"你觉得自己不跟我打声招呼就能溜走吗？我跟你还没完呢。"

早上剩下的时间，阿尔卡季守在电台旁。信号非常微弱，所有通向爱丽丝泉的道路都中断了，再开通至少要十天以后。送邮件的小飞机上还有两个空位，要是飞行员肯绕点儿路。

中午时分，传来消息，飞行员会试着降落。

"一起走吗？"阿尔卡季问我。

"不，我留下来。"

"对你来说挺合适，"他说，"别让孩子乱动我的车。"他把车停在我俩住的板房旁的树下，然后把钥匙交给我。

在医务所，埃斯特拉正在临时处置一个患了急性脓肿而痛苦万分的女人。她必须马上被送到爱丽丝泉的医院，于是她就代替我上了飞机。

又一场暴雨正在莱布勒山背后酝酿，这时人们纷纷挥起手来，南方天空中出现一个小黑点。一架赛斯纳式小飞机降落在跑道上，溅起的泥浆沾满机身，慢慢滑行过来。

"他妈的快上！"飞行员在驾驶舱里大喊。

阿尔卡季紧紧握住我的手，说："再见，伙计。一切顺利的话，十天后见。"

"再见。"我说。

"再见，小怪物。"他对罗尔夫说，说完搀扶着痛苦呻吟的女人上了飞机。

飞机起飞，赶在暴风雨降临前一步飞出山谷。

"感觉如何？"罗尔夫问我，"跟我一起困在这儿。"

"我会撑下去。"

午饭有啤酒和三明治，几杯酒下肚，我感到有点儿昏昏沉沉，一觉睡到4点。醒来后，我开始把板房布置成工作的地方。

我在另一张铺位上铺了一块厚木板，权当书桌，房里甚至还有张办公室转椅。我把铅笔都放进一只水杯，旁边放上瑞士军刀，拿出几本空白卡纸本。同往常一样，我在工作的开头总是有点儿强迫症式的整洁，于是又在旁边整齐地码上三摞"巴黎笔记本"。

在法国，这种笔记本叫"鼹鼠皮笔记本"，鼹鼠皮指的是本子的黑防水外皮。我每次去巴黎都会买上一些，笔记本的内芯页面厚实，最后几页用橡皮带子固定住。我的每个本子上都有编号，首页上写着我的姓名、地址、联系电话，还有给捡到的人的奖金数额。丢了护照不过是小麻烦，要是丢了笔记可就是大灾难了。

二十几年的旅途中，我只丢过两本：一本消失在阿富汗的一辆公交车上，另一本被巴西的一名秘密警察没收了。那本里面记的是一尊巴洛克耶稣像遭到的损坏，可那位警察凭借丰富的想象力得出结论，我是在用暗语描述政治犯在秘密警察手中的遭遇。

动身来澳大利亚前几个月，文具店女店主说那种"鼹鼠皮笔记本"越来越难搞了，供货商只有一家，一家位于图尔斯（Tours）的小家庭作坊，作坊的回信速度也非常缓慢。

"我想买一百本，"我对女店主说，"一百本足够用一辈子了。"

女店主答应当天下午就给图尔斯打电话。

午饭时的遭遇让我头脑清醒了点儿，饭店餐厅的招待领班认不出我，不让我进去。下午 5 点，我如约去见女店主，女店主说供货商去世了，他的继承人把作坊给卖了。女店主摘下鼻梁上的眼镜，几乎带着几分伤感，对我说："'鼹鼠皮笔记本'再也没有了！"

我有种预感，自己生命中四处旅行的阶段就要过去了，在定居于一处的种种难受悄悄爬上来之前，我决定再打开这些笔记本，在纸上简略记下那些曾令我痴迷沉醉的想法、引文和邂逅，希望它们能够对一个问题有所启迪：人类躁动不安的本质是什么？对我而言，那是一切问题之首。

帕斯卡尔（Pascal）在他阴郁的《沉思录》（*Pensées*）中曾给出一种观点，他认为人类的悲哀源自一个小小的事实：我们就是无法静居一室。

他问道：为什么一个生活富足的人要去远洋航行，为了娱乐自己？或者不远万里到另一个城镇，只为微不足道之物？或者要上战场，丢了自己的脑袋？

在发现人类的悲哀之源后，帕斯卡尔进一步沉思，希望能了解导致其出现的原因。他找到了一个很有说服力的原因，也就是说，人类力量微小、寿命有限，生来即不快乐。要是我们以全副心思去面对这个事实，就没有什么能给我们安慰。只有一种方法才能缓解我们的绝望，那就是"分神"。然而，这也正是悲哀所在，因为分神时我们的思想被阻断，无法静思自己，于是缓慢地走向毁灭。

我想，会不会有这种可能，我们对分神的需要和对新事物的狂热，归根结底是一种本能的迁徙冲动，就如同秋天时在鸟儿身上所看到的。

所有伟大的导师都教谕说，人类原本"流浪在寸草不生的焦土荒原上"，这句话出自陀思妥耶夫斯基笔下的宗教大法官。要重新发现人性，就必须抖落各种负赘，迈步上路。

最新的两本笔记本上记满了南非见闻，我在那里发现了一些人类物种起源的第一手资料。在那里所看到的，再加上现在对歌之途的了解，更坚定了我长久以来半信半疑的猜测：自然选择把我们设计得适于在烫脚的荒漠和沙漠上做季节性徒步迁徙，这种设计体现在我们身体的方方面面上，从脑细胞的结构到双脚大脚趾的形状。

　　如果事实确实如此，如果沙漠确实曾是人类的"家园"，如果我们的本能确实形成于沙漠，目的就是在沙漠严酷的环境中生存，那也就很容易理解：为什么郁郁葱葱的草场会让人感到索然无味？为什么财产令我们精疲力竭？为什么帕斯卡尔想象中的人视自己舒舒服服的家为牢笼？答案尽在其中。

查特文的笔记本

人的本质在于运动，完全静止就是死亡。

——帕斯卡尔，《沉思录》

* * *

绝症的研究，家室的恐惧。

——波德莱尔，《私密日记》

* * *

对躁动做出最透彻分析的，往往都是出于这种那种原因而行动不便的人：帕斯卡尔，由于胃病和偏头痛；波德莱尔，由于吸毒；十字架上的圣约翰，由于囚室的铁窗。有法国文学评论家宣称，普鲁斯特不仅是孤处一室的隐士，同时也是最伟大的文学航海家。

* * *

彼特拉克[①] 问自己的秘书，这究竟是种什么样的疯狂？每晚

---

① 弗朗西斯科·彼特拉克（Francesco Petrarch，1304—1374），意大利（转下页）

都想睡在不同的床上。

＊　＊　＊

我在这儿做什么？

——兰波[1]，发自埃塞俄比亚的家书

＊　＊　＊

皮科斯市，皮乌伊省，巴西

住查姆旅馆，一夜无眠。这一带，搅人清梦的小虫似乎具有传染性，这里也是世界上婴儿死亡率最高的地区之一。早餐时，老板不是在我的碟子里放上鸡蛋，而是用苍蝇拍"啪"的一声打上去，然后拾起一条带环纹的昆虫。

他神情严肃地说："这种虫能叮死人。"

旅馆抹灰的外墙涂成浅绿色，上面有一行黑粗体大字：查姆旅馆。屋顶有根下水管漏了，水冲掉了第一个字母 C，于是查姆成了哈姆……

＊　＊　＊

德让市，喀麦隆

德让市有两家旅馆：街这边是温莎旅馆，街对面是反温莎旅馆。

（接上页）诗人，被誉为"文艺复兴之父"。

[1] 阿尔图尔·兰波（Arthur Rimbaud，1854—1891），法国著名诗人，早期象征主义诗歌代表人物。

＊ ＊ ＊

英国大使馆，喀布尔，阿富汗

三等秘书同时也是文化参赞，他的办公室里堆满了乔治·奥威尔的《动物农场》——这是英国政府捐赠给阿富汗的英语教科书，它们同时也是宣扬"马克思主义邪恶"的基本教程，正如故事中的那头猪所说的。

"猪？"我疑问道，"在信奉伊斯兰教的国家？你不觉得那种宣传可能会伤到自己吗？"

文化参赞耸耸肩，大使觉得这主意不错，他也没办法。

＊ ＊ ＊

行路方知人之价值。

——摩尔谚语

＊ ＊ ＊

迈阿密，佛罗里达

从市中心去海滩的公交车上，一位"粉红"女士。她八十岁了，至少。粉红头发、粉红插花、粉红嘴唇、粉红指甲、粉红手袋、粉红耳环，在她的购物篮里还有几包粉红色的面巾纸。在她的透明鞋跟里，一对金鱼懒懒地漂在甲醛中。

我只顾看金鱼了，没注意站在我身边座位上戴着角质框眼镜的侏儒。

"请允许我问您一个问题，"他尖着嗓门说，"您最看重人类的哪种品质？"

"没想过。"我回答。

"过去，我认为是移情，"他说，"现在，我认为是同情。"

"很高兴听你这么说。"

"请允许我再问您一个问题，您现在从事哪行哪业？"

"我正在学习考古。"

"真想不到，我们是同行。"

他是个下水道探工，他的同事把他放到迈阿密海滩各大酒店的主下水管里，用金属探测器寻找住客意外冲到下水道里的珠宝。

"我向您保证，先生，"他说，"这可是个回报丰厚的活儿。"

* * *

莫斯科到基辅的夜间特快，读着多恩① 的第三首《挽歌》：

> 蜗居一隅，囚禁
> 走遍各地，疯病

* * *

> 生活就是住院，每个病人一心只想换床：一个情愿在火

---

① 约翰·邓恩（John Donne，1572—1631），英国玄学派诗人代表，对现代诗歌产生了深刻的影响，T. S. 艾略特对其推崇备至。

炉旁受苦，另一个觉得只要待在窗户边自己就能康复。

　　我想，自己只有在自己不在的地方才能快乐。该不该搬家？这是同自己灵魂的永恒话题。

——波德莱尔

＊　＊　＊

贝科姆，喀麦隆

以下是出租车的名称：信心车、孩子的信心、绅士司机的回归。

＊　＊　＊

空中，巴黎至达喀尔

昨天吃晚饭时马尔罗[①]也在，他是口技家，可以完美地模仿斯大林办公室的门在纪德面前砰的一声关闭的情景。他和纪德为同性恋者在俄罗斯的遭遇而去抗议，斯大林预先听到了风声。

＊　＊　＊

达喀尔

柯克哈迪旅店也是家妓院，老板是马蒂尼太太，她有条钓鱼的船，于是我们晚饭有龙虾吃。店里有两名常驻妓女，一个是我朋友悠悠小姐，头戴小山般的粉红缠头，手拄活塞

[①] 安德烈·马尔罗（André Malraux，1901—1976），法国作家，他的六部小说奠定了其在法国文坛的地位，因年轻时在东方的冒险经历，他的三部小说都以东方革命，特别是中国革命为题材。

杆代替双脚；另一个是杰奎琳太太，她有两个常客，水利学家赫尔·基什和马里大使。

昨晚她为基什服务，她出现在阳台上，镯子叮当响，项链闪闪亮，身上的印花长袍流光溢彩。她向他飞去一吻，扔下一小枝三角梅，嗲声嗲气地说："基什，我来了。"

今晚，大使的梅赛德斯车停在外面，她翩翩而出，身穿曲线毕露的套装，脚蹬白色高跟鞋，高喊："大使先生，我到了！"

* * *

戈雷岛，塞内加尔

餐厅的露台上，一对法国胖夫妇正一个劲儿往嘴里塞水果，两人的狗拴在胖女人坐的椅子腿儿上，不停地挣扎着要冲出来，混点儿吃的。

胖女人对狗说："罗密欧，安静点儿！吃太多对你不好！"

* * *

内心的火焰……流浪的欲望……

——《卡勒瓦拉》（*Kalevala*）①

* * *

在《人类的由来》（*The Descent of Man*）中，达尔文写道，

---

①《卡勒瓦拉》，又名《英雄国》，芬兰民族史诗。

有些鸟类身上，迁徙的冲动胜过哺育后代的欲望。母鸟宁可扔下巢穴中的幼雏，也不会错过向南方的长途迁徙。

* * *

悉尼港

从曼利岛回程的渡轮上，一个小老太太听到我说话。

"你是英国人，对吧？"她问道，带着英国北部乡村的口音，"能听出来，你是英国人。"

"对。"

"我也是。"

她戴着钢框眼镜，镜片厚实，头戴一顶小巧的呢帽，帽檐上挂着轻薄的蓝面纱。

"你是来悉尼游玩吗？"我问她。

"老天！不，"她回答，"我自打1946年就住在这儿了，跟我大儿子一起来的，可怪事儿发生了。船到岸时，他就没气儿了。天哪！我已经抛下了唐卡斯特的老家，于是我对自己说，留下来也不错。于是，又叫二儿子过来一起住。他来了……办了移民手续……你知道，又发生了什么？"

"不知道。"

"他也死了，心脏病突发。"

"太可怕了！"我说。

"我还有个小儿子，"她接着往下说，"我最喜欢小儿子了，可他在大战中死了。敦刻尔克。他十分英勇，我有封他的长官写

213

来的信。十分英勇！他正在甲板上……他身陷燃烧的燃油……他跳入海中，他成了一片火焰。"

"太可怕了！"

"今天天儿不错，"她笑了笑，说，"今天是个好天儿，对吧？"

阳光灿烂的日子，洁白的云高高飘在半空中，海面上刮来阵阵凉风，几艘游艇正向滩头进发，其他的游艇挂着大三角帆，老旧的渡轮正向悉尼大桥和歌剧院的方向开去。

"曼利岛实在太美了，"她说，"我喜欢跟我儿子一起去岛上……在他去世前。现在我有整整二十年没上过岛了！"

"可岛不是很近么？"我问道。

"十六年里我都没出过屋子，我的眼睛瞎了，亲爱的。双眼生满了白内障，什么都看不见。眼科医生说也没什么办法，于是我就整天坐在那儿。想想看！十六年，待在黑暗中！突然，来了个好心的社工说，最好检查检查那些白内障。现在，你看看我的眼睛。"

透过镜片，一点儿都不夸张地说，我看到一双闪亮的蓝眼睛。

"他们带我去了医院，把白内障给切除了。真神了，我又能看见了。"

"真是太好了！"

"这是我第一次一个人出来，"她向我透露，"跟谁都没说。早饭时，我跟自己说，今天天儿真好，我要乘公交车去圆周码头，然后乘渡轮去曼利岛……就像过去那样。午饭吃的是鱼，太棒了！"

她调皮地耸耸肩，咯咯一笑。

"你觉得我有多少岁了？"她问我。

"看不出，"我说，"我猜猜，有八十了吧。"

"不对，不对，"她笑着说，"我今年九十三了……我又能看见了。"

＊　＊　＊

达尔文曾引用奥杜邦①的鹅的例子，当那只鹅被拔去飞羽后，它就用双脚上路。接着，他又描述了一只小鸟的悲惨遭遇。已是迁徙季节，那只鸟却被关在笼里，于是它拼命扇着翅膀，用胸口撞笼子，直到见血。

＊　＊　＊

罗伯特·伯顿（Robert Burton），一个书斋静坐的牛津书虫，花了大量时间做研究，来证明旅行不是诅咒，而是医治忧郁的灵丹妙药，专治定居一处所带来的种种郁闷：

天体运转，永恒无休；日出日落，月缺月盈，星移斗转，分秒不停；空气在风中荡漾，潮水退了又涨，涨了又退。这一切都给我们一个启示：运动永恒不止。

又一处：

---

① 奥杜邦（John J. Audubon, 1785—1851），美国鸟类学家、画家及博物学家。

对于这种病患来说，没什么比换一换空气，四下游荡更妙的处方了。就像聚群而居的鞑靼骑士一样，抓住每一个机会，任何时间、地点、季节。

——《忧郁剖析》(*The Anatomy of Melancholy*)

* * *

我的健康受到威胁。恐惧降临。一连好几天，我时时刻刻感到昏昏欲睡。醒来时，黑色的梦又开始了。我已成熟，就等着死神来收割。我的健康濒临崩溃，于是我开始了一段危险之旅，驶向世界的边缘，驶向辛梅利亚，那黑雾弥漫、旋风肆虐的国度。

我不得不旅行，唯有如此才能驱走聚集在我脑子里的幽灵。

——兰波

* * *

他是个伟大的徒步旅行者，简直让人咋舌。他的外套敞开着，烈日下依旧戴着一顶土耳其帽。

——里格哈斯，《论埃塞俄比亚之旅中的兰波》

* * *

……沿着糟透了的小路行走，简直像是走在月球上。

——兰波家书

脚下生风的人。

——魏尔伦[1] 论兰波

* * *

乌姆杜尔曼，苏丹

族长住的小房子俯视着他祖父的墓地。他用苏格兰胶带把一张张纸粘成一卷长卷，在上面完成了一部有五百个诗节的长诗，参照格雷挽歌的格律和风格，命名为《悼苏丹共和国之灭亡》。他给我上过阿拉伯语课，说我的前额上有道"信仰之光"，希望能说服我皈依伊斯兰教。

我说，你要能唤起个神怪，我就皈依。

"那可不容易，不过可以试试。"他说。

他花了整个下午时间，走遍乌姆杜尔曼的市场，搜寻合适的没药、香粉和香水。现在，准备召唤神怪了。祷文念过了，太阳下山了，我们坐在花园里的番木瓜树下，面前放着一只炭火盆，怀着充满敬仰的期待之情。

族长先试试没药粉，一缕轻烟升起。

神怪没来。

---

① 保尔·魏尔伦（Paul Verlaine，1844—1896），法国象征派诗人，与兰波关系甚密，曾一起流浪比利时和英国。

又试了试香粉。

还是没来。

他把买来的东西一路试下去，还是没来。

然后他说："我们试试伊丽莎白·雅顿吧。"

* * *

努瓦克肖特，毛里塔尼亚

一位曾在奠边府①服役的外籍军团老兵，花白短发，一笑露出满口牙齿。他因为美国政府逃避美莱村屠杀的责任而勃然大怒。

"什么叫战争罪？"他说，"战争就是犯罪。"

法庭的判词更是火上浇油。判词说盖里中尉犯了"屠杀东方人类"的罪行，好像"东方的"还需要加上个"人类"来进一步限定。

他对士兵的定义如下：专业人士，在三十年间受雇杀人。之后，他接着摆弄花草。

* * *

无论如何不要丧失行走的愿望。每天，我在行走中得到健康，远离疾病；行走中产生了最优秀的想法，没有哪种沉重的念头是不能用行走驱散的……可要是静坐，静坐的时间

_____

① 奠边府（Dien Bien Phu），越南奠边省省会，以法越战争中奠边府战役闻名。

越久，就感觉越接近疾病……因此，只要能不断行走，一切
都会好的。

　　　　　——索伦·克尔凯郭尔，《致杰蒂的信》（1847）

* * *

　　　　　　　　　　　　　阿塔尔，毛里塔尼亚

"您去过印度吗？"阿塔尔埃米尔[①] 的儿子问我。

"去过。"

"那儿是个村子吗，还是什么？"

"不，"我回答，"那是世界上最大的国家之一。"

"天哪！我一直以为那是个村子。"

* * *

　　　　　　　　　　　　努瓦克肖特，毛里塔尼亚

　　星星点点的混凝土建筑散落在沙漠中，如今外面又围上了一
圈游牧民临时搭的棚屋。那些游牧民跟雅各和他的子孙一样，为
饥荒所迫，不得不定居下来。

　　直到去年大旱之前，这个国家百分之八十的人口还住在帐
篷中。

　　摩尔人热爱蓝色。他们的长袍是蓝色的，缠头是蓝色的，棚
户区里的帐篷上打着蓝色的补丁。还有那些用包装箱拼凑起来的

————————————

① 埃米尔，阿拉伯国家对王公贵族、酋长或地方长官的称谓。

窝棚，肯定会在什么地方有块蓝色油漆。

今天下午，我跟上一位干瘪的老太太，她正在垃圾堆里寻找蓝色破布头。拾起一块，又一块，比对比对，扔掉第一块。最后，她终于找到一块形状正合适的布头，哼着小曲走了。

城边上，三个小男孩停下脚上的足球，向我跑过来。不过，他们并没有向我要钱或地址，最小的一个还同我展开了一段十分严肃的对话。您对比夫拉的战争有什么看法？阿以冲突根源是什么？关于希特勒对犹太人的迫害，您有何高见？埃及的法老纪念碑呢？阿尔莫拉维德古王国又如何？

"你是谁？"我问道。

"扎卡里亚·索尔·穆罕默德，"孩子尖着嗓子说，"内政部部长的儿子。"

"你几岁了？"

"八岁。"

第二天早上，来了辆吉普车，把我接去见内政部部长。

"我相信，昨天您已经见过我的儿子了，"内政部部长说，"他告诉我了，他说跟您交谈有趣极了。我想请您一起吃饭，顺便也看看有什么能帮上您。"

* * *

长期以来，我激励自己说，我可以拥有每个可能的国度。

——兰波

* * *

去阿塔尔的路上，毛里塔尼亚

卡车上有差不多五十个人，挤在一包包谷物上。车驶向阿塔尔，行到半路，遇上沙暴。我旁边是个塞内加尔青年，身上味道很大。他说自己二十五岁，他的身材短而粗，肌肉发达得过分，牙齿由于嚼可乐果而变得又黑又黄。

"你是去阿塔尔吗？"他问我。

"你也去吗？"

"不，我去法国。"

"做什么？"

"继续我的职业。"

"你的职业是什么？"

"海员。"

"你有护照吗？"

"没有，"他咧嘴一笑，说，"可我有证明。"

他掏出一张沾满水渍汗渍的纸片，上面写着唐·埃尔南多·某某先生，某某号拖网渔船主，雇佣某某，别名某某，等等。

"我要去维拉西斯内罗，"他说，"从那儿搭船去特内里费或拉斯帕尔马斯，然后继续自己的职业。"

"还是做海员？"

"不，先生。是冒险家。我要去见识世界上所有的国家，所有的民族。"

* * *

从阿塔尔回来的路上

皮卡车的货厢装了顶棚，里面挤了十五名乘客，都是摩尔人，除了我自己，还有一个用麻袋遮住全身的家伙。麻袋动了动，露出一个沃洛夫青年漂亮的脑袋。他的头发上、皮肤上落了一层灰，好像紫葡萄上结的白霜。他看上去受了惊吓。

"怎么了？"我问。

"完了，全完了。我从边境上被赶了回来。"

"你去哪儿？"

"法国。"

"做什么？"

"继续我的职业。"

"什么职业？"

"你不懂。"

"会懂的，"我说，"我知道法国大多数的职业。"

"不，"他摇摇头，"这可不是你能理解的行当。"

"说说看。"

最后，他长叹一声，这也是一声呻吟，然后说："我是个木匠，会做路易王朝风格家具。"

在阿比让，在一家迎合新兴黑人资产阶级口味的家具厂，他学会了镶嵌装饰板。虽然他没有护照，可他的袋子里有一本关于法国 18 世纪家具的书,他心目中的英雄是克莱森特和雷森纳尔。他希望有朝一日能去卢浮宫、凡尔赛宫,还有装饰艺术博物馆看看。要有可能的话,他也希望能投到某位巴黎"工匠"手下当学徒,假如还存在这样的"工匠"。

* * *

伦敦

和伯蒂一起去见一位法国家具经销商,经销商向保罗·盖蒂提供了一套雷森纳尔五斗橱。伯蒂是这方面的专家,于是盖蒂打电话向他求教。

五斗橱被修复过了头,当初的样貌已经看不出来了。

伯蒂仔细端详了一番,然后发出一声"哦!"。

家具商半天沉默不语,最后终于问出:"怎么样?"

"嗯,我自己可不会把它放在姑娘的房间里,不过配他却挺合适。"

* * *

收藏,不错;旅行,更棒。

——阿纳托尔·法朗士[1]

财产离我而去,飞呀飞;像张开翅膀的蝗虫飞呀飞……

———————

[1] 阿纳托尔·法朗士(Anatole France,1844—1924),法国作家、社会活动家。

* * *

廷巴克图

服务生取来菜单：

　油炸鲶鱼

　油炸珍珠鸡

　甜点

"什么时候开饭？"我问道。

"我们8点开饭。"服务生回答。

"好吧，那就8点。"

"不，不，先生。我是说我们8点开饭，您必须在7点前，或者10点后用餐。"

"我们是谁？"

"我们，员工。"

他压低声音，悄悄对我说："我建议您7点来，先生。等我们吃完，就什么都不剩了。"

大约一个世纪前，德·拉·维格里红衣大主教（Cardinal de la

_____

① 乌尔（Ur），古代苏美尔的重要城邦。

Vigerie）把基督信仰带入这片地区。维格里也是迦太基（Carthage）和全非洲的首席主教，他还是一位勃艮第葡萄酒的鉴赏家。

大主教的手下有三位白人神父——保罗米尔、波尔林、米诺拉特，三人到禁宫里做了一场弥撒，可之后没多久他们就被图阿雷格人砍了脑袋。

大主教收到消息时，正在比亚里茨的海边，坐在敞篷儿马车上。

"我真不敢相信！"他几乎喊了起来。

"可消息千真万确。"情报员说。

"真的都死了？"

"都死了。"

"那咱们可太幸福了。他们也一样。"

大主教立即中止了他的晨练，写下三封一模一样的信，去安慰三位母亲的心灵。"上帝令你带他们来到人间，又令我送他们走上殉道升天之途。"

* * *

《特里斯特拉姆·项迪传》（*Tristram Shandy*），平装本，在爱丽丝泉的二手书店买的。扉页上草草留下几行字："在澳大利亚，一个男人最快乐的时刻之一，就是面前放着两杯啤酒，对面坐着另一个男人。"

云南，中国

村里的小学校长性格开朗，精力充沛，闪亮的头发黑中泛蓝。他妻子看上去好像还没长大，两人住的木屋就搭在玉溪旁。

他接受过音乐民俗学的训练，也曾到过偏远的山村，去记录纳西族的民歌。和维柯一样，他相信世界上最早的语言产生于歌谣。他说，原始人类通过模仿飞禽走兽的叫声而学会讲话，在音乐中，人类和造物主创造的一切和睦相处。

他的屋子里摆满了各种小玩意儿，天知道它们是怎么从"文化大革命"的劫难中保存下来的。我俩蹲在红漆椅子上嗑瓜子儿，他往白瓷杯里倒满一杯叫作"一捧白雪"的高山茶。他给我播放了一段纳西族歌调，那是一群男女围着灵柩唱的，唔……喂……唔……喂……目的是赶走食尸魔——一种长着长牙利爪的恶鬼。

校长能哼出肖邦的玛祖卡，哼起贝多芬来更是欲罢不能，着实让我们吃惊不小。他父亲是茶马古道上的商人，专门运货去拉萨，20世纪40年代把他送去昆明学习西方音乐。

后墙上挂着克劳德·洛兰①的画，旁边的两个镜框里是校长自己的照片。一张照片中，他穿着燕尾服，打着白领带，站在指挥台后；另一张中，他正在人头攒动、彩旗飘扬的街头指挥交响乐队，双臂向上伸出，指挥棒微微下垂。

"那是1949年，"他说，"欢迎解放军入城。"

---

① 克劳德·洛兰（Claude Lorrain），法国风景画家，古典主义的代表人物。

"当时演奏的是什么曲子？"

"舒伯特的《军队进行曲》。"

就为了这个，或者更确切地说，为了他对"西方文化"的热爱，他在牢狱中度过了二十一年的时光。

他举起手，看着手指，眼中饱含悲伤，仿佛在看着久别的孤儿。他的手指弯曲，手腕上疤痕累累，那都是当年红卫兵把他吊在房梁上留下的纪念。那姿态，同十字架上的耶稣不也有几分相似吗？也许，就像一个正在指挥交响乐的人。

* * *

一种错误认识广为流传：男人天生就是流浪者，而女人天生是家庭的守卫者。当然，或许这句话并不全错，不过女人首先是繁衍生息的守卫者。要是家人走了，她们会毫不犹豫地一起上路。

推动吉卜赛男人上路的正是他们的女人。同样，在终年狂风呼啸的好望角，是雅干印第安妇女看护着藏在树皮独木舟之下的火堆。马丁·居斯因德神父有时把雅干人比作"古代的维斯托人"，也有时把他们比作"躁动不安的候鸟，只有在路上时才会感到幸福和内心的宁静"。

* * *

在澳大利亚中部，女人是主导力量，推动向旧生活方式的回归。有个女人曾对我的一位朋友说："女人喜爱乡下。"

* * *

毛里塔尼亚

离开欣盖提（Chinguetti）有两天了，我们必须穿越一条阴郁的灰色山谷，那里目光所到之处没有一星半点儿的绿色。谷底躺着几具骆驼的尸体，肉已被啄光，只剩下皮在风中飘摆，打在肋骨上，发出啪啪的响声。

我们爬上对面的陡崖时，天已差不多全黑，一场沙暴正在酝酿之中，骆驼群躁动不安起来。一位向导伸手指向远处的几顶帐篷，帐篷立在距我们大约半英里外的沙丘间：三顶山羊皮的，还有一顶白棉布的。

我们缓慢接近，向导们都绷紧了脸，想确定帐篷里的人是否属于友好部族。这时，一个向导绽开了笑容，说："拉拉克拉！"说完，他就放开骆驼的缰绳，一路小跑过去。

一个高个儿年轻人掀开帐篷的门帘，招呼大家向前。大家下了骆驼。年轻人穿着蓝色的袍子，脚踩一双黄拖鞋。

一位老妇人端上枣和山羊奶，族长下令，宰杀一头小羊。

我自言自语道："自从亚伯拉罕和撒拉的时代以来，这里丝毫没有改变。"

族长的法语说得棒极了。晚饭后，他斟上薄荷茶。我天真地问他，为什么条件这么艰苦，还是无法抵挡他们生活在帐篷里的愿望呢？

"切！"他耸耸肩，"没什么比住在城里更好的了，在沙漠里干净不了，没法儿冲澡。是那些女人要住在沙漠里，说什么沙漠为她们和她们的孩子带来健康和快乐。"

* * *

心理医生、政客和暴君无时无刻不在向我们灌输，居无定所的生活有违常规，是神经质，是一种无法发泄的性欲望，是一种为了文明的利益必须消除的疾病。

纳粹宣传机器宣称，吉卜赛人和犹太人的基因中有着流浪的因子，在稳定的第三帝国中没有他们的位置。

不过，在东方，人们依旧保持着一度无所不在的观念：旅行能够重建人和宇宙万物间曾有的和谐。

* * *

一个人如果足不出户，再无快乐可言。终日在人的包围之中，最良善的人也会成为罪人。因陀罗①是行者的好友，所以，上路吧！

——《爱他罗氏梵书》(*Aitareya Brāhmana*)

* * *

不把自己变成大路，又如何能在路上行走？

——释迦牟尼

———————

① 因陀罗 (Indra)，印度神话中的天神之王，雷雨之神。

* * *

继续前行！

——基督对使徒的临终遗言

* * *

在伊斯兰世界，尤其在苏菲派中，"漫步"指行走或行走的节奏，它被视为一种技术，特别适于挣脱俗世的烦恼，从而使人沉浸于真主的沉思中。

隐修者的目标就是成为一具"行尸走肉"：肉体还留在红尘俗世中，灵魂却已神游天国。一本苏菲派的手册中说道，在旅行的尽头，隐修者不再是路上的人，而成了道路本身。也就是说，他不再是追寻自己的自由意志的行者，而成了别的东西借以行走的处所。

* * *

后来，我向阿尔卡季提起苏菲派的隐修者，他说，这倒同澳大利亚土著人的信念相当接近。"许多人后来融入了土地，融入了祖先。"

一辈子在歌之途上行走，一辈子唱着祖先的歌谣，最后自己也融入道路、祖先和歌谣，成为它们的一部分。

* * *

无路之路，在那里，上帝之子迷失自己，同时却又找

230

到自己。

——埃克哈特①

* * *

自然引着他前行

走向完美的安宁

年轻人眼中满是嫉妒

老人自己却无动于衷

——华兹华斯,《旅行中的老人》

* * *

第欧根尼②小小传:

他住在木盆中,吃生章鱼和虾米。他说:"我是世界公民。"他把自己在希腊的游荡比作鹳的迁徙:夏天在北边,冬天到南边避寒。

* * *

我们拉普人具有驯鹿的习性:春天,我们渴望群山;冬

---

① 迈斯特·埃克哈特(Meister Eckhart,约1260—1327),德国哲学家、神学家。
② 第欧根尼(Diogenēs,约公元前412—前323),古希腊哲学家,犬儒学派的代表人物。

天，我们的心又飞向森林。

——《图里的拉普兰之书》

* * *

古印度，季风肆虐的季节，旅者寸步难行。佛祖也不想看着自己的信徒在齐脖子深的洪水中冒险过河，于是赐予他们"雨中避难所"。大雨连绵之时，无家可归的朝圣者就聚集在地势较高的地方，住在窝棚里。佛教伟大的寺庙正是源于这些窝棚。

* * *

早期的基督教教会推行两种朝圣之旅。一种叫"为上帝之旅"，旨在模仿基督，或者祖先亚伯拉罕放弃乌尔城，到帐篷中居住的行为；另一种叫"赎罪之旅"，命令那些犯下"大罪巨恶"的罪犯按照一套既定的规章制度上路旅行，他们要充当流浪的乞丐，每人一顶帽子、一只钱袋、一根棍子，还要佩戴特定的徽章。在路上，他们要凭自己的力量挣来救赎。

行走可以消解暴力和罪恶，这种观念可追溯到《圣经》时代，该隐在杀害了亲兄弟亚伯之后就被放逐，以流浪赎清自己的罪过。

* * *

瓦拉塔，毛里塔尼亚

骆驼背上的人脖子上挂的不是花环，而是剥皮尖刀，他们曾给法国外籍军团做过帮手。日落时分，他们带我去小镇边上的一幢房子，去听巴吉的祷告。

巴吉是位圣人，也是位流浪者，他从一片绿洲飘荡到另一片绿洲，身边只有一个没牙的老父亲陪伴。他的眼睛是蓝杏仁色，上面罩着一层浓雾，他一出生就双目失明，到哪里都要靠父亲的搀扶。

他背下了整部《古兰经》，我们看到他时，他正坐在泥砖墙边，背靠在墙上，嘴里念着颂歌，微微翘起的嘴角上挂着一丝笑容，他的父亲帮他翻经书。颂歌越来越快，最后，词与词连接到一起，汇合成一条激流，其中浸透着顿挫的节奏，像铁锤敲击，又像打鼓独奏。父亲飞快地翻着书页，四下旁观的人群开始晃动起来，人们脸上出现"迷失"的神情，仿佛就要昏厥过去。

突然，巴吉的声音中断了，有那么一会儿，四下绝对安静。他把下一段颂歌念得非常非常慢，让每个音都绕着舌头打滚，然后一个接一个抛向听众。听众的神情，仿佛在聆听"天外之音"。

父亲头靠在儿子的肩膀上，长长地出了一口气。

* * *

生命如桥。过桥，别在上面建屋。

——印度谚语

* * *

春季迁徙，法尔斯省

在菲鲁扎巴德（Firuzabad）和设拉子（Shiraz）之间，加什盖伊人（Quashgai）的迁徙已全面展开。绵羊、山羊，绵延一英里又一英里，站在山顶上望去，就像一列列蚂蚁。几乎看不到草，可山麓还披挂着片片绿毯，道路两边只有盛开的百花和灰叶子的蒿草。牲口又瘦又弱，就剩一把皮包骨头了。不时有牲口掉队倒下，就像阅兵时晕倒的士兵，先是脚步蹒跚，然后就摔倒了。接下来，就看秃鹫和野狗谁快了。

秃鹫的脑袋闪着红光。它们的脑袋本来就是红色的吗？还是沾上了牲口的血迹？也许二者兼而有之。回首向来路望去，一群群秃鹫在盘旋，飞升。

加什盖伊族的男人身材瘦削，嘴绷得紧紧的，脸上布满岁月的痕迹，每人头上都戴着白色的圆柱形毡帽。女人们则周身华光溢彩，穿着专门为春季迁徙而买的花裙子。有的骑马、骑驴，也有的骑骆驼，跟在载着帐篷和帐篷杆的牲口后面。孩子们在马鞍上，身体随着马行走的节奏一上一下，眨巴着眼睛，看着前面的路。

一个骑黑马、身穿绿色和藏红花色长裙的女人从我身边过去。她后面，一个孩子被皮带固定在马鞍上，怀里还抱着一头没妈的小羊羔。耳中传来铜锅的叮当声，一只公鸡也被绳子拴在马上。

那个女人怀里还有个孩子，她正在给孩子喂奶，乳房上垂着一条条项链、金币、金条。和大多数游牧民族的女人一样，她也把所有的财产穿在身上。

234

游牧民族的孩子出生后对这个世界的第一印象会是什么呢？
晃动的乳头，还有一片瀑布般的金黄？

* * *

匈奴人对黄金欲壑难填。

——马塞林

* * *

……他们是以实玛利人，都是戴着金耳环的。

《士师记》（8∶24）

* * *

良马是家庭的一员。

加什盖伊族谚语

* * *

靠近设拉子

老人蹲在奄奄一息的栗色母马旁。迁徙途中，最先倒下的总是马。老人已找到一片鲜嫩的草地，把马连哄带拉牵到那里，撸起一把嫩草往马嘴里塞，可太晚了。马侧身躺在地上，舌头伸了出来，两眼放着临死前的光芒。

老人咬紧嘴唇，哭出声来，双颊上不时滚落一两滴眼泪。然后，他背起马鞍，扭头离开，再不回头看上一眼。我俩一起向大路的方向走去。

在路上，一位开路虎车的酋长载上我俩。酋长是位老先生，腰板笔直，鼻梁上架着单片眼镜，对欧洲有所了解。他在设拉子有房子和果园，不过每年春季还是志愿来帮助自己的族人。

他把我带到一座帐篷里，各部族的酋长们在这里开会，讨论迁徙计划。其中有位酋长很时髦，穿着黄色的棉滑雪衫，皮肤的那种黝黑一看就知道是刚刚滑雪回来。他似乎从第一眼起就不信任我。

所有人都尊敬的一位酋长是个瘦削的长者，鹰钩鼻，下巴上留着灰色短胡茬。他坐在那里，听着周围人的争论，一动不动。然后，他伸手取过一片纸，用圆珠笔在纸上歪歪扭扭地写下几行字迹。

那就是一纸训令，上面规定了各部族通过下一片开阔地时的次序。

* * *

《创世记》（13：9）也描绘了类似的场景，亚伯拉罕担心自己的牧人们会同罗得的牧人们争斗起来。"遍地不都在你眼前吗？请你离开我，你向左，我就向右。你向右，我就向左。"

* * *

任何游牧迁徙都必须拥有军事行动般的精准和灵活。后面，牧草在枯萎；前方，可能大雪封路。

236

大多数游牧民族都宣称自己"拥有"迁徙道路，可实际上他们所要的不过是季节性放牧的权利。于是，时间和空间就这样融为一体，某个月份和一段道路成了同义词。

不过，与狩猎民族不同，游牧民族的迁徙并不完全属于自己。实际上，他们是在帮助牲畜完成迁徙。由于长期家养，那些牲畜与生俱来的方向感已退化、迟钝。迁徙需要技巧，更要有冒险的精神。只需一个季节，一切可能就会灰飞烟灭，就像《圣经》中约伯的遭遇。非洲萨赫勒地区的游牧民族就曾遭遇这样的灭顶之灾，还有1886年到1887间遭遇大雪灾的怀俄明牧牛公司。

碰上气候恶劣的季节，离开传统路线的诱惑对牧民来说，几乎无法抵挡，可军队正端着冲锋枪在等着他们。"我的朋友，"那位老酋长说，"军队已取代了豺狼虎豹。"

"Nomos"一词在希腊语中的意思就是牧场，而"Nomad"就是酋长，或者主持牧场分配的部族长老。如此一来，Nomos又有了"法律""公正分配"和"按照习俗分得的财产"等诸多含义。西方法律的基石即在于此。

Nemein是个动词，原来意思是"放牧""游荡"或"扩散"。早在荷马时代，这个词就有了另一种含义——"交易""处理"，尤其指土地、荣誉、酒肉。Nemesis就成了"传播正义"，进而又有了"神圣正义"的意思。Nomisma的意思是"流通的硬币"，进而衍生出"numismatics"（货币学）一词。

荷马所见到的游牧民族是"挤马奶"的西徐亚人（Scythian），他们驾着大车，在俄罗斯南部草原上游荡，把自己的酋长埋入坟墓，用马和金银珍宝陪葬。

游牧究竟何时起源，这已难以追溯。

＊　＊　＊

班迪亚加拉，马里

戴尔特兰夫人，一位非洲老妇人，在多哥崖边上，从自己的篷车里为我端出一杯咖啡。我向她问起萨赫勒地区的牧牛部落波洛洛·普尔人（Bororo Peul）的一些事情。普尔人离开宿营地后，会给考古学家留下些什么？

她想了一会儿，然后说："他们把烟灰撒在地上。不，你们的考古学家肯定找不到，不过他们的女人确实会用草茎织布帘，挂在遮阴的树枝上。"

＊　＊　＊

马克斯·韦伯将现代资本主义的起源追溯到几个加尔文教信徒身上，他们不顾《圣经》中的骆驼之寓和针眼之寓，鼓吹工作的报酬正当论。不过，转移和增加"长蹄子的财富"这种观念和畜牧业同样古老。家养牲口能"流通"，是"能跑的东西"。实际上，几乎我们所有同金钱有关的表达方式——资本、股票、财政、货币，甚至是"增长"这个概念本身——都源自古老的畜牧世界。

＊　＊　＊

成为一个国王难道不是逞一时之勇，然后策马征服波斯波利斯^①？

——克里斯托弗·马洛，《铁穆耳大帝》，第二部，第一场

* * *

波斯波利斯，法尔斯

大雨中我们徒步走向波斯波利斯，加什盖伊人浑身上下淋了个透湿，可十分开心。牲口也淋透了，雨停时，它们抖动躯体，抖落皮毛上的雨水，仿佛在跳舞，然后继续前行。经过一处果园，四周有泥墙围绕，雨后的果树上飘来橘子的芬芳。

一个男孩在我身边走，他和一个姑娘飞快地交换了一下眼色。那姑娘骑在一头骆驼上，跟在妈妈身后，可骆驼走得太快了。

离波斯波利斯还有三英里，经过一处巨大的穹顶帐篷，还没有完工。6月，伊朗国王将邀请各国王室成员到这里观赏他的加冕仪式。帐篷的设计者是一家巴黎装修设计公司。远处传来法语的叫喊声。

我想听身边的男孩说上两句，甚至去看看那座建筑，可他只是耸耸肩，目光向另一边望去。就这样，我们到了波斯波利斯。

经过波斯波利斯，我望着那些带凹槽的石柱、带圆柱的门廊，雄狮像、公牛像、鹰嘴狮身怪像。石面光滑，散发着金属般的光泽，上面留下一行又一行铭文：我……我……我……国

_____

① 波斯波利斯（Persepolis），古波斯帝国的都城之一。

王……国王……焚毁……杀戮……定都……

我开始同情起将这里付之一炬的亚历山大。

再一次，我想叫身边的加什盖伊男孩停下来看一看；再一次，他只是耸耸肩。或许，在他看来，波斯波利斯不过是火柴杆儿搭成的。就这样，我们向山区进发。

＊　＊　＊

金字塔、拱顶、方尖塔，这些都不过是虚荣诞下的怪物，上面大大地书写着远古的野蛮。

——托马斯·布朗爵士[①]，《瓮葬》（Urne Buriall）

＊　＊　＊

露营篝火的传统同建造金字塔的传统相对。

——马丁·布伯[②]，《摩西》

＊　＊　＊

在纽伦堡，在向群众讲话之前，元首把自己关在一个按照金字塔墓室式样建造的地下室里，独自沉思。

---

① 托马斯·布朗爵士（Sir Thomas Browne, 1605—1682），英国医师、作家。
② 马丁·布伯（Martin Buber, 1878—1965），现代德国最著名的宗教哲学家。

＊ ＊ ＊

"瞧！我在金字塔顶上画了个骷髅。"

"你干吗要画那个，塞蒂格？"

"我就喜欢画吓人的东西。"

"骷髅怎么跑到金字塔顶上去了？"

"因为下面埋着一个巨人，他的脑袋冒了出来。"

"那是个什么样的巨人？"

"坏巨人。"

"为什么？"

"他吃人。"

——同六岁的塞蒂格对话

＊ ＊ ＊

你若为我筑一座石坛，不可用凿成的石头，因为你在上头一动工具，就把坛污秽了。

——《出埃及记》（20：25）

＊ ＊ ＊

耶和华将他埋葬在摩押地、伯毗珥对面的谷中，只是到今日没有人知道他的坟墓。

——《申命记》（34：6）

月夜即将逝去，狗吠声响起，又归于沉寂。火光摇曳，打更人打着哈欠。一位老者静悄悄地走过帐篷，用手中的拐杖探着身前的地面，避开固定帐篷的绳索。他一直向前走。他的人民在走向更苍翠的土地，而他，摩西，要去赴同豺狗和秃鹫的约会。

＊　＊　＊

庞贝到了耶路撒冷，闯进圣殿后，要去看圣中之圣。结果，他惊讶地发现自己走进了一间空空如也的屋子。

＊　＊　＊

希罗多德（Herodotus）记录下几个希腊人在埃及的见闻。当他们看到那石灰岩砌成的高山时，他们把它称为费若米德（金字塔），因为那形状令他们想起街边卖的小麦饼。他又补充说，当地居民还保存着建造金字塔年代的记忆，那真是个恐怖的年代，没人愿意说出两个督建者——胡夫（Cheops）和卡夫拉（Chephren）的名字，而是借用一个曾在那里放牧的牧羊人的名字，把他俩叫作"腓利提斯"（Philitis）。

＊　＊　＊

一想到那些古埃及人，我不禁浑身战栗。
　　　　　　　　　　——赫尔曼·梅尔维尔，《沿海峡旅行》

* * *

金盖雷贝尔清真寺，廷巴克图

一排又一排泥砖拱顶，阴暗沉郁。蝙蝠粪便，椽子上布满马蜂钻的洞。垂直而下的阳光落到芦苇编的草席上。

隐士停下祈祷，向我问了几个问题。

"是不是有个叫美利坚的民族？"

"不错。"

"他们声称上过月亮？"

"确有其事。"

"他们是在亵渎神灵。"

* * *

通天塔简史：

人人都知道砌通天塔就是要向天堂发起进攻。负责工程的官员没几个，而参加建设的劳工数不胜数。为了确保指令不会被误解，所有工匠得到指令，说同一种语言。

一日复一日，建筑在一点点长高，而最高当局却越来越焦急。或许，向天堂发起进攻本就是个馊主意；更可怕的是，那个住着上帝的天堂或许根本就是子虚乌有。中央委员会举行了一次紧急会议，会议决定向天空发射探测器，一排导弹拔地而起，重返地面时，上面沾上了斑斑血迹。够了，这就表明上帝也不是刀枪不入，通天塔要继续建下去。

上帝呢？他正为了屁股被人偷袭了一下而愤愤不已。一天早晨，他老人家轻蔑地吹了口气，就晃动了最高一级台阶上那个工匠的胳膊，结果一块砖掉了下去，正砸在下一级台阶上的工匠的脑袋上。完全是意外，人人都知道那纯属意外，可下面的工匠还是破口大骂。别人想让他安静会儿，可根本没用。所有人都参加到争吵中来，大家开始拉帮结派，却根本不知道在吵什么。人人都喷射着正义的怒火，根本不肯听自己的邻居在说什么，局势越来越复杂，越来越混乱。中央委员会也无能为力，工匠们拉帮结派，每一派别都说一种不同的语言，逃到地球上最遥远的角落，以避开别的帮派。

——仿《犹太古卷》

没有了冲动，人们就无法建筑定居点，工人们就不会有监工，河水也不会泛滥。

——苏美尔谚语

＊ ＊ ＊

对巴比伦人而言，"巴布－伊尔"的意思是"上帝之门"，而同一个词到了希伯来人那里就意味着"混乱"。美索不达米亚平原上的螺旋塔就是"上帝之门"，通体绘上彩虹的七种颜色，奉献给分别代表秩序和强制的神灵阿鲁（Anu）和恩里尔（Enlil）。

古代犹太人夹在强权中间，突然意识到了国家原本是利维坦，是头威胁着人们生命的怪兽，不能不说这实在是天才的灵感。或许，古犹太人是有史以来第一个意识到通天塔就是混乱、秩序就是混乱的民族。而语言，它本是上帝呼入亚当口中的馈赠，却同时也能行煽风点火、造反叛乱之事，与之相比，金字塔的基石不过是风中的尘埃。

* * *

法兰克福到维也纳的火车上

他正在去看老父亲的路上，他父亲是维也纳的一位拉比。他身材矮胖，肤色苍白，姜黄色的鬓发，身穿很长的大衣，头戴鸭舌帽。他非常腼腆，甚至到了在陌生人面前不肯脱下大衣的地步。卧铺车乘务员原本向他保证这间包厢里只有他一位乘客。

我主动到走廊里去待了一会儿，列车正驶过森林。他打开车窗，呼吸着松林的香气。我十分钟后回去，看到他已躺在上铺上，看上去没那么紧张了，也慢慢打开了话匣子。

过去十六年中，他一直在布鲁克林的一所塔木德学院研修，一直没有见过自己的父亲。明天早上，父子俩就能团聚了。

大战前，一家人住在罗马尼亚的希比乌（Sibiv），大战爆发时，他们还期望自己能安全。1942 年，纳粹在他们家房子上涂上一个星号。拉比剃了大胡子和鬓发，他的异教仆人给他拿来一套农夫的衣服——一顶毡帽、一条灯笼裤、一件羊皮夹克、一双靴子。他抱了抱自己的妻子、两个女儿和尚在襁褓中的小儿子，他们后来都死在了比克瑙集中营。然后，他抱起自己的长子，冲入森林。

拉比抱着儿子，走过喀尔巴阡山的海岸森林，牧羊人为他俩提供吃的和住处。牧羊人宰羊的方式同他的宗教原则并不冲突。最后，父子越过土耳其边境，辗转去了美国。

拉比在美国期间一天也没有感到自在过。他同情犹太复国主义，可从不参加活动。在他看来，以色列更多是个理想，而不是一个政治实体。最后，他在绝望中重返欧洲。

如今，拉比和儿子就要重返罗马尼亚了。就在几星期前，拉比看到了一个征兆。一天深夜，在他维也纳的公寓传来门铃声，拉比不情愿地开了门，门廊上站着一位老妇人，手里挎着一只购物篮。老妇人的嘴唇有点儿发紫，一头蓬松的白发。隐隐约约，拉比认出了，这不就是他当年那位异教仆人吗！

"总算找到您了！"她说，"您的房子，您的书，还有您的衣服，一切都很安全。这么多年，我一直假装住在一幢普通房子里。我快不行了，这是您的钥匙。"

* * *

沙拉克，阿富汗

塔吉克人（Tajik）说他们是地球上最古老的民族，他们种小麦、亚麻和各种瓜。塔吉克人大都长着长脸，脸色平静，大部分时间都耗费在修整灌溉渠上。他们喜欢养斗鸡，却不大懂得照料马匹。

在俯瞰塔吉克村的河谷，我们遇上一处阿伊马克人（Aimaq）的营地，他们的帐篷带着白色的穹顶，外壁涂绘着各种想得出的颜色。马匹正在草地上吃草，河边的柳树正飘着白絮。我们看到一头大尾绵羊，那羊的尾巴实在太肥大了，不得不绑在板车上。帐篷外，几个身着紫色的妇女正在生火。

通常而言，牧民和农民关系紧张，不过在这个季节，他们却突然成了最好的朋友。庄稼都收进来了，牧民要买谷物过冬，村里的农民也要买奶酪、肉和兽皮。他们拔去尖桩，欢迎羊群到自家的地上来，因为羊粪是下一季庄稼的好肥料。

* * *

畜牧和种植是所谓"新石器革命"的两只轮子，根据经典理论，那场革命大约发生在公元前 8500 年的富饶新月地带（Fertile Crescent），也就是今天从巴勒斯坦一直延伸到伊朗的弧形地带，那里的山麓谷地水源丰富，便于灌溉。在那里，在大约海拔三千英尺的地方，今日绵羊和山羊的祖先最早见证了成片种植的小麦和大麦。

随着这四个物种逐渐被驯化，农民向山下肥沃的冲积平原发展，最早的城市也从那里崛起；与此同时，牧民则迁向更高的地方。

* * *

亚摩利人五谷不分……他们的突袭像风暴一样猛烈……

他们从来没见过城市。

——苏美尔谚语

* * *

乌萨，埃尔山，尼日尔

圆形菜园，黑色土壤，四周竖立着带刺尖桩，把骆驼和山羊挡在外面。菜园中央是两棵古老的枣椰树，分立于水井和水罐的两旁。

四条引水渠把菜园分成十二块，每块又分成更小的菜地，错综复杂，杂色斑驳，有青豆和长豆、洋葱、胡萝卜、小南瓜、西红柿，还有其他一些绿叶蔬菜。管菜园的是个黑人奴隶，浑身上下只穿了条裤头。他正全神贯注地干活，吊起水井里的皮桶，把一桶桶水倒进引水渠，看着水流进迷宫般的水沟。一块地灌满了，他立刻用锄头堵住水口，水就流到下一块地里去了。

沿山谷向上，不远处还有其他用尖桩围成的圆形棚圈，图拉格人晚上把山羊赶到那些棚圈里。

那位掌管菜秧的黑人同最高的首领们有着类似的命运。苏美尔人和古埃及人的典籍都说，早期的统治者称自己为"掌管流水之主"，只要他们转动水龙头，就能给嗷嗷待哺的子民带来生命，当然他们也可以把水龙头关掉。

* * *

教会从亚伯身上看到了耶稣殉难的先兆，他是个牧羊人，而

248

该隐是定居的农夫。亚伯为上帝所偏爱,因为耶和华自己就是个"大道之主"。不过,建起第一座城市的该隐还是得到许诺,将会压倒自己的兄弟。

《米德拉西书》(*Midrash*)中有一首诗讲评兄弟二人的纷争,说亚当的两个儿子平分了世界:该隐拥有全部土地,而亚伯则得到所有的生物。因此,该隐控诉亚伯侵占了自己的土地。

两兄弟从名字开始就已经对立。"亚伯"来自古希伯来语,意思是"呼吸""蒸汽",总之是一切转瞬即逝的东西,包括他自己的生命;"该隐"一词的本来含义似乎是"得到""获取"或"拥有",可以进一步引申为"统治""征服"。

人类首桩凶杀案的可能梗概:

该隐生来就是劳碌命,常年弯腰劳作,身体都快折成两截了。那天很热,天空中没有一丝云彩,鹰在高高的蓝天上翱翔。最后的雪融水潺潺流下山谷,可山坡上已经开始出现焦黄的颜色。苍蝇围着他的眼角飞,他擦了把头上的汗水,继续干活。他用的锄头有根木柄,柄端绑着由石头打磨成的锄头。

山坡更高的地方,亚伯正躲在大石的阴影下休息。他吹响笛子,一声,又一声,总是同一个声调。该隐停下手中的活儿,竖耳倾听,缓缓伸直僵硬的背,抬手挡住刺眼的阳光,向河边自己的田野望去。羊群把他早上刚干好的活儿全糟蹋了。他再没有多想一下,一路小跑而去……

故事的另一个版本对该隐可没这么同情，说该隐躲在路边偷袭了亚伯，还搬起大石头向兄弟的脑袋上砸去。凶杀的起因是长期以来积累的嫉妒和恶毒，那是囚犯对自由自在的人的嫉妒。

耶和华允许该隐赎罪，但要付出代价。他禁止该隐食"人间之果"，还命令他"像逃犯和流浪汉一般"到诺德之土流浪。"诺德"的意思就是"荒野""沙漠"，在该隐之前，亚伯已到那里流浪过了。

* * *

该隐之城建在人血上，不是公牛、公羊的血。

——威廉·布雷克，《亚伯之灵》

* * *

夹在诸国之间却又孑然独立，精于突袭劫掠，渴望增长，却厌恶财产，再没有哪个民族像犹太人那样强烈地感受到定居所带来的道德困境。他们的上帝就是这种困境的投射，他们的经书——《旧约》与《新约》，至少在某一层次上可以解读为天主同自己的子民间的对话，而探讨的话题就是生存的对与错。

应当在大地上拓田园、盖房舍吗？应当种庄稼、酿美酒吗？还有那尚未崛起的城市，尚未建好的葡萄园，它们又是对还是错？或者，大地上应当遍布黑色帐篷和山羊踏出的小径吗？它是否应当是挤羊奶、收蜂蜜的游牧之土？应不应当建立一个王国，所有人"居有定所，不再迁徙"，还是如海涅所说的那样，建立一个只存在于人们心中的"理想王国"？

从起源上说，耶和华是个"大道之主"，他的神殿就是移动的方舟，他的殿宇是帐篷，他的祭坛由糙石打成。虽然他向自己的子民许诺，带他们到水草丰美之地，可他私下还是希望他们留在沙漠中。

他把子民带出埃及，走了整整三天三夜，进入西奈严酷而洁净的空气中。在那里，他给了他们庄严的逾越节圣餐：烤羊羔、苦草药，还有在滚烫的石头（而不是锅底）上烙的面包。他命令他的子民赶快吃，提醒子民，他们的生命在于运动。

他教会子民跳圈舞，一种模仿春季迁徙中的山羊的舞蹈；他现身于燃烧的灌木丛中，也现身于火柱中，他代表了埃及所不是的一切。虽然，他也允许子民为自己建了座神殿，可后来又为此而后悔："他们用我的名字给圣殿命名，却玷污了它，也玷污了我的名字。"

东欧的犹太区，每一片都像一块沙漠，没有任何绿色生长。基督教主人禁止犹太人拥有土地或房屋，种庄稼，或者从事放高利贷以外的任何工作。犹太人可以捡些柴火，却不能见到木板，以防他们用这些木板建造房屋。

定下这些清规戒律的非犹太教徒们认为，他们在惩罚杀害耶稣的犹太人，就像耶和华也惩罚过该隐。正统犹太教徒认为，接受这些清规戒律，就是在重走西奈的征途，那时的人赢得了上帝的爱。

先知以赛亚、耶利米、阿莫斯和何西阿都倡导重归游牧，对堕落的文明高声喝骂。一旦人们在土地上扎下根，开垦出一片又一片良田，建造起一幢又一幢房屋，把圣殿变成雕塑艺术馆，这一切一旦开始，人们就背离了上帝之道。

要多久，还要过多久，主啊……"城市将变成废墟……"先知们看到一个复兴之日，那一天，犹太人将重返节衣缩食的游牧生活。以赛亚预言，将有救星降临，一个叫以马内利的牧民。

巴比伦之王尼布甲尼撒把犹太人囚禁在耶路撒冷的四墙之内，这时，耶利米提醒大家，别忘了利甲族人（Rechabites），唯一抗拒过肮脏的定居生活的部族。

> ……我们不喝酒，因为我们先祖利甲的儿子约拿达曾吩咐我们说，你们与你们的子孙，永不可喝酒；也不可盖房，撒种，栽种葡萄园；但一生的年日要住帐篷，使你们的日子在寄居之地得以延长。
>
> ——《耶利米书》（35：6—7）

也只有利甲族人由于保持着高度的流动性，逃过了恐怖的围城战。

* * *

哲学家伊本·赫勒敦（Ib'n Khaldūn）从游牧民族的角度审视了人类的处境，在他的《历史绪纶》（Muqaddimah）中，我们读到下面一段：

沙漠民族比定居民族更接近善，因为他们更接近人的初始状态，故而对于感染了定居民族心灵的种种恶习有免疫能力。

他所说的沙漠民族主要指生活在撒哈拉腹地的贝都因人（Bedouin），他本人年轻好胜时，就曾招募那些贝都因人为自己打仗。多年以后，他从铁穆耳斜视的眼神中看到堆堆白骨和燃烧的城池。那一刻，他和《旧约》中的先知一样感到了文明的可怕焦虑，渴望回归帐篷中的生活。

赫勒敦的学说建立在他自己的灵感之上：人一旦靠近城市，就不可避免在身心两方面走向衰败。他认为，严酷的沙漠远优于温软的城市，沙漠是文明的蓄水池。同定居民族相比，沙漠民族具有优势，因为他们多了些勤俭、自由、英勇、健康，少了点儿自大和懦弱，没那么容易向腐败的法律低头。就算他们得了病，医治起来也容易许多。

* * *

西蒙纳斯佩特拉斯修道院，阿苏斯山

一位年轻的匈牙利人，爬上圣山后已精疲力竭，过来坐到栏杆上，俯瞰风急浪高的海面。他学的是流行病学，可放弃了自己的专业，立志爬遍全球的圣山。他想攀登亚拉腊山，还想去西藏，穿越冈仁波齐峰。

他突然开了口："人类就不应该定居下来。"

这是他从流行病学中学到的。传染病的历史也就是人类浸泡在自己的肮脏中的历史。他还说，潘多拉的盒子其实就是一尊新石器时代的陶瓶。

"传染病会让核武器也变成没有危害的小玩意儿。"

* * *

香港

派迪·布兹（Paddy Booz）提起，他曾在中国一座小城的街道上偶遇一位道教大师。那人头戴高冠，身着大师的蓝袍子。他和年轻的徒弟已走遍了中国的山山水水。

"'文化大革命'期间你在做什么？"派迪问他。

"我去了昆仑山，散散步。"

* * *

和阿尔卡季一起坐在车上时，我突然想到了维尔纳斯基（Vernadsky）对早期俄罗斯的一段描写，说斯拉夫农夫把自己埋到沼泽地里，只通过空芦苇吸气，直到鞑靼骑兵的马蹄声消失才出来。"不妨到我家来，问问我爸爸，"阿尔卡季说，"潘维茨的军队到村里来扫荡时，他和弟兄们也那样干过。"

* * *

对游牧民族残忍的记述：

我没有磨坊

也没有摇摆的垂柳

我只有骏马
还有手中的长鞭

宰了你
我就走

——土库曼人

* * *

1223年,《诺夫哥罗德编年史》(*Novgorod Chronicle*)记载,从鞑靼来了一个巫婆和两个卫兵,要求十分之一的供奉,无论普通人还是王子,无论马匹还是财产,地上所有的一切,都要献上十分之一。俄罗斯王子拒绝了。蒙古入侵由此开始。

* * *

列宁格勒

考古学教授办公室里的午餐会,有鱼子酱、黑面包、鲟鱼排、洋葱、小萝卜,还有一瓶伏特加,与会者只有两人。

那天早上的大部分时间,我都在打探他对游牧入侵机制的看法。汤因比认为,中亚大草原上的一场旱灾迫使某个部落离开自己的草场,引发"纸牌效应",掀起的波澜一直扩散到中国和欧洲。

不过,我却觉得游牧民族的侵略性并不是在匮乏时,而是在丰裕时到达巅峰。当增长到达极限时,当牧草最葱绿,牧民让自己的牲口群激增，突破稳定的临界点时，他们的侵略性也到达顶点。

至于教授，他的游牧民族仿佛在完美、工整的循环中周而复始，从没威胁过自己的邻居，也没有入侵过后来的苏联加盟共和国的领土。接着，几杯酒下肚后，教授兄弟般地抱抱我，两眼眯成一条缝，说："咱们憎恨的不就是那些吗？"

"我可不憎恨。"我说。

* * *

"沙漠出一神。"勒南的警句显示，空无的大地和炫目的天空能使人清除内心的私心杂念，使心灵更专注于神灵之上。然而，沙漠中的生活并非如此！

要生存下去，沙漠居民，无论是图拉格人（Tuareg），还是澳大利亚的土著人，都必须培养出强大的方向感。他们必须不停地命名、筛选，比较上千种不同的"迹象"——从甲壳虫留下的痕迹到沙丘上沙子的纹路——这样才能知道自己身处何地，别人身处何地，雨水将在何处降临，下一餐饭将在何处出现，哪种植物会开花，哪种植物又会结果，等等。

一神信仰的悖论在于，虽然它自身也出现于沙漠腹地，沙漠民族自身却对全能的主满不在乎。19 世纪 60 年代，一位贝都因人对佩奥格鲁夫说："咱们也不妨上去看看上帝他老人家，向他行个礼。他要是热情，咱们就留下来；如若不然，咱们骑上马掉头就走。"

穆罕默德说过："先做牧人，后为先知。"不过，他也不得不承认，沙漠中的阿拉伯人"不忠与虚荣无人能出其右"。

直到最近，迁徙中的贝都因人见到麦加时，还认为到那里朝拜实在不值，到那里去围着圣像转圈，就算一辈子只去一次也不值。然而，"圣途"本身也不过是仪式化的迁徙，它带人远离罪恶的家庭，在主面前重建人与人的平等，哪怕只有那么一小会儿。

圣途上的朝圣者重返人类的初始状态，要是有人在圣途上倒下，就成了烈士，可以直接升入天堂。同样，伊斯兰教的"大道"开始也是个具体名称，指实在的道路或迁徙路线，后来才被冠以神秘色彩，成为通向天主之路。

澳大利亚中部的土著语中也有个对等概念——"tjurna djugurba"，意思是"祖先的足印"和"大道之途"。

看起来在人类较深的心理层面上，"寻求道路"与"律令"是相互联系的。

* * *

对贝都因人而言，地狱的天空中燃烧着熊熊烈火，挂着一轮烈日。太阳是个又老又丑的女性，力量强大、瘦骨嶙峋，对生活满是妒意，她烤焦牧草，灼伤人的皮肤。

而月亮则是个活力四射的翩翩少年，他在牧民睡觉时为他们守夜，晚上赶路时为他们引路，带来雨水，播撒露珠，滋润着地上的植物。他的不幸就是娶了太阳，只跟她待一晚，月亮就形容枯槁，日益消瘦下去，要过整整一个月才能恢复过来。

* * *

挪威人类学家弗雷德里克·巴特（Frederick Barth）曾记录过伊朗境内另一支游牧民族——巴塞里人（Basseri）的生活。在20世纪30年代，伊朗皇帝禁止巴塞里人离开他们的冬季牧场。

1941年，皇帝被推翻，巴塞里人重获自由，可以完成三百英里的迁徙，直到扎罗斯（Zagros）。他们是自由了，可牲口全没了，他们养的优质绵羊全死在了南部的平原上。不过没关系，他们照样上路。

他们又开始游牧，也就是说，他们又成了真正的人。巴特写道："对他们而言，至高无上的价值就是迁徙的自由，而不在是否有利可图。"

巴塞里人不举行任何仪式，也不信奉任何有固定形式的宗教，巴特也试图解释这一现象。他的结论是，迁徙本身就是仪式，通向夏季高山牧场的道路就是大道，支帐篷、拆帐篷，这本身就是祈祷，而且比任何清真寺中的祈祷都更有意义。

* * *

我们的农业就是洗劫。

——贝都因谚语

258

＊　＊　＊

　　我跟我兄弟干架

　　我和兄弟跟表兄弟干架

　　我和兄弟以及表兄弟跟邻居干架

　　大家一起跟外来人干架

——贝都因谚语

＊　＊　＊

　　罗伯特的阿拉伯表亲阿罗伊·穆西尔（Alois Musil）在 1928 年时做了番推算：大约五分之四的瓦拉贝都因人要么倒在战事和仇杀中，要么日后伤重不治。与之相比，狩猎民族谨奉节约之道，刻意减少自己的人口，因而无论是他们的生命还是土地都更有保障。斯宾塞和吉伦写道，虽然澳大利亚中部的土著居民偶尔也会吵嘴或打斗，可他们从未有过拓展新领地的念头。这种态度或许可以从他们的信仰中得到解释，他们相信，"大梦时代"的祖先就住在同一块土地上。

＊　＊　＊

　　澳大利亚的畜牧伦理：

　　土著事务部中，有某个人（我觉得就是部长本人）说过，在北方领土，外国公司养的牛也比澳大利亚公民享受更多的权利。

* * *

　　任何游牧部落都是一具胚胎中的军事机器，它的冲动如果不是同其他部落争斗，就是威胁、洗劫城市。因此，自有历史以来，定居者就雇用游牧部落作为雇佣兵。或者用来抵挡其他游牧部落的威胁，就像沙皇利用哥萨克人抵挡鞑靼人；要是没有游牧部落可防，那就利用这些雇佣兵攻打别国。

* * *

　　在古美索不达米亚，这些雇佣军首次改变了自己的身份，成为军事贵族，接着又成为国家的统领。如此看来，我们完全可以说，国家源于牧民和农耕民之间的"化学反应"，国家一旦建立，昔日用来驯服动物的种种手段也被拿来麻木大量的农民。

　　除了自诩为"掌管流水之主"，最早的君主还会自称为"子民之牧"。全世界各个地方，"奴隶"和"牲口"都是一个词。对待大众，要让他们套上嚼头，要给他们挤奶，要赶他们入圈（以保护他们免受外面那些"人狼"之害）。必要的时候，还要把他们赶上屠宰场。

　　还有另一种可能，这次倒可以用上战争博弈理论，说的是任何职业军队或战争机构都滋生于国家内部游牧部落的替代品。它为国家猎食，没了它国家就会崩溃，可它的躁动最终还是会葬送国家。军队和国家的关系就像牛虻和牛，前者一刻不停地刺激着后者，要它前进。

* * *

赫西俄德（Hesiod）的《工作与时日》（*Works and Days*）为我们提供了一种比喻模式，讲述技术之进步与人类之堕落。他描述的人类文化经历过金、银、铜、铁四个时代，青铜时代和铁器时代都已经考古证实，它们最后达到了暴力和冲突的顶峰。对此，赫西俄德有亲身体验。显然，他还不知道何谓"旧石器时代"，何又谓"新石器时代"，因此"黄金时代"和"白银时代"只是一种象征。这种象征与金属完美的次序正好相反，从不可腐蚀到生有瑕疵，再到腐蚀磨损，最后锈迹斑斑，这一过程代表着堕落退化的程式。

赫西俄德说，在黄金时代，"自然时间"统治着天国，大地为人类生出无尽的盛宴；人类无忧无虑，自由地在大地上旅行，没有财产、房屋和战争；人们一齐进餐，身边还坐着一位又一位不朽的神灵；死亡来临时，人就像睡着了一样。

在基督信仰时代，俄利根①利用赫西俄德来辩称，人类在历史之始受到超自然力量的庇护。那时，人身上的神性和人性还没有分裂，或者换句话说，人的理智和本能间还没有冲突。

* * *

在利比亚野生动物出没的地区，居住着加拉门蒂斯人

_____

① 俄利根（Origen），出生在埃及北部亚历山大的基督教教师及神学家。

（Garamantes），他们避开同其他人类的一切交往，没有作战
用的武器，因而也不知道该如何保护自己。

——希罗多德《历史》，第5卷，194页

＊ ＊ ＊

早期的基督教徒相信，回到沙漠就可以体验到我主在荒
野中曾体验到的痛楚。

他们像野生动物一样在沙漠中游荡，像鸟一样飘过一座
座沙丘，像野兽一样游走。他们每天有固定的行程，总可以
预料他们下一站会出现在何处，因为他们只吃大地的天然产
品——树根。

——节选自《圣约翰·莫斯库斯的精神家园》，对一个
叫作"浏览者"的隐士组织的描述

＊ ＊ ＊

每一种神话都讲述人类初始时的纯真：伊甸园中的亚当、安
宁的希柏里尔人（Hyperborean）[1]，道教中的"神人、圣人、真
人"。悲观者常常把这些"黄金时代"的故事解释为人类喜欢扭
过头去，无视现实中的弊病，却为年轻时代的幸福而长吁短叹。
然而，赫西俄德的文字并没有超出可能的边界。

---

[1] 希腊神话中，希柏里尔人是居住在希腊以北极远处的传说民族，生活在乌拉尔
山附近。他们居住的"Hyperborea"又译"北方乐土"。

那些曾游荡于古大陆之边荒的部落或许真实，或许真假参半；今天，我们从布须曼人（Bushman）、肖松尼人（Shoshonean）、爱斯基摩人以及澳大利亚土著身上，还可以看到那些远古部落的影子。

"黄金时代"人类的一大特征：在种种回忆中，他们总在迁徙。

毛里塔尼亚海岸的不远处就是麦杜斯（Méduse）废墟，我望着伊姆拉关人（Imraguen）单薄的寮屋。伊姆拉关人都是渔民，下网捉鲻鱼；像尼玛迪人一样，他们被视为贱民，可他们欣然接受，并没有什么怨恨。

在加利利湖（Lake Galilee）湖边，可以见到类似的渔民村落。"跟我来，我让你成为渔夫。"

"反蒙昧主义"是对"黄金时代"的另一种反应，它认为人在成为猎人的同时，也开始捕猎、杀戮自己的同类。

这实在是条简便易行的教义，如果：一、你想杀害他人；二、你想采取措施，抑制杀心，不让它失控。

无论如何，野蛮必须被视为邪恶。

奥尔特加·加塞特（Ortegay Gasset）关于狩猎的沉思。他指出，狩猎同暴力不同，它从来不是单向的：猎食者追，猎物逃。豹子在杀死猎物时，一点儿也不比吃草时的羚羊更残暴。大多数对狩猎的叙述都强调，杀死猎物那一刻也是充满同情和尊敬的一刻，猎物对死亡的认可使狩猎者的心中充满感激之情。

在格兰·阿蒙德的酒吧，一个当地人扭头问我："想知道我们土著如何打猎吗？"

"说来听听。"

"本能。"

31

在我早期的一本笔记中，我花了大气力，大段大段抄下乔治·格雷爵士（Sir George Grey）写于 1830 年的《游记》（*Journal*）。格雷或许是第一个认识到除了偶有"不便"土著人"生活得很好"的白人探险家。《游记》中最精彩的部分描绘了一个土著人耗尽脑力和体力，跟踪、猎杀一头袋鼠。最后一小节具有诗歌般的美：

他动作优美，脚步迟缓，谨慎向前，通体笼罩着一层敬意和从容，直到猎物察觉。不由自主，你的想象被唤起，情不自禁喃喃自语："哦！真美！"

我天真地以为即便到了今时今日，那种"美"至少还有部分遗存了下来，于是请罗尔夫找个人带我去打猎。我将近两个星期整天坐着不动，已经开始看到文字就作呕。罗尔夫说："要打猎，最好的人选就是阿列克斯·汤加帕蒂，他还会说几句英语。"

阿列克斯已经上了岁数，一根赭色头绳束起头发，身上披了件带垫肩的女式丝绒长外套，我怀疑里面就什么也没穿了。他每天都要到丛林里去，傍晚时分就拿着标枪在商店门口转悠，盯着店里店外闹哄哄的人群，仿佛他们也是猎物。

罗尔夫向他提起我的请求，阿列克斯顿时拉长了脸，扭头走开，一脸悻悻之色。

"那是什么意思？"我问。

"别在意，"罗尔夫说，"咱再找别人。"

第二天，约莫中午时分，短腿琼斯终于把卡车开进卡伦，他是第一个通过洪水区到达这里的，不过路上还是被困了一天一夜，最后麦哲伦采矿公司的小伙子们把他的车拖了出来。跟他一起来的还有个姑娘，是此地牧场经理唐的女朋友。"真是个好姑娘。"短腿琼斯一边说，一边向我眨巴眼。

姑娘剪了一头短发，身上的白裙子脏兮兮的。看到她，唐很开心，可姑娘只是冷冷地把唐上下打量了一番，好像在品评什么，反而一直对琼斯笑个不停。

"虽然路上被困，我也没什么好抱怨的。"她说。

唐和我帮忙卸下车上的箱子，活儿快干完时，罗尔夫走了出来。

"还想去打猎吗？"他问。

"想。"我答。

"肯买一整箱汽油吗？"

"没意见。"

"都安排好了。"

"跟谁？"

"'骡子'，好猎手。"

"什么时候？"

"现在，"他说，"你最好现在就回去换上靴子，还有帽子。"

我向自己住的简易房走去，身后传来一辆福特老爷车的吱吱嘎嘎声，开车的是个土著，一脸大胡子，腆着个大肚子。

"你想去打猎？"他咧嘴笑着问。

"是跟你吗？"

"对。"

我上车，去加油。从油箱加满那一刻起，我就意识到了，这趟去打猎，我的地位不是"客户"，而是"钱包加苦力"。"骡子"要我再多买些油，还有子弹，还有巧克力，还有香烟，甚至还想叫我为他买一只新轮胎。他鼓捣发动机的时候，叫我为他拿着香烟。

我们正准备出发，一个叫"行者"的年轻人走了过来。"行者"是位大旅行家，他走遍澳大利亚，就为了一个近乎滑稽的理由——讨个老婆。他还去过阿姆斯特丹。他长相很英俊，肤色很深，头发、胡子都是金黄色，侧面看上去像个天神。

"你也想去打猎？""骡子"向"行者"大声打招呼。

"那还用说？"说完，"行者"跳上了车。

我们开车去找有枪的人，那又是一个帅哥，一头长发垂肩，笑起来无可挑剔。他正坐在灌木搭的窝棚外面，身上的牛仔裤上用红圆珠笔写满了自己的名字——尼右。

原来，尼右的老婆就是那个女大汉，我看过她打扑克。她比尼右高出整整一头，有他四个宽。我们到的时候，她正坐在窝棚后面，对着柴火啃一条烤焦的袋鼠后腿。尼右刚上车，他的小儿子也紧跟着冲了出来，从敞开的车窗一猛子扎进车里。妈妈紧追出来，手里挥着根袋鼠骨头，揪着头发把那小子从车里拎了出来，再在他脸上啐了一口。

刚开出几分钟，尼右问左右："谁带了火柴？"

"骡子"和"行者"都摇摇头，于是我们又掉头去拿火柴。

"用来点火，"尼右笑着说，"以防我们被困。"

车在卡伦山和莱布勒山之间向南行驶，一路下坡，驶向炮筒公路。雨后，路边的灌木绽放出黄色的花朵，道路始于雾霭，终于蜃景，连绵的石质山峦仿佛飘浮在平原之上。

我指了指左边一片棕红色的出露岩石，问道："那是什么？"

"老人。""行者"爽朗地主动应答。

"这位老人打哪儿来？"

"很远的地方，可能是阿兰达，也可能是悉尼。"

"他又向何处去？"

"黑德兰港。"

黑德兰港是澳大利亚西海岸一座铁矿石港口，在卡伦以西大约八百英里，还在吉布森沙漠的另一头。

　　"这位老人后来怎么样了？"我接着问，"抵达海边以后。"

　　"就完了，没了。""行者"回答。

　　我又指向一座低矮的平顶山丘，罗尔夫过去曾告诉我，那是"大梦时代"巨蜥拉的一泡屎。

　　"那个又是什么？"

　　"行者"不好意思地摸摸胡子，腼腆地说："我还太年轻。"他的意思是他还不晓得那首歌谣。

　　"问尼右吧，他知道。"

　　尼右撇着嘴笑，脑袋晃来晃去，说："厕所，大便。"

　　"骡子"笑破了肚子，车子在路上扭来扭去。

　　我扭过头，看着后座上的两个人，问道："巨蜥的大便吗？"

　　尼右一个劲儿傻笑，说："不，不，是两个男人。"

　　"那两个男人打哪儿来？"

　　"没打哪儿来，就在那儿干。"

　　尼右用拇指和食指做了个再明显不过的手势，那两个男人干了些什么一目了然。

　　"行者"皱起眉，绷紧嘴唇，双膝紧紧合拢。

　　"我不信，"我说，"你在耍我。"

　　尼右先是哈哈大笑，接着又发出一阵难以抑制的咯咯笑声。

　　车向前又开了一英里多，在一片低矮的岩石前停下，大家一齐下了车。

"过来，"尼右对我说，"这儿有水。"

岩石间有几洼死水，蚊子幼虫在水面上扭来扭去。

"绦虫。"尼右说。

"不是绦虫，"我说，"是孑孓。"

"不错，是孑孓。""骡子"说。

他指指最大的一块岩石，看上去还真像条趴着的狗，旁边那些小点儿的岩石，他说，是小狗。

他们在水边走走，拨弄拨弄水面，这样过了几分钟，然后大家上车，车离开小道，向西驶去。

不得不说，"骡子"的车技让人咋舌。车仿佛是在蒿草间跳舞，要是遇上矮树，到底是绕过去还是轧过去，他一清二楚。树叶下雨般落到前挡风玻璃上。

尼右那支点二二口径的猎枪一直伸向车窗外。

"有火鸡。"他轻声说。

"骡子"踩下刹车，一只丛林火鸡自草丛中伸出棕色带点的脑袋，正准备开步跑，尼右开了一枪，火鸡跌进草丛，几根鸡毛飞起。

"好枪法。"我说。

"又一只。""行者"叫了起来。又一只火鸡在车前面向小树林里奔去，尼右又开了一枪，没打中。等我们回头去找第一只火鸡时，它也消失了踪影。

"× 他妈的火鸡。"尼右骂道。

继续向西，没过多久，一老一幼两只袋鼠从车前跳了出来。"骡子"猛踩下油门，车子轰然向前，在崎岖的地面上蹦跳，跟在两只袋鼠后面，距离越来越近。车开出了蒿草地，前面是一片开阔的赤野，越来越近，最后我们终于赶上了那只老的，撞上它的后背，年轻的那只猛一拐弯逃掉了。被撞的袋鼠向后翻了几个跟头，越过车顶，落在车后的地上，砸起一阵烟尘。快死吧，求你了！

大家下了车，尼右朝烟尘中开了一枪，可袋鼠又跳了起来，身子倾斜，一瘸一拐，却依旧保持了相当惊人的速度。车里只有"骡子"一个人，他立刻开车追了上去。

我们看着车第二次向袋鼠撞去，可它跳上了发动机盖，又跳回地面上，然后朝我们的方向冲过来。尼右又开了两枪，可一枪也没有打中，袋鼠以"之"字形向来的方向逃去。"骡子"又追了上来，第三次撞了上去，发出吓人的巨响。这次，它没能避开。

"骡子"跳下车，用扳手猛敲袋鼠的脑袋，可袋鼠两条后腿支撑着又立了起来，然后他拽住它的尾巴。我们赶到时，袋鼠和"骡子"仿佛在进行一场拔河比赛。尼右朝袋鼠的头开了一枪，一切都结束了。

"行者"看上去又厌恶，又伤心。

"我可不喜欢这样。"他说。

"我也一样。"我说。

尼右仔细端详着死袋鼠，一缕鲜血从袋鼠的鼻孔滴到红色的泥土上。

"太老了，"他耸耸肩，"不好吃。"

"那该怎么办？"

"扔了，"他说，"或者把尾巴割下来，你有刀吗？"

"没有。"我说。

尼右到车里翻了一通，找到一片旧罐头盖子，想用它把袋鼠的尾巴割下来，可根本割不动脊椎骨。

车左后轮胎破了，"骡子"命令我拿出千斤顶，换轮胎。千斤顶弯得厉害，顶上去刚压了几下，啪的一声就断了，轮轴轰的一声压到泥地上。

"你可真能干。""骡子"发出一声冷笑。

"现在怎么办？"我问。

"走路。"尼右没一点儿正经地回答。

"要走多远？"

"可能要两天。"

"去你的！""骡子"大吼，"抬起来，把车抬起来。"

"行者"和我抓紧保险杠，挺直背，试图把车抬起来，"骡子"准备好一根原木，车一抬起来就把木头塞到变速箱底下。

白忙。

"过米啊，"我冲尼右吼起来，"搭把手！"

他上下晃晃薄薄的二头肌，一边咯咯笑，一边说："没劲儿。"

"骡子"递给我一根树枝，叫我在车轮下挖个坑。半小时后，坑终于够大，可以换轮胎了。三个人都站在一边看，就我一个人干，干完时，我浑身上下都湿透了。接下来，大家前后推车，最后终于把车从坑里推了出来。

袋鼠的尸体就留给乌鸦了，我们上车向卡伦的方向驶去。

"明天还想打猎吗？""骡子"问我。

"不想了。"

伦敦，1970

在公共演讲厅，我听着阿瑟·库斯勒（Arthur Koestler）高谈阔论，说整个人类全疯了。他声称，由于大脑的两部分——主管理智的新脑皮层和主管本能的下丘脑——不能协调一致，人类患上了"特有的谋杀妄想症"。在病症的驱动下，人类不可避免要走向杀戮、酷刑和战争。他说，我们的史前先祖并没有人口激增、空间狭小等问题的困扰，他们不缺领土，也不住在城市里……可他们一样自相残杀。

接着，他又说，自从广岛之后，"人类的意识结构"已发生了彻底的转变。在历史上，人类第一次要认真考虑全种族灭亡这个问题。

他的那种末世论实在让我生气，提问时间，我高高举起手。

我说，在公元一千年时，全欧洲的人都相信世界末日近在眼前。那时人的"意识结构"同今天的又有什么不同？

库斯勒轻蔑地向我一瞥，在听众期许的目光中，斩钉截铁地说："那时只是幻想，氢弹可是真的。"

* * *

第二个千年即将结束之际，再读亨利·福西永（Henri

Focillon）的《千年劫》（*L'An Mil*）。

在"恐怖问题"那一章，福西永提出，一千年前西方人的麻木恐怖，同今天那些自诩为政治家的偏执狂所制造的恐怖没什么两样。"世界在衰老"这句话直接反映出悲观厌世的思想，宗教也确信世界是具有机体，已度过成年的巅峰期，注定会在瞬间走向死亡。

恐怖之源有三种：

1. 上帝会以火云和硫黄毁掉自己一手创造的世界；

2. 恶魔军团会于东方涌出；

3. 传染病会毁掉全人类。

然而，恐怖最终还是过去了，人类的第一个千年来了又去了，中世纪新型的"开放社会"开始生根。正如格拉贝主教（Bishop Glaber）写的："千年劫后又三年，大地披上白色的教会长袍。"

* * *

午餐会，伦敦，1971

在座的有位个子非常高的美国人，他是被派到越南的真相调查委员会的成员，正在回华盛顿的途中。过去一星期里他一直在飞，到夏威夷、关岛、东京、西贡，还乘北约的轰炸机飞越了河内上空。他同北约的总司令有过面谈，今晚他放假。

他是个胸无城府的人，吃饭时还谈到了脱叶剂，我怎么也忘不了眼前这一幕：黑莓从双唇间往里进，一个个加了重音的词从牙缝里往外蹦。"北越整整一代年轻战士已有三分之一到一半阵亡，没有哪个国家能无限地承受如此沉重的损失。正因如此，我们期待明年，也就是1972年，会在越南取得大捷……"

* * *

《孙子兵法》：

穷寇勿迫。野兽面临绝境会反扑，人也一样。一旦他们觉得走投无路，就会拼死抗争。

* * *

施泰尔马克州，奥地利，1974

采访洛伦兹前，我先去山里徒步，背包里鼓鼓的，全是他的书。晴空万里，我每晚都在阿尔卑斯山中一片不同的区域过夜，晚饭总是啤酒加香肠。山坡上开满了花，有龙胆花、雪绒花、耧斗草、蟹爪百合。阳光下，松林郁郁葱葱，山顶的岩石上还残留着一道道白雪，形成一条条白色横纹。有草地，就有性情温顺的黄奶牛，牛脖子上的铃铛声在山谷间回荡。有时，从远处山下传来教堂的钟声……

荷尔德林："可爱的蓝色间绽放着／高耸陡峭的铁皮顶……"

徒步的男男女女，穿着红白格衬衫和大皮靴，见面时都要打声招呼。一个小个子男人误把我当成德国人，脸上堆出色情用品推销员式的假笑，在我面前敞开夹克的领子，露出里面的

274

纳粹徽章。

＊　＊　＊

重读洛伦兹的著作，我意识到为何聪明人常常会在恐惧和绝望中摊开双臂伸向天空。他否认存在着什么人类本性，而坚持说一切来自后天习得。

有人觉得，"遗传决定论"威胁了西方依旧坚持的一切——自由、人道，还有民主；他们也意识到，本能没的挑选，好坏只能全收，总不能把维纳斯迎进万神殿，却把战神马尔斯关在门外吧。一旦我们接受了诸如"打斗""领土行为""阶层秩序"这样的观念，就又跌入了19世纪的泥汤水中。

洛伦兹的《论攻击》(*On Aggression*)之所以能迷住"冷战"时期的斗士们，就因为书中提出了"仪式化战斗"这一观念。超级大国间必定会有争斗，因为它们的本性即如此。不过，或许可以把争斗控制在某个贫穷、狭小、完全没有自卫能力的国家的领土之内，就好像两头公牛会挑一块没人的地方一决雌雄。据说，美国国防部部长的床头长年放着一本写满批注的《论攻击》。

人是环境的产物，能掌握各种条件，这些条件决定他们能想什么、说什么、做什么。幼年时的事故令儿童受到心理创伤，而给国家以创伤的则是历史上的危机。但是，如此的"外部条件"是不是就意味着不存在任何能超越历史的绝对标准？离开"种族"和"信条"，就再没有是非对错可言了吗？人是否真的像行为主义者常说的那样，是"白纸一张"，具有无限的可塑性和适应性呢？

如果事实果真如此，那所有伟大的导师都不过是在空口说白话。

《论攻击》中，有一段最容易招致反对，也最容易引来一片"纳粹主义"的辱骂声。那一段描写了本能所具有的"固定驱动模式"，大战来临之前，眼里喷射着怒火的年轻士兵身上就体现出这种模式：头颅高昂，下巴前探，双臂向内扭曲，沿脊柱向下，汗毛在战栗……"他飞上云天，日常琐事被抛到脑后……人喜欢这种绝对正确的感觉，哪怕他正在犯下残暴的罪行……"

母亲眼中喷射着怒火，保护自己的孩子，这总该算是本能的召唤吧。不过，我们觉得，那种宣传小册子不能算。可如果我们承认年轻女性身上存在着打斗行为的本能，那为什么年轻男性身上就不能有呢？

本能是帕斯卡尔（Pascal）所说的"隐藏在灵魂深处的理性"，而理智对其一无所知。相信本能，不会让任何保守的人觉得好受，果真如此吗？恰恰相反！

用陀思妥耶夫斯基的名言来说，没有宗教，便没什么不能做的了；同样，没有本能，又有什么是不能做的呢？

同那些"战争狂人"的所作所为相比，一个没有本能的世界更危险。那将是一个悬在半空中的世界，无论你做了什么，都可以在上面覆盖点儿别的什么东西：善可以变成恶，理智变为疯狂，真理变为谎言，杀害儿童也不必受到任何道德谴责——因为它同坐在家里织毛衣一样平常；那时，人人将被洗脑，只会去想、去说、去做令当权者觉得高兴的事儿。

你可以割掉一个人的鼻子，可只要那个人有机会生儿育女，他的后代一样会有鼻子。这就是本能！人身上有着一套不可改变的本能，这也就意味着，搞洗脑把戏的人要一遍又一遍重复那些颠倒事实、指鹿为马的勾当。最后，他们自己也会觉得烦。

古希腊人认为，人的行为可能行至极端，倒不是说极限永远无法超越，可它们就是存在；要是谁傲慢到想要抹平这些极限，就会被命运击倒。

洛伦兹坚持说，本能中也有楚河汉界，任何动物如果接受指令，按照特定的方式行为，就可能会出现危机，指令就可能得不到执行。行为如果偏离了"本能"目标，动物就会寻找一个替代目标，畸形由此而生。

* * *

各种神话都有自己的"英雄磨难故事"：年轻男性听命于某种"召唤"，去到一个陌生的国度，什么巨人或怪兽威胁要把那儿的人赶尽杀绝。一场超人恶战，英雄战胜了黑暗力量，证明了自己的力量与气概，得到奖赏：美人、财富、土地、名誉。

他享受那一切，直到晚年。突然间，大地上阴云密布，他又一次感到内心的躁动，又一次上路远行。或者，像贝奥武甫（Beowulf）一样倒在战斗中；又或者，像瞎眼的提瑞西阿斯（Tiresias）为奥德修斯（Odysseus）所做的预言那样，驶向神秘的国土，一去不复返。

＊　＊　＊

　　"卡塔西斯"（Catharsis）在古希腊语中有"涤除"和"清洗"的意思。一种有争议的观点认为，这个词源于古希腊语中"驱逐怪兽"一词。

＊　＊　＊

　　神话提出，行动解决。"英雄传奇"代表着男性理性行为的不变典范。（当然，要是愿意的话，咱们也可以为女性找出一个类似的典范。）神话的每一部分都代表着一个古典时代，就好像链条环环相扣。每一时代开端，都有新的障碍要跨越，新的磨难要忍受。英雄在这一过程中成就越大，地位也就越高。

　　我们中的绝大多数都做不了英雄，我们消磨生命，即便见到时机出现，也把握不住，到头来唏嘘不已，感慨万端。英雄则不一样——这也正是英雄值得崇敬的地方——他们抓住任何一个时机，一点一点地接近目标。

　　我曾经做过一个实验，把现代大英雄——切·格瓦拉（Che Guevara）的事迹放到贝奥武甫的故事结构中，除了这儿那儿有点小小不合，两个英雄几乎按照相同的次序，完成了相同的一套伟业：离家出走，漂洋过海，战胜怪兽，战胜怪兽的母亲。两个英雄都得到奖赏，妻子、名望、财宝（格瓦拉娶了位古巴妻子，成为古巴中央银行行长）。两个人的结局都是倒在异国他乡：贝奥武甫为毒龙所害，格瓦拉则遭玻利维亚独裁者的毒手。

278

虽然格瓦拉有着无穷的魅力，可作为一个男人，他给人一种冷酷、不合群的感觉；而作为英雄，他却没有走错一步，世界也把他奉为大英雄。

英雄遇到危机时，据说能听到天使的声音，告诉他们下一步该怎么走。整部《奥德赛》(Odyssey)其实就是雅典娜和波塞冬之间的争斗，前者对奥德修斯娓娓密语："你行，你能！"后者则咆哮道："你办不到！"如果我们用"本能"一词替换"天使的声音"，我们便更为接近描绘神话图谱的人的心态：神话中保存了早期人类心灵生活的残余。

无论出现在何处，"英雄传奇"也都属于达尔文所说的"适者生存"的故事，为我们描绘出"基因"如何成功的蓝图。贝奥武甫离家出走……杰克离家出走……伊凡离家出走……流浪中的年轻土著也离家出走……甚至连古董般的堂·吉诃德也离家出走。游荡、同野兽搏斗，它们实际是讲故事人的乱伦禁忌：男人首先要证明自己"担得起男人之名"，然后"走得远远的"，好讨个老婆。

实践中，神话究竟是结构存在于中枢神经系统的本能密语，还是一代又一代传递下来的教育故事，这本不重要。有一点无论怎么强调也不过分：神话中，人很少会冷血地杀死自己的同类。

* * *

古日耳曼军事组织中，年轻人要接受各种训练，以抑制本能对杀戮行为的禁令：他要浑身脱得精光，钻进刚刚剥下来，还热气腾腾的熊皮，还要让自己"野兽般地"发怒。换句话说，就是把自己变为禽兽。古日耳曼语中，"熊皮"和"禽兽"本就是一个词。今日，白金汉宫门口执勤的卫兵所戴的头盔就源自这种古代战服。

* * *

荷马把"打斗"分为两种：一种叫"门诺斯"（menos），就是像奥德修斯那样冷血地把自己的对手一个个射穿；另一种叫"利萨"（lyssa），或"野狼的愤怒"，战场上的赫克托身上所表现出的就是后者。要是谁落入"利萨"之中，他就不再被视为"人"，也不再服从天地间的规矩。洛伦兹所说的"好战热情"也就是"利萨"。

* * *

努尔斯坦，阿富汗，1970

努尔斯坦（Nuristan）的村庄都陡峭地贴在山壁上，梯子代替了街道。村里的人黄头发、蓝眼睛，黄铜打造的战斧不离手；他们头戴大宽边帽，腿上打两道绑腿，每片眼睑上打着个金属环。亚历山大错把他们当成希腊在远古时代就已销声匿迹的一个部落，而德国人则把他们当成了雅利安人。

一路上，我们雇的脚夫抱怨个不停，一边说自己的烂脚再也走不动了，一边用嫉妒的眼光盯着我们的靴子。4点时，他们就叫我们在几幢照不到阳光的破房子边扎营，可我们坚持再向山谷里面走。一小时后，我们来到一座村落，村子四周长着核桃树，

280

屋顶上一片橘黄，都是正在晒干儿的杏子。小姑娘们穿着玫瑰红长裙，在一片鲜花中游戏。

村里的头人向我们投来坦率的笑容，表示欢迎；又来了个年轻的长须巨人，头顶上缠着葡萄叶，从自己的酒囊里倒出一线白酒请我们喝，真辣！

"就在这儿，"我对脚夫头儿说，"咱们就在这儿停。"

"我们可不在这儿停。"他说。

他在白沙瓦（Peshawar）的市场上学会了一点儿英语。

"我说就在这儿。"

"这儿的人是狼。"

"狼？"

"他们都是狼。"

"那个村里的人呢？"我手指另一个看上去破败的村子，在上游约莫一英里处。

"那儿的人是人。"

"再远点儿的那个村子呢？又是狼，是吧？"

"对，是狼。"

"真是胡说八道。"

"先生，我可不是瞎说。有的人是人，有的人是狼。"

* * *

不用动脑子也能想到，人作为一个物种，在进化历程中曾忍受巨大的磨难。人类不单挺了过来，还极其成功，而这恰恰也说明当初的威胁有多大。

如何证明这一点是另一码事。不过，早在二十年前，我已经感觉到，我们过度关注人类的所谓"自相残杀"的倾向，而忽略了同类相残在塑造人类性格与命运时所起到的作用。

* * *

要是有人问起食人族吃什么，答案很简单："抓到什么吃什么。"

——格里夫·埃乌尔，《食肉动物》

* * *

据说印度南部的一个狩猎民族——卡达尔人（Kadars），根本不知暴力为何物，因为他们把一切暴虐都倾泻到老虎身上。

* * *

假设，仅仅出于辩论的目的，斩掉所有关于"进攻"的论调，集中精力于"自卫"这一问题上。在非洲平原上，如果敌手不是别的人，不是别的部族的成员，这意味着什么？肾上腺素加速分泌，激发起"战斗激情"，假如这是进化的产物，是用来对付那些狮子、老虎的，又意味着什么？假如我们的武器首先不是拿来打猎的，而是保护自己不受伤害的呢？假如人类并不是一个猎食性物种，而是一个躲避猎食者的物种呢？——那么，在生死存亡之际，兽类就要大获全胜了吧？

二者之分野在于：

如果最早的人类残忍嗜杀、自相残食，如果他们在贪婪的驱动下去征服和灭绝，而国家为个人提供了一柄强力的保护伞，那么国家就拯救了人类，必须视其为善；这样的国家，无论在个人看来多么可怕，都必须视其为幸福；个人任何破坏、削弱、威胁国家的行为都是在重返史前时代的混乱。

可反过来，最早的人类也可能过着可怜巴巴的生活，饱受骚扰，困在一块块不大的土地上；定居点稀疏、分散，缺乏联系；一天到晚看着天际，盼望救星降临，到了晚上就拥在一起，抵御黑夜的恐怖。如果那样的话，那么今天所有我们称为"人"的行为，包括使用语言、吟唱歌谣、分享食物、互赠礼物、部族通婚，也就是说，抑制暴力的使用，赋予社会以均衡和稳定的一切行为，或许都是为了生存而进化出的策略，用以消除种族灭绝的威胁。那么，一种通用防卫论是不是就能更清晰地解释，为什么侵略性战争从长远来看不可能打赢，而为什么恐吓诈骗从来不能得手呢？

* * *

阿登堡，奥地利，1974

洛伦兹的书房里太热了，我俩搬到花园里的凉亭里。小城的上空耸立着中世纪城堡格里芬施泰因（Greiffenstein），那曾是信仰基督的欧洲抵御来来往往的亚细亚骑兵的堡垒。在洛伦兹的家乡见到他本人，我意识到，他出生在一部宏大的地缘政治剧的中心地带，而他关于打斗的看法肯定受其影响。

我问他，为什么时至今日，一旦本能理论用到人身上，还是有人觉得不可接受？

"有些东西你自己控制不住，其中之一就是愚蠢。"

"要是我说错了，请告诉我，"我说，"不过，您从任何一种动物身上都能分离出'一套'行为，可问题是，那些行为有什么用？它们如何能帮助本物种在自己的原始栖息地上繁衍生息？"

"确实是个问题。"他点点头。

我接着提到他做的一个实验，说："知更鸟看到另一只知更鸟，甚至只要看到一块飞舞的红布，马上就会攻击，因为红色意味着对领土的威胁，对吗？"

"不错。"

"那么，引发知更鸟进攻性行为的导火索是看到自己的同类。"

"当然。"

"好，那么谈到人与人的争斗，是不是说争斗双方中必有一方不那么有人性？您不觉得，您所说的'好战热情'或许是为了抵御野兽而发展起来的防卫性反应吗？"

"或许如此，"他深思一会儿，才回答，"很可能如此。在猎狮之前，肯尼亚的马萨伊人也会利用一些人为手段激发士气，比如说敲鼓，这同纳粹的音乐游行也不无几分相似……不错，战斗或许最先是用来对付野兽的，黑猩猩看到豹子时就会做出一整套进攻性行为，以吓走敌人。"

我还要把自己的看法往下推，于是接着说："如此一来，不就把'进攻'和'防卫'两个概念混淆起来了吗？不就是在同时谈论两种完全不同的机制吗？一方面，有些'进攻性仪式'在人类身上表现为馈赠礼物、缔结条约、血缘世系的安排等等；另一方面，又有对付野兽的'防卫'。"

我接着说，所有战争宣传之基础都在于把对手矮化为野兽、恶魔、疾病患者等等。或者反过来，你的战士要把自己变为野兽，把对手变成自己顺理成章的猎物。

洛伦兹手捋着胡子，用探索的眼神看了看我，说："你这番话，我还真是闻所未闻。"

他是真心还是讽刺，我永远也不会知道了。

32

一天早上，我正跟罗尔夫和温迪一起吃早饭，一个高个儿打着赤膊向我们缓缓走来。

"不胜荣幸，"罗尔夫说，"大脚克莱伦斯，卡伦委员会的主席大人大驾光临。"

那人皮肤黝黑，长得像只大梨子，一双大脚。我让出自己的座位，他一屁股坐下。

"怎么样？"罗尔夫问。

"不错。"克莱伦斯答。

"那就好。"

"预算在堪培拉通过了。"克莱伦斯的语调平淡无奇，听不出一点儿变化。

"真的吗？"

"对，"他说，"咱们也有飞机了。"

过去两年多里，卡伦委员会一直在争取一架飞机。

"如今，咱们也有飞机了。好像跟你说过吧。"

"谢谢，克莱伦斯。"

"我想，星期四我就要去堪培拉了，"他说，"可能回来时就能坐飞机回来了。"

克莱伦斯站起身，正准备走，罗尔夫又把他叫住。

"克莱伦斯，那台压路机怎么样了？"

"什么压路机？"

"就是波潘吉的那台。"

"我没听说过什么波潘吉的压路机。"

"怎么会呢？就是里德·劳森借给你的那台。"

"什么时候？"

"去年，你跟伙计们还开压路机去打猎来着，有印象吗？"

"没有。"

"里德就要来找那台压路机了，我说克莱伦斯，还是找到它吧。要不，他们会把压路机的钱从飞机上扣出来的。"

"鬼才知道什么压路机。"克莱伦斯一声冷笑，怒气冲冲地踩着脚走了。

我看了看温迪，她强忍着没笑出声来。

罗尔夫转身对我说："那架飞机会惹麻烦。"

给他们架飞机也不错，但要维修保养，又多了一项开支。只有等到飞机到手以后，卡伦的居民才能知道那家伙意味着什么：要掏钱请一位飞行员常驻卡伦，还要建造一座防孩子捣乱的机库。

罗尔夫接着往下说，阿玛迪斯定居点也有架飞机，飞行员是个好小伙儿，喜欢带孩子上天飞行。一来二去，那些八九岁的小子也摸清了飞机的控制系统。飞行员把飞机钥匙锁在自己板房的抽屉里，那些小子趁他午睡时，把钥匙偷了出来。

"醒来时，飞行员看着自己的飞机向跑道尽头冲去。"罗尔夫说。

"飞起来了吗？"

"还不能算，飞出了机场，就一头扎进了丛林，飞机成了一堆废铁。"

早上，天朗气清，我说："我今天想出去走走。"

我天天在等阿尔卡季，他随时会到。我每天早上在板房里工作时，都会对自己说，今天要上莱布勒山走走。

"带够水，至少要比你的预计多三倍。"罗尔夫说。

我指了指自己想去的方向。

"别担心，咱们有老手，两小时就能找到你，不过水一定要带足。"

我灌满水壶，又多灌了两个瓶子，放进背囊，出发。在定居点边缘，我看到树上挂着一只女式手提袋。

我走过片片沙山和褶皱的红岩，岩石上布满深沟，很难跨越。树都被烧了，方便打猎时纵横驰骋，焦黑的树桩上又长出亮绿色的嫩叶。

我稳步向上，时而回首俯视身后的平原，终于了解土著人为什么用"点画法"来表现自己的土地。这片大地确实遍布小点：白色的是三齿稃，带点儿蓝色的是桉树，由柠檬色渐渐转绿的是别的草皮；这一刻，我也比其他任何时刻都更深刻地体会到，为何洛伦兹会说"澳大利亚给人一种单调中飘于云端的感觉"。

蹿出一只沙袋鼠，向山下逃去。岩隙的远端，树荫下，有什么东西，个头儿不小。我开始以为是只大红袋鼠，然后意识到那是个人。我走上前去，原来是老阿列克斯，他身上一丝不挂，一捆标枪放在手边，那件丝绒女长衫捆成一捆放在脚边。我向他点点头，他也点点头。

"你好，"我说，"怎么上这儿来了？"

他微微一笑，赤裸的躯体让他感到有点儿难为情，他几乎没动嘴唇，说："行路，不论何时何地。"

离开浮想联翩的他，我继续前行，三齿稃越来越密。我几次都几乎绝望了，看来是无路可走了，可每次路又出现了，好像冥冥中有根阿里阿德涅[1]的红线牵着我前行。

---

[1] 阿里阿德涅（Ariadne），古希腊传说中的克里特公主，曾以线团帮助雅典王子忒修斯杀死怪物弥诺陶洛斯。后来，阿里阿德涅与酒神狄俄尼索斯相爱了。

接下来，我还是没能抵挡伸手去摸摸豪猪的诱惑。还没反应过来，我的手掌上已扎了几根豪猪刺，有几英寸深。记得阿尔卡季说过，澳大利亚什么都长刺。

我攀上陡坡的红岩，站在一块刀锋般的岩石上，它看上去真像巨蜥的尾巴。远方是一块台地，一条业已干涸的小河穿行而过，河岸两侧长了些树，树叶都掉光了，灰色的树皮布满皱纹，树下落满紫红色的小花，仿佛一滴滴血迹。

我走不动了，在一棵树下坐下，酷热难当，这儿简直是炼狱。

不远处有条沟，沟两头各有一只伯劳鸟，身上长着黑白两色羽毛，不仔细看还以为是喜鹊。两只鸟正在斗气，一只伸长脖子，仰面朝天，先发出三声长上行音，再发出三声下沉音。这只刚唱完，对手马上就会接过歌调，再唱一遍。

"简单吗？这也是边界上的讯息沟通。"我自言自语。

我背靠着树，四仰八叉地半躺半坐，一只脚伸出悬崖外面，贪婪地仰脖往嘴里倒水——总算知道罗尔夫说的"脱水症"是个什么东西了。再往山上走就是发疯，只能原路返回。

伯劳鸟安静了。汗水滴到我的睫毛上，四周一片模糊，我听到松动的石块滚下陡坡的声音，一抬头，眼前出现了一只怪兽。

一只巨蜥，足足有七英尺长，淡赭色的皮上带着深棕色的斑纹，紫色的舌头伸缩着，嗅着周围的空气。我僵住了。巨蜥挥动爪子向前，从我脚边两英尺的地方爬过去，然后猛然掉头，沿原路冲了过去，速度惊人。

巨蜥长了两排利齿，可很少伤害人，除非把它逼急了。实际上，除了有蝎子、毒蛇、毒蜘蛛以外，澳大利亚可算是出奇地友好。

尽管如此，土著人还是从先辈那里继承了一座怪兽园，有时用来吓孩子，有时在成人礼上折磨年轻人。我记得乔治·格雷爵士讲过的波利加斯，一种呼扇着两只大耳朵的鬼怪，最是诡秘，报复心也最强，会吃光肉，留下骨头。还有彩虹蛇。我还记得阿尔卡季也说过什么马努马努，一种满口尖牙的怪物，在地下行动，晚上到宿营地猎食没有提防的陌生人。

我想，最早的澳大利亚人应该见识过真的怪兽，比如说"袋狮"，还有一种体形可长达三十英尺的巨蜥。不过，澳大利亚繁若星辰的物种中没有哪一个可同非洲丛林的恐怖相抗衡。我几乎觉得，澳大利亚土著人生活中血腥的一面，例如以血还血，还有成人礼上血腥的场面，或许它们的根源就是，此地没有什么像样的猛兽同土著们拼斗。

我站起身，爬过山脊，俯瞰卡伦定居点。我以为自己找到了条捷径，可以避开深沟，走过去才发现所谓捷径其实是段陡石坡。最后我总算没缺手缺脚，而是安然无恙地下来了，沿着一条小溪往回走。

小溪里有涓涓细流，两岸是树林，我捧起一捧水浇到脸上，继续前行。我抬起右脚，正准备向下踩，不由得喃喃说道："怎么那东西看起来像个绿松果。"我看到的是一条响尾蛇的头，已竖了起来，随时准备发出致命一击。我把脚向相反的方向收，非常，非常缓慢……一……二……一……二……响尾蛇也在后撒，然后倏地钻进一个地洞消失了。"我可真镇定。"我自言自语。突然，一阵恶心涌上喉头。

下午一点半，我回到卡伦。

罗尔夫上上下下打量了我一番，说："伙计，你看上去垮了。"

* * *

> 摇啊摇，树顶上摇
> 小风儿吹，摇篮儿摇
> 树枝儿折，摇篮儿掉
> 傻小子掉出摇篮了

在我看来，伦敦塔维斯托克医学实验室做的一个实验已证明人类是一个迁徙性物种，约翰·鲍尔比（John Bowlby）医生在他的专著《亲密与迷失》（*Attachment and Loss*）中详细描述了那次实验。

每个正常的婴儿如果被独自放在一边，肯定会哇哇大哭，让他安静的最好办法就是让母亲把他抱在怀中，边走边摇，婴儿很快就满足了。鲍尔比发明了一种机器，能模仿母亲行走的节奏和摇摆的动作。他发现，把孩子放到机器上一样能让他安静下来，前提是孩子健康、暖和、吃饱了肚子。他写道："最佳的动作是纵向移动，每次移动的幅度在三英寸。"如果慢速摇晃——比如说一分钟三十次——没有效果；那就把频率提高到一分钟五十次以上，几乎每个孩子都会停止哭闹，安静下来。

＊ ＊ ＊

整日整夜，婴儿怎么走还是嫌不够。如果婴儿本能地要求行走，那么他们在非洲大草原上的母亲肯定也在行走：从一处营地到下一处，日日外出搜寻食物，还要去饮水坑，还要去邻居家。

＊ ＊ ＊

猿类的脚掌是平的，我们人类的脚掌是弧形的。根据鲍尔比教授的研究，人类的步幅宽阔，有固定的节奏，一步中包含四拍：脚跟顶，重量压到脚掌外侧，重量移到脚掌中心的弧上，脚趾推。

＊ ＊ ＊

我想到一个问题，认真思考下去：当阿利吉耶里·但丁游荡在意大利的羊肠小道上创作诗歌时，磨平了多少双牛皮鞋鞋跟，又磨穿了多少双草鞋？

《地狱篇》，尤其是《炼狱篇》，颂扬人类的足迹，颂扬行走的节奏，颂扬脚和它的形状。步履同呼吸相连，浸透着思想。但丁知道，诗始于足下。

——曼德尔施塔姆，《关于但丁的谈话》，
克莱伦斯·布朗译

＊ ＊ ＊

希腊人称四肢为"Melos"，引申为"旋律"（Melody）。

请用皮靴的靴底仔细想想这个道理。

——约翰·唐尼,《两周年》

* * *

一位白人探险家在非洲急着赶路,给自己的脚夫额外加钱,让他们加速前进。眼看目的地就在眼前,脚夫们却扔下肩上的担子,原地不动,无论给他们多少钱都不肯向前哪怕多挪一步。他们说,在等自己的灵魂赶上来。

在卡拉哈里(Kalahari)大沙漠中长途跋涉的布须曼人,没有任何灵魂在另一个世界中继续生存的观念。"死了就是死了。风吹去我们的足迹,那就是终结。"

有的民族身子重,好静不好动,比如说古代埃及人,于是就想到死后灵魂要穿过芦苇丛。实际上,他们是在把今生没能做的事情投射到身后的世界中。

* * *

伦敦,1965

跟拉斯克共进晚餐的是个英国人,六十多岁,头发已掉得稀稀落落,不过很健康,脸色红润得像是刚出生的孩子。他的名字叫阿兰·布雷迪,一眼就能看出来,他是个幸福的人。

拉斯克先生是苏丹政府驻伦敦的采购专员,住在维多利亚区一幢公寓楼的顶层。他蓄须，身穿白衬衫，头上戴着白色缠头。他平时一步不离电话，收集各种赛马信息，显然从不出门。偶尔，从隔壁房间传来他女人的声音。

他的朋友布雷迪是位旅行推销员，他所在的公司销售打字机和其他办公设备。他的客户遍布非洲三十个国家，每隔四个月，他就要把客户挨个拜访一遍。他说，比起白人客户，自己更加青睐非洲客户，跟他们做生意是桩快事。

人们老是说很难同非洲人做生意，他们总是想要东西又不想给钱。"但是，我跟你说，"布雷迪对我说，"他们比我在公司的同事简单得多。"

二十年的推销生涯中，他只有两笔收不回来的死账。他从不休假，不怕革命，也不怕坐非洲国家的航班。一年里他来伦敦三次，每次不超过一个星期，总是住在公司为出差的人准备的地下室里。因为没有冬装，他总是安排好时间，避开伦敦的11月寒冬及来年3月和7月的坏天气。

除了身上的衣服，他的财产就只剩下一套备用的热带服装、一条备用的领带、一件套头衫、三件衬衫、内衣、袜子、拖鞋、一把伞、一只洗漱用品袋。所有这一切都可以装进旅行箱，拿上就能走。

"我可不愿意在机场浪费时间。"他说。

每次回伦敦，他都会去皮卡迪里区一家不起眼的热带用品店，从头到脚彻底重新装备自己，换下来的东西就给公司的门房。那家伙卖这些东西也得了点儿小钱。

他骄傲地说："布雷迪身上什么都是崭新的。"

294

他在英国没有朋友，更没有家庭。拉斯克先生在伦敦的寓所，是唯一能让他感到自在的地方。

他父亲倒在索姆河的毒气中，母亲在敦刻尔克大撤退那一周去世。他母亲的墓地在靠近诺丁汉的一座乡村教堂旁。过去，他会在夏天去母亲的墓上看看。他曾经有个姨妈住在威根（Wigan），现在也去世了。

他早过了退休的年龄，公司里一直有传言，说他该走了，但他的订单总是满满的，管理层决定让他再干下去。

"你难道就没个基地吗？"我问他，"我是说，你能称之为家的地方。"

他脸色一红，神情尴尬，吞吞吐吐地说："有，不过不足为外人道。"

"对不起，别提了。"

"倒不是说我自己难为情，只是别人觉得不太正常。"

"我可不会。"

他说，在办公室的保险箱里，他有一只大黑铁皮箱，上面印着"此乃谁谁谁先生之财产"的那种。

一回到伦敦，他就把自己锁在地下室，把箱子里的东西在床垫上一样样摊开。箱子底是一些早年保存下来的小物件：父母的结婚照，父亲的勋章，国王的亲笔信，泰迪熊，妈妈的深红色发夹，他的游泳奖杯（到1928年时，他已不再受支气管哮喘之苦），他为公司服务二十五年时得到的忠诚服务奖——一只银盘。

箱子中间放了一层软纸，把下层和上层隔开。上层放着他的

"非洲物品"，都是些不值钱的东西，每一件都纪念一次相遇：在德拉肯斯堡，从一个悲伤的老人手上买的一尊祖鲁雕像；从达荷美① 买的一条铁皮蛇；一幅先知的马的画像；还有一封一个布隆迪男孩写给他的信，感谢他送了足球。每带回一件新东西，他就会扔掉一件已失去意义的旧东西。

只有一件事儿让阿兰·布雷迪担心，就是公司不久就会叫他退休。

* * *

如果每个新生儿都对运动情有独钟，接下来就要找出原因，为什么他们那样憎恨待着不动。

鲍尔比医生深入探索新生儿焦虑和愤怒的根源，提出在母亲和自己的孩子之间有着复杂的纽带。孩子啼哭以示警（这种啼哭同冷了、饿了、病了时的哭声大不相同），母亲能"神秘地"听到孩子的哭声。新生儿怕黑，怕陌生人，怕迅速移动的东西，臆想出种种不存在的怪兽。弗洛伊德曾试图解开这种种"令人困惑的恐惧症状"，却未能成功。实际上，一个事实就能把一切解释清楚，那就是：原始人类的居住地附近常常有猎食者出没。

鲍尔比引用威廉·詹姆斯的《心理学原理》中的话："儿童最大的恐惧之源就是孤身独处。"孤身独处的孩子又踢又哭，这

---

① 达荷美（Dahomey），贝宁的旧称。

倒未必是什么死亡意志或权力意志的最初迹象，也不是什么"进攻冲动"。那些东西或许在以后的岁月中会发展出来，也可能不会。要知道孩子为什么哭闹，想象着把他放到非洲的大草原上，一切就明了了，要是妈妈不能在一两分钟内赶回来，等待他的就是土狗的尖牙利爪。

每个孩子似乎都拥有一幅心灵图像，描绘出那些可能会伤害自己的"东西"。就算那"东西"并不存在，也一样能引发一系列可预期的防卫性行为。哭闹和踢腿是最先的反应，接下来妈妈就要准备好为孩子而战了，而接着爸爸也要准备好为妻儿而战。夜幕降临，危险倍增，因为人类在黑暗中没有视力，而那些狮子、老虎则在晚上出来捕食。这一幕由白天、黑夜及野兽组成的戏剧深藏于人类困境的中心。

去医院新生儿房的探视者常常惊叹于那里的安静。然而，要是母亲真的遗弃了自己的孩子，那他生存的唯一希望就是闭嘴。

33

里德·劳森如期而至，到卡伦来找失踪的压路机。他开警车前来，为了让卡伦的人知道他可较了真，他用上了全副行头：卡其布警服，所有能表明自己身份和警阶的徽章，还特意戴上一顶警帽，防风带紧紧系在下巴上。

下午，他在窝棚间转来转去，但白忙一场。没人听说过什么压路机，没人知道压路机是个什么东西，唯一的例外是主席克莱伦斯。克莱伦斯大发雷霆，说里德肯定把别的什么地方当成卡伦了。就连约书亚也装聋作哑。

"怎么办？"里德问罗尔夫。

他正坐在商店里的一只包装箱上，抹着额头上的汗。

"等等老阿列克斯，"罗尔夫说，"他肯定知道。就我所知，他讨厌那台压路机，想搞走它。"

跟往常一样，阿列克斯去丛林了，不过黄昏时分肯定会回来——这不，他现在回来了。

"让我来。"罗尔夫说，向阿列克斯走去。

阿列克斯听罗尔夫说，然后，露出一丝几乎难以察觉的笑容，扬起一根瘦骨嶙峋的手指，向东北方点了点。

晚饭时，我终于知道里德为什么热衷于斯宾诺莎。他妈妈是阿姆斯特丹的犹太人，纳粹占领期间，全家就她一个人活了下来。她躲在邻居家的阁楼上，等那些禽兽走了，终于可以出来上街走走了，她却感到自己也活不了了，除非远走高飞。后来她遇上一个澳大利亚士兵，对她不错，向她求婚。

里德迫不及待想谈谈斯宾诺莎，可实在难为情，我对斯宾诺莎的《伦理学》只是略有涉猎，同他对谈根本不对等。显然，我的表现比阿尔卡季差远了。

第二天早上，里德，我，还有他从波潘吉带来的一个人出发去寻找压路机。我们沿阿列克斯指点的方向出发，每到高处，里德就会举起手中的望远镜。

"影子都没有。"他说。

我们又开车经过两座低矮小山间的缺口，一到山那边，就一齐叫出声来："压路机的印子！"

他们可真会玩儿。眼前好几英里，地面被轧成圆形、环形、八字形。可无论我们怎么找，就是不见压路机的影子。

"我要疯了。"里德说。

这时，我瞥了瞥右手边的一座小山头，蹲坐在山顶上的正是压路机。

"瞧！"我大叫。

"天哪！"里德也大叫，"他们究竟是怎么把它给弄上去的！"

爬上山，眼前的压路机已锈迹斑斑，油漆成块成块地脱落，发动机中间居然长出了一小丛灌木。旁边就是陡坡，压路机的一只轮子已悬在空中，不可思议的是，轮胎还挺结实。

里德查看了下油箱，还有半箱油，又查看了下点火器，已经没了。他看了看眼前的缓坡，确认没有什么潜在危险，可以让机器滑行点火。

机器的铁壳热得能着火，里德递给我一副隔热手套，一只乙醚喷罐，我的任务就是往化油器上喷乙醚，但不能把自己给迷倒。

我拿出一条手帕堵住鼻孔，里德爬进驾驶室。

"好了吗？"他大叫。

"好了。"我大声应答。

他松开刹车，压路机缓缓向前，传来小树枝折断的沙沙声。我摁下喷罐的喷嘴，紧紧抓住机身。突然间，机器猛冲下去，发动机传出巨大的轰鸣声。里德熟练地把机器驾驶到平地上，踩下刹车，转向我，竖起拇指。

他叫从波潘吉来的人开警车，自己驾驶压路机，我也坐在驾驶室里。离卡伦大约还有一英里，我在机器的嘈杂声中大声喊："能让我开开吗？"

"当然。"里德回答。

我开着压路机进了居民点，四周一个人也没有，我把机器停在罗尔夫的板房后面。

现在，要是再见到那个和我同名的布鲁斯，我会对他说："虽然我不会开推土机，可我会开压路机了。"

> 没有哪个地方的危险动物像非洲南部那么多。
>
> ——查尔斯·达尔文，《人类的由来》

* * *

> 危机四伏之地也长着救命的仙草。
>
> ——弗里德里希·荷尔德林

* * *

库斯勒大谈人类之初的"血洗"，我意识到他肯定直接或间接地读过雷蒙德·达特（Raymond Dart）的著作。达特是南非约翰内斯堡维特沃特斯兰大学（Witwatersrand University）的年轻解剖学教授，1924年，他认识到"汤恩幼儿"（Taung Child）的特殊意义。那是一块非同寻常的头骨化石，来自海角省（Cape Province），达特给头骨的主人起了个拗口的名字——非洲南方古猿（Australopithecus africanus）。

达特正确地推断出这种生物大约四英尺高，像人一样直立行走，虽然成年南方古猿的脑容积同现代黑猩猩差不多，却已经具有了许多人类的特点。

南方古猿的发现正补上了进化过程中"消失的一环"。无论英国那些所谓"专家"如何对他嗤之以鼻，达特仍坚持说，南方古猿的发现证实了达尔文的论断，即人是从非洲的高等猿类进化而来。

他还认为，那个孩子死于对其头部的致命一击。

达特来自昆士兰，属于"一战"那一代人。虽然在1918年，他只是旁观了一幕幕杀戮场面的上演，却似乎已看破红尘，万念俱灰，坚持认为人以杀人为乐，还会永远自相残杀下去。

到1953年时，又有一些来自卡拉哈里（Kalahari）沙漠边缘一座山洞的新证据。他感到，必须把自己的看法公之于众：我们这个种族从一开始就是杀手和食人族，于是他发表了名为《猎食者的演化：从猿到人》（"The Predatory Transition from Ape to Man"）的文章。在那篇文章中，他说，武器造就了人类，之后的所有历史都围绕着拥有和发展更先进的武器而发展；因此，人类调整社会结构以适应武器，而非相反。

达特的信徒罗伯特·阿德里（Robert Ardrey）为此文深深触动，以至于把它同《共产党宣言》一起列为对人类的思想影响最为深远的文章。

1947 年到 1948 年，在马卡潘恩斯加特（Makapansgat）石灰岩溶洞中，挖掘工作正在进行。溶洞里阴气森森，欧洲先民曾在这里屠杀了一个名叫班图斯（Bantus）的部族。达特认为，他发掘出了一个南方古猿群落的屠宰场兼厨房，还认为南方古猿像许久之后的尼姆罗德人（Nimrod）一样，都是孔武有力的猎手。

他们吃蛋、蟹、蜥蜴和各种啮齿动物，也宰杀了大量的羚羊，还有一些更大型的哺乳动物：一只长颈鹿、一只洞穴熊、河马、犀牛、大象、狮子、两种土狗。不仅如此，和七千多件骨骼化石混在一起的还有大量狒狒头骨化石，以及食人宴后残留下的骨骼化石。

达特从各种化石中挑选出一件特别的样本——一个十二岁的类人猿被敲碎的下颌骨。他写道：

那孩子死于一记沉重而异常精确的猛击，正中下巴尖部。那一击如此沉重，以致敲碎了他面颊两侧的颌骨，敲落了他所有正面的牙齿。在 1948 年及之后的七年间，那件震撼人心的样本推动我更深入地研究他们嗜杀成性、自相残食的生活方式。

达特说到做到，开始比较马卡潘恩斯加特、汤恩和斯特克方泰因（Sterkfontein）三地发现的骨骼化石，在1949年到1965年间总共发表了三十九篇文章，详细阐述他的理论，提出南方古猿的武器文化经历了骨制－牙制－角制的三段式发展。

他为我们的直系祖先描摹出一幅肖像：他们是右利手，最称手的武器是：从羚羊腿骨做的大头棒到用动物角或石片制作的切割器，再到用食肉动物的齿骨做的钻切器；更多的骨头被敲碎，吸出里面的骨髓。

达特还注意到所有猎物的尾椎骨差不多都不见了，于是提出它们可能被用作鞭子，或做成发信号的旗子。还有，发掘出的狒狒和古猿头骨都带有刻意毁伤的痕迹，于是他提出洞穴的主人是"职业猎头一族"。最后，他写道：

> 人类的历史浸透着鲜血，写满了杀戮，从古埃及人和古苏美尔人的记载，直到最近"二战"中的暴行，这些都同人类早期经历相符。食人、血祭（以及正式宗教中的替代行为）、剥头皮、猎头、残害肢体，这些行为那时普遍存在。正是这种对鲜血的共同嗜好、这种以杀戮取乐的生活习性及这种该隐的标记，把人类同其猿类近亲们区分开来，也使人类跻身最致命的肉食动物之列。

单单这段文字的文风已显示，达特的理论有大问题。

＊　＊　＊

伯克利，加利福尼亚，1969

人民公园，一个一脸早熟的嬉皮士盯上了我。

"停止杀戮！"他说，"放下屠刀！"

"总不能叫老虎去啃青草吧！"

我站起身，准备走。

"狗屎！"他在我身后大喊。

"看看希特勒吧！"我也喊起来，"再看看鲁道夫·海斯（Rudolph Hess）吧！他们的野餐篮里不也只装着素菜吗？"

＊　＊　＊

听说，大斋节期间，凶杀案比其他任何时候都要多。人要是整天只吃青豆（在希腊，青豆是斋戒期间的主要食品），就会想丰富圣坛，把刀插进隔壁邻居的身体。

——A.W. 金莱克

＊　＊　＊

约翰内斯堡，1983

维特沃特斯兰大学解剖学系正在为雷蒙德·达特教授庆祝九十大寿。老人手中举着一只哑铃，希望这样可以锻炼脑前叶。他用颤颤巍巍的声音解释说，右手靠左脑控制，不过要是能同等锻炼两只手，就能锻炼大脑的两边。两个黑人学生用饼干蘸着杯里的茶，咯咯笑出声来。

庆祝会结束后，达特的两位年轻同事领我去参观"汤恩幼儿"。真神奇！我感到一个异常聪颖的小孩子穿过时间的迷雾，正举着一只望远镜，在盯着我看。达特的两位同事说，小孩颅骨上的损伤其实同暴力完全没有关系，是其在成为化石前一层层砾岩挤压的结果。

他俩又带我去看了马卡潘恩斯加特男孩的"碎颌骨"，化石呈灰黑色，不是因为曾被烧烤，而是因为粘在上面的镁颗粒。他俩又解释说，损伤只能解释为上部地层的剪切力造成的。

这两件标本当年引起多么大的喧嚣，如今戛然而止。

* * *

斯瓦特克兰，德兰士瓦

和"鲍勃"·布莱恩一起在斯瓦特克兰岩洞发掘了一天，他在这里已度过了十九个春秋。站在洞口，极目远眺，一边是滚滚群山草甸，向沙地高原延绵而去；另一边则是斯特克方泰因镇层层叠叠的屋顶，在阳光下闪闪发光。更远处，是克鲁格多普矿堆积如山的废料堆。

地表布满尖角小石头，走上去很难受。这里开着一种紫红色的花，不过没有树，更准确地说，平原上不长任何树。不过，在洞口里面，一棵臭木伸出斑斑点点的树干，树冠正好给挖掘工作者遮阴。只有在这样有遮挡的地方，树苗才能抵挡得住山火和寒霜。

布莱恩领我去看了洞穴里的角砾岩层，正是从这个岩层出土了许多肌肉发达、像"金刚"一样孔武有力的南方古猿粗壮种的骨骼化石。两百多万年以前，那种生物曾同最早的人类——能人（Homo habilis）——一起生活在这片山谷中。

现场负责人乔治是位老考古了，他一次挖出一立方英尺的土，然后用细筛子把里面的东西过滤出来。一发现骨骼化石残片，布莱恩就拿过来，在放大镜下面仔细端详。正午时分，暑气正盛，大家在布莱恩的小棚子里休息。正是在这里，布莱恩完成了《狩猎或被猎杀》（The Hunters or the Hunted）的绝大部分，这本书实在是我所读过的最引人入胜的侦探小说。

布莱恩是位于比勒陀利亚（Pretoria）的德兰士瓦博物馆（Transvaal Museum）馆长，沉默寡言，长于思索，不爱抛头露面，信奉苦行，有着无穷的忍耐力。他父亲是位英国昆虫学家，曾在罗德西亚①从事昆虫防控工作，母亲是南非人（Afrikanns）。他的曾曾叔祖是尤金·玛瑞斯（Eugène Marais），诗人、博物学家和隐士，其诗作《白蚁的灵魂》（The Soul of the White Ant）还被梅特林克（Maurice Maeterlinck）抄袭了。

布莱恩对真正博物学家的定义是"热爱世界"，相信接近自然的唯一途径就是扔掉各种滤镜，直面本然。人类的脆弱让他感到苦恼，一直在寻找维护之道。他讨厌陷入某一学科的窠臼，带

---

① 罗德西亚（Rhodesia），津巴布韦旧称。

着一种道家的淡泊，他先后钻研了动物学、地质学、史前史和气象学。他发表过研究猴子、壁虎、变色龙，还有纳米比亚沙漠中蝰蛇习性的文章。斯瓦特克兰的工作结束后，他计划重新去研究原生动物，"单细胞的生命"，它们大多生存在沙漠的咸水坑里，于数小时内完成进食、繁殖和死亡的全部进程。

1955 年，还是年轻人的布莱恩出席了第三届泛非史前史大会，会上听到了雷蒙德·达特推销自己的"史前血腥屠杀"理论。他感到，人类遭到了污蔑，或许所有与会者中只有他知道其中原因。

他曾经做过土壤地质学家的工作，研究过马卡潘恩斯加特的角砾岩层，他怀疑达特把挖掘到的所有骨骼碎片都解释成工具或武器的做法是否正确。此外，虽然在整个动物世界，自相残杀、残食的事情也偶有发生，但多数是由于种群过于庞大，或受到过大的压力，说什么杀戮行为造就了人类，从进化的角度上讲，这毫无意义。

之后整整十年时间里，布莱恩仔细揣摩达特的论点。成为德兰士瓦博物馆馆长后，他决心接下这个任务。

在斯特克方泰因山谷，有三座含白云石的石灰溶洞中发掘出了古人类骨骼化石：斯特克方泰因洞、斯瓦特克兰洞和克罗姆德拉伊洞。确定了这里方方面面的条件同马卡潘恩斯加特相同后，布莱恩开始工作。

上述三个溶洞都有富含骨骼化石和其他沉积物的角砾岩，在两三百万年的时间里，它们都已被挤压成一个岩层。骨骼化石大小不一，大到象骨，小到鼠类骨骼，其中有数种已经绝迹的狒狒骨骼，以及两种南方古猿的骨骼化石。斯特克方泰因溶洞中出土的是早期体形纤细一点儿的南方古猿非洲种，而在另两个溶洞出土的则是其后代——肌肉更为发达的南方古猿粗壮种。

洞中也出土了一些古人类骨骼化石，不过数量并不多。有些古人类骨骼化石上明显留下死于非命的痕迹，如果能证明它们是被别的古人类带进洞的，那就有人要面临谋杀的指控了。如果不能，则可能是别的情况。

布莱恩对大约两万块骨骼化石进行了"法医式"检查，以确定它们如何进入洞中，又为何呈现现今的状态。有些骨骼可能是被洪水冲进洞的，还有一些可能是被豪猪拖进洞的，豪猪有储藏骨头、在上面磨牙的习惯。小型啮齿类动物的骨骼可能是猫头鹰带进去的，而大型哺乳动物的骨骼，比如说大象、河马、狮子的，则很可能是食腐的鬣狗残留下的。

然而，这一切并没有改变一个基本事实，那就是：这三处洞穴都曾是大型食肉动物的巢穴，洞中绝大部分骨骼的主人都是在洞外被杀死，然后被拖入洞中，在黑暗中被吃掉的。有些骨骼化石明显能看出是吃剩下的遗骸。

没必要在这里把布莱恩的方法一一详述，不过有一点要强调，就是达特所说的短头棒和切割器，其实是大型猫科食肉动物吃不掉、最后遗弃的那部分骨骼。至于为什么洞中发掘出了古人类头骨和颌骨，很少发掘出其他部分的骨骼，布莱恩也给出了一个解释。他观察到，猎豹在吃狒狒时可以嚼碎大部分骨头，最后剩下的就只有头骨了。还有头骨根部发现的轻微"毁损"痕迹，也可以从动物习性中得到解释，肉食动物总是从最脆弱的地方咬开颅骨，然后舐出里面的东西。

灵长类的骨骼比羚羊的要脆弱得多，也要鲜美得多。

＊ ＊ ＊

大型猫科动物的致命绝杀技是咬脖子，其效果接近于行刑者手中的利斧，或断头台上的利刃。提到断头台，加缪曾写道，他父亲，一个坚定的小资产阶级，一次为一桩血腥谋杀所震怒，于是去看了凶手的公开行刑，结果吐得一塌糊涂。

＊ ＊ ＊

差点就丧生狮口的利文斯通博士（Dr. Livingstone）的经历告诉我们，被大型猫科动物攻击时的感觉并不像想象中那么可怕。他说："当时，我堕入一种梦幻感，既感觉不到痛，也不知道害怕。那感觉，就像被局部麻醉的病人，看着医生在自己身上做手术，却感觉不到疼痛……或许，所有丧命于食肉动物之口的动物临死前都有这种感觉，要真是如此，那实在是造物主的仁慈，让我们在临死前少受点儿罪。"

＊ ＊ ＊

德兰士瓦博物馆，比勒陀利亚

这个下午，我和伊丽莎白·乌尔巴博士（Dr. Elizabeth Vrba）

在一起，她是位古人类学家，也是布莱恩的主要助手，还是个迷人的谈话对象。我俩就坐在所谓的"红色房间"的地板上，手上戴着手套，摆弄着珍贵的古人类骨骼化石，如罗伯特·布鲁姆（Robert Broom）在 20 世纪 30 年代发现的"普列斯太太"（Mrs. Ples）——一块几乎完整无缺的南方古猿非洲种头骨化石。

同在肯尼亚和埃塞俄比亚发现的化石相比，斯特克方泰因山谷发现的化石只能算"小字辈"，前两处出土了早期和中期的南方古猿化石（其标本叫"露西"），据信，距今已有六百万年的时间，而已发现的"最古老的南非人"的年龄只有它的一半。乌尔巴博士向我解释，这三种南方古猿是进化之链上的三个阶段，随着时间的推移，它们的体形越来越大，肌肉也越来越发达，以应对越来越干燥的气候和越来越开阔的生存环境。

究竟在哪一时间点上，最早的人类同南方古猿分道扬镳？就这个问题，专家们仍将无休止地争论下去。每个野外工作者都想找到"第一个人"，不过，正如布莱恩所提醒的："一旦你以化石去追逐名利，就已错过了化石本身。"

已知的事实是，大约在二百五十万年前，在非洲东部出现了一种体形不大、行动敏捷的生物，其前脑叶有了惊人的发展。南方古猿，无论在三个阶段中的哪一个，大脑同身体的比例都保持不变；而在人类身上，脑容量突然剧增。

* * *

乌尔巴博士发表过一系列关于进化速度的文章，在国际上得到好评。她让我更深入了解了"渐进论"和"突变论"之间的争论。

正统达尔文主义者认为,进化以固定的速率进行,每一代都同上一代有所不同,虽然这种不同难以察觉,但累加到一起,生物最终将跨过一道"基因分水岭",于是一种需要用林奈法重新命名的全新物种破壳问世。

而突变论者则坚持认为,每一物种在突变中出现,也将在突变中灭亡(这倒正好符合20世纪种种翻天覆地的变化);进化过程完成于短暂的混乱期,之后就是长期的静止。

大多数进化论者都认为,气候是推进进化的原动力。总体而言,物种属于"保守派",拒绝变化,它会一代又一代延续下去,就如同一桩摇摇欲坠的婚姻,婚姻双方不停地这儿修修,那儿补补,直到有一天,再也维持不下去。

气候灾难爆发,栖息地缩小、分裂,一小群生物可能会和同类隔绝,陷入一块生物孤岛,而且通常是在物种生存范围的边缘。它要么迅速改变自身,要么销声匿迹。实际发生时,从一个物种到另一个物种的突变迅速而不拖泥带水,突然之间,新物种对旧日伙伴的交配呼唤就熟视无睹了。实际上,一旦这种"孤岛效应"开始起作用,基因就不可能返转了,业已出现的新特征不会消失,新物种不会走上老路。

有时候,物种因变而新,重新占据昔日的栖息地,取代了栖息地上的旧居民。

隔绝中突变的过程叫作"分区分化",它解释了这样一个现象:生物学家在同一个物种内发现无数变种,从身体尺寸到色素，等等，却从未在两个物种之间发现过渡性物种。

因此，寻找第一个人或许就如同寻找传说中的奇美拉。

促生突变的隔绝环境或许就是一条迁徙路径，或者路径上的一段。毕竟，它不就是一片土地吗？无数片这样的土地连成一条连绵的路线。想到这一点，我突然惊讶于"分区"理论同土著创世神话之间的类同：每个图腾种族都独立出生于路线图上的某一点，然后沿着路线散播至各地。

所有物种都不可避免地要经历"突变"，不过有的物种的准备更充分。乌尔巴博士给我画出两个羚羊属动物——麋羚属和黑斑羚属的世系图，它们的共同祖先生活于中新世①。

今天的麋羚属动物，如麋羚，有着"专门的"牙齿和胃，以应对干旱的环境，在过去六百五十万年间分化出大约四十个种；黑斑羚属于黑斑羚属，它适应能力强，可以生存于各种环境中，从古至今基本没有变化。

乌尔巴博士说，人们曾经把进化视为成功的标志。今天，大家有了更深的认识，生存即是成功。

* * *

真正重要的信息：人类的世系沿袭十分稳定。

人类的祖先同样有着很强的适应能力，柔韧善变，足智多

---

① 中新世（Miocene）是地质年代中的一个纪，开始于同位素年龄 23.03 ± 0.05 百万年（Ma），持续了 41.7 百万年。

谋。在过去漫长的岁月里，他一定同黑斑羚一样渡过了许多险滩难关，而不必每次都做出改变。每当我们在人类发展史上发现了重大的结构变化，必有某种强大的外部原因，可以作出相应的解释。此外，人类本能的及精神的支柱，也比之前我们想象的还要坚强得多。

自从中新世结束以来，自然界中只发生了两次重大的"跳跃"，两次之间相隔大约四百万年。第一次是南方古猿的出现，第二次是人类的出现。

1. 盆骨和双足重新构造，从跳跃于森林中的猿到行走于平原上的人，从四肢到两足，从双手也用于行走，到解放出双手，用于其他目的。

2. 大脑迅速增大。

两次"跳跃"都与气候向寒冷干燥的骤变同时发生。

大约一千万年前，人类的假想祖先——中新世猿——生活在热带雨林高高的树冠上。

那时，非洲的大部分地区为热带雨林所覆盖。

与黑猩猩和大猩猩一样，中新世猿可能每晚都在不同的地方入睡，不过其活动限制在几平方公里的安全范围之内，那里食物充足，雨水沿树干向下流，它可以在树枝间荡来荡去，避开森林地面上的"凶险"。

在乍得的特恩费因湖（Térnéfine），我曾亲眼看见一块中新世鬣狗的头骨化石，其尺寸同今天的公牛一般大小，恐怖的双颚能不费力地咬断象腿。

中新世行将结束时，树木开始变矮。由于不明原因，地中海似乎吸收了全球海洋中大约 6% 的盐分，由于盐度降低，南极洲附近的海水开始结冰，冰盖尺寸扩大了一倍。海平面下降，地中海在直布罗陀陆桥附近同大洋分离，成为一个巨大的盐湖。

在非洲，热带雨林缩小成一小块一小块飞地，直到今天，远古猿类还栖息在那些雨林中。大陆东部，繁密的植被为稀树林和开阔草原所替代，气候出现雨旱两季，丰盈和匮乏，洪水和干涸的湖床交替出现。这里，就是南方古猿的"家乡"。

南方古猿直立行走，或许还能负重：直立的行走姿态，加之三角肌的发展，似乎表明它们能负担起一定的重量——或许是食物和幼崽，从一个地方行走到另一个地方。不过，宽阔的肩膀、长长的前臂，还有善于抓握的脚趾都说明，有时它们还会回到树上，或许为了避难，至少在最初阶段是如此。

* * *

1830 年，现代语言学之父威廉·冯·洪堡（Wilhelm von Humboldt）说，人之所以开始直立行走，因为"他的话不能再被大地所吞没或掩盖"。然而，四百万年的直立行走并没有对南方古猿的语言能力产生任何作用。

* * *

早期和后期的南方古猿似乎都具备了一些制造简单骨制工具，甚至是石制工具的能力。通过显微镜观察，这些工具上的擦痕表明，它们并不是用来切割动物，而是用来挖掘植物根茎的。南方古猿偶尔也会捉一只小瞪羚，甚至会像黑猩猩一样组织捕猎活动，但总体而言，它们依旧是素食动物。

最早的人是杂食者，他的牙齿就适合杂食。从散布于营地周围的石制工具来看，早期的人切割动物尸体，分肉食之。不过，早期的人可能更多食腐，而较少狩猎，他的出现与第二次气候剧变同时发生。

气候学家现在知道，大约三百二十万年到两百六十万年前，全球气温急剧下降，现在称之为第一纪冰川期，北极点首次结冰，出现北极冰盖。在非洲，其后果是灾难性的。当时，沿东非大裂谷的地带，稀树林为寒带草原所取代，满目荒凉，大片大片的沙子和砾石间夹杂着小块的草地和荆棘丛，高一点儿的乔木只有在水道两旁才能生存下来。

正是在荆棘丛中，人类的大脑开始迅速增大。看来，"荆棘之冠"并非偶然。

* * *

乌尔巴博士说："人类生于险恶的坏境，这险恶的环境就是干旱。"

"你的意思是说，人类出生于沙漠？"

"不错，沙漠，至少也是半沙漠。"

"水源总是不稳定？"

"正确。"

"可他旁边还有那么多野兽？"

"食肉动物只要有肉吃，可不管身处什么地方。那肯定是可怕的年代。"

* * *

进化史上写满了猎食者和猎物间的"军备竞赛"。自然选择总是给猎物配备最坚实的盾，而把最犀利的矛给了猎食者。乌龟有壳，豪猪有刺，飞蛾会把身体变成树干的颜色，兔子能钻进狐狸钻不进去的洞。可在稀树草原上，人类毫无防备能力。南方古猿粗壮种的选择是长出更多的肌肉，而人类的选择则是：增大大脑。

* * *

乌尔巴博士接着往下说，不去研究同一时间尺度内其他物种的命运，仿佛人类出现于真空中，这样的做法没有任何意义。事实是，大约两百五十万年前，也正是在人类"突变"之时，各种物种也都在发生翻天覆地的变化。

整个东部非洲，喜爱待在一个地方的羚羊属动物让位于头脑更灵活的迁徙性食草动物，在一个地方静静待下去的物质基础已不复存在。

"好静的物种，以及好静的基因一度极为成功，可到头来还是自己毁灭了自己。"

在干旱地带，资源从不稳定，年年都有不同。飘动的雷雨可能短时间内就造就一片绿洲，而仅仅几英里外，大地依旧干涸开裂。要挺过旱季，有两种策略，任何生物必须选其一：要么接受残酷的现实，挖个洞钻下去；要么拥抱广阔的世界，开始迁徙。

沙漠中，有些植物的种子能休眠好几十年，有些啮齿类动物只有到了夜里才从蛰伏的洞中出来。千岁兰是纳米比亚沙漠中一种不寻常的植物，有着带子一样的叶子，仅仅靠清晨的水汽就能活上上千年。但是迁徙性动物必须活动——或者为活动做好准备。

乌尔巴博士说，羚羊属动物的迁徙始于闪电的刺激。

我说："卡拉哈里沙漠中的布须曼人也是如此，他们也'追寻'闪电。哪里有闪电，哪里就有雨水和绿色，就有猎物。"

* * *

当我停下脚步，我的心也停止了跳动。

——J. G. 哈曼

* * *

能人的语言能力或许只限于一些简单的嘟囔声、嚎叫声和嘶嘶声，确切情况如何，我们不得而知。大脑本身不会变成化石，不过大脑上的轮廓和回纹还是会在颅腔内留下印记。可以在颅腔内倒出模子，再把这些"颅腔模型"放在一起，进行比较。

* * *

巴黎，古人类博物馆，1984

雅维斯·库本斯（Yves Coppens）教授是人类化石领域最渊博的专家之一，他的办公室里放满了大大小小的东西，其中就有一排颅腔模型。当他走过南方古猿的模型，向人类模型走去时，我感到某个新奇事件即将发生。

人类大脑的尺寸几乎增加了一倍，不仅如此，连形状也改变了。脑顶叶和临时记忆区（知觉能力和学习能力之基地）变得更为复杂，而与语言协调能力息息相关的布洛卡区也第一次出现；脑膜变厚了，神经突触成倍增加，为大脑供血的动脉与静脉也更加密集。

口腔也发生了重大的结构变化，尤其是舌头触击上颚的齿龈区。人从根本上说就是语言动物，实在想不出除了使用语言之外这些变化还有什么用途。

之后，人类的进化经历直立人阶段，最后发展为智人，也就是今天的人类。库本斯教授认为无论直立人还是智人，都不是独立物种，而是对最原始模型——能人的改良。

他写道：“同能人打了多年交道后，我相信，我们应该从他们身上寻找一系列问题的答案。我们是谁？从哪里来？往哪里去？他们的成功来得突然而璀璨，我很乐意选择他们，以及这一片土地，把它当作记忆和语言之源。”

* * *

"这可能有点儿生拉硬拽，"我对乌尔巴博士说，"不过，要是有人问我，那大脑袋有什么用？我会回答：在荒野中找到回家的路。"

她看上去有点儿吃惊，接着，她拉开办公桌的一个抽屉，翻出一幅水彩画。那是一位艺术家为第一个人类家庭创作的印象画，画面中，父亲、母亲和孩子们排成一列，跋涉在空旷的荒原上。

她微微一笑，说："我也觉得古人有迁徙的习性。"

* * *

洞中的凶手到底是谁？

花豹喜欢在最安静、隐蔽的地方享用自己的猎物。调查早期，布莱恩也相信它们就是凶手。或许，这也不是完全错误。

在"红色房间"的化石中，他找出一件年轻能人的颅骨化石，已残破。颅骨前方有脑瘤的痕迹，因此他或许是群落中的白痴；颅骨根部有两个边缘整洁的小孔，间隔一英寸。接着，布莱恩又拿出一块在同一地层中发现的花豹头骨化石，在他的演示下，我看到，花豹的下犬齿正好咬合入那两个孔。花豹咬穿猎物的颅骨，拖动猎物，就像猫拖动捉到的老鼠。

那两个洞的位置严丝合缝。

* * *

博帕尔，库蒙，印度

一天下午，我走到对面的山上，去拜访在那里隐居的锡克教高僧。那是位十分圣洁的老人，他接过我献上的几个卢比，小心翼翼地把钱卷到橙色长袍的角上。他盘膝坐在一张花豹皮上，长须在膝上飘动，为我煮茶时，蟑螂就沿着他的长须爬上爬下。他的住处下面就是个花豹洞，月夜，花豹会到花园里来，和高僧相对而望。

山下村里的老人们还记得当年"食人兽"的恐怖，那时人人自危，哪怕闩上门都不行。由村子往北，在鲁德拉普拉亚（Rudraprayag），一头豹子在倒在吉姆·考伯特的枪口下之前，吃了一百二十五个人。有一次，那头豹子扑倒牲口圈的门，在四十多只活山羊间上下翻腾，却一只也没吃，最后从最远的角落里拖走了已经睡着的年轻牧羊人。

* * *

德兰士瓦博物馆

通常，花豹在某些变故后才可能去吃人，比如说失去了一只犬齿。可一旦那畜生尝过人肉的味道，就再也不碰其他动物的肉了。

布莱恩统计了洞穴中发掘出的灵长类动物骨骼化石所占的比重，包括狒狒骨骼和古人类骨骼，他惊讶地发现，灵长类动物骨

320

骼化石占全部骨骼化石的 52.9%，而在所有猎物的骨骼化石中更高达 69.8%，剩下的是羚羊属动物和其他哺乳动物。无论洞穴的主人是哪一种或哪几种野兽，它或它们肯定对灵长类动物的肉情有独钟。

布莱恩也想过有什么"专吃人的花豹"，可这种假设有几个疑点：

1. 统计资料显示，通常在花豹的食谱中，狒狒只占不到 2%。

2. 斯瓦特克兰洞较上面的地层显示，那时洞穴的主人肯定是花豹，而遗留下的猎物骨骼化石同现今的统计数字并不冲突，狒狒只占 3%。

难道说花豹度过了一个"特殊时期"，专以吃人为生，后来又恢复了本来习性？这可能吗？

此外，乌尔巴博士分析洞中出土的牛科动物骨骼时，发现了一些体形庞大的动物骨骼，如大麋羚，花豹是对付不了它们的。肯定还有其他什么更强大有力的食肉动物。那是什么？

候选项有三，都是现今已经灭绝的物种，也都在斯特克方泰因山谷中留下了化石。

1. 长腿猎食性鬣狗。

2. 剑齿猫科动物。

3. 恐猫。

剑齿动物腾跃强劲有力，长着健壮的颈部肌肉和两颗像镰刀一样的上犬齿，向下扑击时，可以轻而易举地刺穿猎物的脖子。它们尤其擅长捕杀大型牛科食草动物，口中的利齿切起肉来比其他任何食肉动物都利索。不过，它们的下排牙齿不够坚硬，不能咀嚼整副骨架。格里夫·埃乌尔（Griff Ewer）曾提出，鬣狗之所以长出了能嚼碎骨头的白齿，就是因为剑齿动物遗留下了大量没有吃完的动物尸体。

显然，很长时期内，斯特克方泰因山谷中生活着不止一种，而是几种食肉动物。布莱恩认为，一部分动物骨骼，尤其是那些大型羚羊属动物的骨骼可能是剑齿动物和鬣狗共同带进洞来的。猎食性鬣狗或许也捕杀了一部分人属动物。

不过，还是来看看选项三吧。

恐猫不如花豹和猎豹那般敏捷，但体形更为结实，长有两根竖直的、像匕首一样的犬齿，介于剑齿和现代老虎的犬齿之间，下颚骨能紧紧咬合。考虑到它略显笨重的体形，它肯定靠偷袭捕获猎物，也肯定在夜间行动。至于皮毛，或许带斑点，或许带条纹，也可能像现代黑豹一样，全黑。其骨骼从德兰士瓦到埃塞俄比亚都曾被发掘，那里也正是人类最早活动的区域。

在"红色房间"里，我手里正捧着一件恐猫的头骨化石，一件完美标本。我特意掰开它的颚骨，盯着里面的利齿，望了好一会儿。

这件头骨化石属于三具完整恐猫骨骼化石的一部分，三具骨骼于1947年至1948年同时在距斯瓦特克兰不远的博尔特农场出土，一公一母，带一幼崽，同时出土的还有八具狒狒化石，但没有其他动物的化石。化石发现者库克认为，当时恐猫一家正在捕猎狒狒，突然，捕猎者和猎物一起陷入天然坑穴，死在了一起。

奇怪的结局！不过和我们依旧没有答案的问题相比，还不算奇怪：为什么在这些洞穴中有那么多狒狒和人属动物的骨骼，而羚羊属动物和其他哺乳动物的骨骼却那么少？

布莱恩以他一贯的谨慎思考着种种可能。在《狩猎或被猎杀》的结尾，他提出两种可以互为补充的假设：

洞中的人属动物或许根本就不是被拖进去的，它们或许同捕猎者一起住在洞里。在肯尼亚的一座休眠火山萨斯瓦山上，有着很长的熔岩隧道，花豹住在隧道深处，而入夜就有成群的狒狒在隧道口避寒。如此一来，花豹在自家门口就有了个食物库。

德兰士瓦的冬夜很冷，以至于沙地高原上狒狒群的数量严格受到能避寒的洞穴或其他避寒点数量的限制。在第一纪冰川期，一年中有霜日可能达到一百天。想象一下南方古猿粗壮种在寒冷环境中的生活：夏季，它们长途跋涉到沙地高原上；冬季，它们回到山谷。除了自身的力量，再无其他防御手段，没有火，也没有其他取暖手段，只能相互挤成一团。黑夜没有视力，却又不得不同那些两眼闪闪发光的花豹共居一处，一不小心就会被拖进洞穴深处。

第二种假设更让人头晕目眩。

有没有这种可能，布莱恩问道，恐猫专食灵长类动物？

"强壮的颚骨，良好的牙齿结构，这意味着恐猫能吃掉猎物除头骨以外的所有部分。说恐猫专食灵长类动物，这个假设还是有说服力的。"

＊　＊　＊

难道说，恐猫就是我们心底的恶兽，就是那令地狱中的所有其他怪兽都相形见绌的恶兽？它就是尾随我们，悄然靠近，突然发起袭击的头号敌人吗？

柯勒律治曾在笔记本上写下："黑暗王子是个谦谦君子。"专吃人的猎食者，这种想法的有趣之处就在于它同怪兽的传统如此贴近。假如当初确曾存在着这样一种怪兽，那人类对它的魔力岂不同它对人类的魔力一样强？天使迷住了但以理牢房中的狮子，人类不也同样想迷住那怪兽吗？①

蛇、蝎子，还有其他危险动物，除了在动物学意义上的实际存在外，在地狱的神秘传说中再次出现，但它们威胁不到人类的生存，也永远不会被当成世界末日之由。一种专以人为食的猎食动物却可能成为这样的威胁，也正因如此，无论证据如何薄弱，我们一样应当认真对待。

在我看来，"鲍勃"·布莱恩的成就就在于重新树立起邪恶而强大的黑暗王子这一形象，不管它是一种或几种猫科动物。自中世纪结束以来，这一形象就日渐模糊。他向人们揭示了一次伟大的胜利，同时又保持了科学的严谨（无疑，我早已突破了科学的界限）。直至今日，我们仍受益于那次伟大的胜利：人，在成为人的过程中，终于战胜了毁灭力量。

---

① 但以理和狮子的故事，源于《圣经·希伯莱书》。

突然间，在斯瓦特克兰和斯特克方泰因的上部地层，人出现了。他成了主人，而其他猎食者销声匿迹。

与此相比，我们的其他成就简直不值一提。或许，这胜利的代价惨重：人类的全部历史不就是在搜寻并不存在的怪兽吗？对那个已经不知所踪的怪兽，对那个彬彬有礼地向我们鞠躬，然后把凶器塞进我们手里的君子，我们不是也还有点儿依依不舍、念念不忘么？

34

傍晚，我和罗尔夫正在喝东西，埃斯特拉的一个护士一路跑过来，说有个男人打来了无线电话。我希望那是阿尔卡季，奋笔疾书了这么长时间，真希望听听他冷静的评价。

我俩一起赶到了诊所，发现打来电话的根本就不是个男人，而是个粗嗓门儿的女人——埃琳·休斯顿，供职于悉尼的土著艺术事务局。

"温斯顿的画画好了没有？"她扯着嗓门儿喊。

"好了。"罗尔夫回答。

"好，告诉他，我明早9点整到。"

线断了。

温斯顿·扎普鲁拉是卡伦"最重要的"艺术家，一周前刚刚完成一幅大作，正等着埃琳来收购。和许多艺术家一样，扎普鲁拉出手阔绰，在商店欠下一屁股债。

休斯顿太太自称为"土著艺术界的老资格"，喜欢开着车一个点一个点地巡视自己的艺术家，为他们送去颜料、画笔、画布，开支票收购完成的作品。她是位很有主见的女性，总是独自一人在树林里扎营，从不慌慌忙忙。

第二天早上，温斯顿打着赤膊，盘腿坐在油桶旁的空地上，等待休斯顿太太的到来。他已上了岁数，可依旧声色犬马，溅满颜料的短裤下，一圈圈肥肉仿佛要溢出来，他的嘴奇大，嘴角下垂，儿孙的相貌中都带着他那种庄严的丑陋。这会儿，他正在一张硬纸板上涂鸦，画一只怪兽。潜移默化之中，他的脾气和风格越来越接近下百老汇的艺术家了。

他的"监督人"，或者说主礼人是个叫鲍比的年轻人，这会儿也在场，以防他泄露任何神圣秘密。

9点整，小伙子们看到休斯顿太太的红色丰田越野车沿着机场跑道开来。她下了车，走到等待的人群面前，一屁股坐到一张野营凳上。

"早上好，温斯顿。"她点点头。

"早上好。"温斯顿答道，身子没动。

休斯顿太太是个大块头，穿着米色的"作战服"，紫红的太阳帽紧紧扣在开始变得灰白的鬈发上，面颊向下突然收缩，下巴尖尖的。

"还等什么？"她问道，"我好像是来看画的。"

温斯顿一只手摆弄着发绳，另一只手一挥，指示他的孙子们去商店把画搬来。

去了六个，回来时抬来了一大卷画布，七英尺长、五英尺宽，上面套着防尘的透明塑料布。六人把画布小心翼翼地放到地面上，慢慢打开。

休斯顿太太的眼睛亮了起来，我看到她极力忍住满意的笑容。她叫温斯顿画点儿"素净的"，可眼前这幅画，我相信，远超出她的期待。

许多土著艺术家偏好使用炫目的颜色，可眼前这幅画上只有六个白色和乳白色的圆圈，由无数小点以"点画法"画成，背景色是由白到白里带蓝，再到最淡的赭色，六个圆圈之间有一些蛇一样弯弯曲曲的线，颜色是淡淡的紫色和灰色。

休斯顿太太的嘴唇在动，几乎能听到她心里的声音：白人画廊……白人抽象画展……马尔维奇……纽约……

她甩去眉毛上的汗珠，站起身来。

"温斯顿！"她伸出手指，指着画。

"在。"

"温斯顿，你没按我说的，用钛金属灰。既然你根本不用，我又何必花那么大的价钱买那么昂贵的颜料？你用的是锌金属灰，对吧？回答我。"

温斯顿的反应是抱起双臂挡在脸前，从缝里偷看，好像在玩儿躲猫猫的孩子。

"你到底用了还是没用？"

"没用。"温斯顿大声回答，双臂依然挡在脸前。

她接着察看画布，在一个圆圈边上发现了一处很小的破损，不到一英寸长。

　　"瞧这儿！"她又吼起来，"破了！温斯顿，你把画布搞破了！我要把画布送到墨尔本修补，至少要三百元。真倒霉！"

　　温斯顿本来已放下了挡在脸前面的双臂，这下又把脸遮了起来。

　　"真倒霉！"她又重复了一遍。

　　旁边的人看着画布，仿佛在看着一具死尸。

　　休斯顿太太的嘴颤动了一下，她批得太厉害了，现在该说点儿好听的了。

　　"不过，温斯顿，这幅画还是不错的，很适合巡回画展。好像跟你说过吧，我们正在收集展品，最优秀的皮因土皮艺术才能入选，说过没有？你在听我说吗？"

　　她的声音带着几分迫不及待，温斯顿沉默不语。

　　"你在听吗？"

　　"听着呢。"温斯顿粗着嗓门儿回答，终于放下了双臂。

　　她从挎包中取出一支铅笔，一本记事本。

　　"有什么故事，温斯顿？"

　　"什么故事？"

　　"画的故事。"

　　"我画的。"

　　"知道是你画的，我是说'大梦时代'传说。没有传说，画就卖不出去，你又不是不知道。"

　　"我知道吗？"

"当然知道。"

"老人。"他说。

"谢谢,"她在记事本上草草记着,"这幅画画的是老人梦象,对吧?"

"对。"

"还有呢?"

"还有什么?"

"传说的其余部分。"

"什么传说?"

"老人的传说,"她快气疯了,"那老人在做什么?"

"走路。"温斯顿边说,边在沙地上画了两个环。

"他当然在走路,往哪儿走?"

温斯顿看看画布,又抬头看看自己的"监督人"。

鲍比眨了眨眼。

"我在问你,"休斯顿太太一字一顿地说,"那老人往哪里走?"

温斯顿紧闭双唇,什么也没说。

"好吧,这代表什么?"她指向画面中的一个圆圈。

"盐湖。"

"那个呢?"

"还是盐湖,都是盐湖。"

"老人在走过盐湖,对吗?"

"对。"

"就没什么故事可讲?"休斯顿太太耸耸肩,"那些线代表什么？"

"皮特尤里。"

皮特尤里是一种具有温和麻醉作用的草，土著人通过嚼它来抑制饥饿感。温斯顿抬起头，眼睛骨碌碌地转，就好像吃了皮特尤里。旁边的人哄然大笑起来，不过休斯顿太太没笑。

"懂了，"她思考了一会儿，开始写下故事梗概，"古代祖先，白须胜雪，回家的路上，走过盐湖，渴得要命，在湖对岸发现一种叫皮特尤里的草……"

她嘴里叼着铅笔，抬头看看我，仿佛在征询我的意见。

我微微一笑。

"不错，"她说，"这个开头不错。"

温斯顿的眼神离开画布，停在休斯顿太太身上。

"懂，懂。该谈价钱了，"她问道，"上次给你多少钱？"

"五百元。"温斯顿的话音中听得出酸涩。

"这次你预支了多少？"

"两百元。"

"不错。还有破损要补，就扣一百吧，再付你三百，那就比上次多一百了。"

温斯顿动也没动。

"要给你照张相，"她只顾自个儿往下说，"最好换上件像样的衣服，要给你照张好照片，好做画册。"

"不！"温斯顿低吼。

"什么意思？"休斯顿太太看上去吃惊不小，"你不想照相？"

330

温斯顿的吼声更大了点儿："钱太少！"

"太少……我不太懂。"

"我说了，太少了。"

休斯顿太太又摆出一副咄咄逼人的姿态，仿佛在跟一个不知足的孩子打交道，冷冷地说："那你说多少？"

温斯顿又用手挡住了脸。

"你到底要多少？"她追问，"我不想再浪费时间了，我出了价，该你出了。"

他没有动。

"真是太可笑了。"休斯顿太太说。

他什么也没有说。

"我不会再出第二个价，"她说，"你来出价。"

没反应。

"来啊，说啊。要多少？"

温斯顿的小臂向上抬，摆成了个三角形，他从三角中心喊道："六千块。"

休斯顿太太差点儿跌坐到小凳上。"六千，你疯了！"

"在阿德莱德的什么鬼展览上，我的一幅画你可卖了七千块。"

*　*　*

考虑到早期人类所处的险恶环境，部落间的争斗和战争不可想象，有的只有古典的合作形式。

伊本·赫勒敦（Ibn Khaldūn）说，上帝给了动物灵敏的四肢以保护自己，给人类的则是思维的能力。思维能力使人类能够造出武器，以标枪代替尖角，以刀剑代替利爪，以盾牌代替厚皮；思维能力还使人类能组织起来，团结起来，生产产品。

在野生动物面前，尤其是那些猎食性野兽面前，个人的力量实在微弱，人类就只有抱团保护自己。然而，进入文明社会以后，爆发了无人能置身事外的全球战争，而人们所用的武器当初竟然是用来赶走猎食动物、保护人类自身的。

*　*　*

什么样的武器能够赶走恐猫那样的野兽呢？

当然是火。我想，或许哪一天，考古发掘能证明，能人也会使用火。

至于"传统"武器，手斧行吗？没用。棒子？还不如手斧。只有标枪才管用，就像圣乔治投入恶龙口中的那种。用好这种武器要满足以下条件：年轻，处于体力巅峰，瞄准，投掷，准头不差毫厘。

*　*　*

德谟克利特说，人类居然在动物面前摆出一副高高在上的样子，实在太可笑了。实际上，在许多重要事情上，动物是我们的老师：蜘蛛教会我们编织修补，燕子教会我们盖房子，天鹅和夜莺教会我们歌唱。这张单子还可以无限列下去：蝙蝠，雷达；海豚，声呐；兽角，标枪……

332

＊ ＊ ＊

纳米比亚沙漠

晨曦中，一群群鸵鸟、斑马、非洲大羚羊在活动，背后是橙黄色的沙丘。山谷里，地上铺着无数灰卵石。

公园管理员说起了非洲大羚羊的尖角，说那是抵御花豹非常厉害的武器，可有时候厉害过了头，两头雄性打斗时就有刺穿对方的危险。我们下了车，附近就有一头非洲大羚羊。管理员警告我们小心，曾发生羚羊角刺穿人的事件。

＊ ＊ ＊

根据《圣经》，上帝加在该隐身上的标记就是"角"，那也是上帝给该隐自卫的武器。荒野中的野兽个个欲杀该隐而后快，因为他杀害了它们的主人——亚伯。

＊ ＊ ＊

第三种发明，也是考古学家无法看到的发明，背带，纤维或皮质的，母亲用它背着襁褓之中的孩子，腾出两只手用来挖树根、摘野果。

可以说，背带就是人类的第一种交通工具。

罗娜·马歇尔（Lorna Marshall）如此描写昆恩布须曼人："他们用皮带背着婴儿和财产，稍大的孩子赤身裸体，走在母亲身边，身上绑着带子，绑带牵在母亲手中。"

狩猎民族不蓄养家畜，也没有奶制品。正如马歇尔女士所说，牛奶使孩子手脚强健，可以推断，那时母亲直到孩子长到三四岁才敢断奶，有时甚至更晚。孩子在能独立走一整天的路程之前，都要由母亲或父亲抱着。那时，一个家庭一天要走六十到一百英里。

一个家庭就是一个单位，既运输，也防卫。

* * *

C.W. 派克（C.W. Peck）最近在新南威尔士州西部记录到一则关于世界起源的神话，我觉得它具有普遍意义。

很久以前，人类没有武器，在野兽面前束手无策。有一大群人在拉什锦伦河和穆拉姆比基河交汇处宿营，天热极了，大地在热浪中变形，所有人都在阴凉的地方休息。突然，一大群大袋鼠发起进攻，用强有力的后肢把人们踏倒在地，大家惊慌失措，四下逃窜，许多人遇害了，只有少部分人逃了出来。

头人也逃过了那一劫，他召集幸存者开会，商讨自卫之策。正是在那次会议上人类发明出了标枪、盾牌、棒子和回旋镖。许多年轻妇女在逃跑时把自己的孩子落在了后面，因此她们发明出了树皮摇篮。神话接下去讲述，最聪明的年轻人如何用油脂和尘土把自己伪装起来，又如何潜回被袋鼠占领的营地，用火赶走了袋鼠。

史前时代，大袋鼠已经存在于澳大利亚大陆，这种动物要是给逼急了绝对非常危险。不过，它们并不是食肉动物，也不会主动发起进攻。

* * *

至于那些年轻英雄，他们的"成功"是长期严格训练的结果：摔跤、角力、使用武器。他们尚未成年时，吵吵嘴也无妨，可成年之后，所有的敌意都要投到对手身上。"好勇斗狠的小子"永远都长不大。

* * *

尼日尔

营地经理是个法国女人，叫玛丽太太，她有一头金红色的头发，不喜欢其他白人。因为跟黑人上床，她丈夫跟她离了婚，她失去了一幢别墅、一辆奔驰车、一个游泳池，不过至少保住了自己的珠宝。

我到的第三天晚上，她组织了一次夜间音乐会，结束时，她带一个巫师上床，凌晨两点三十分她心脏病发作。那个巫师冲出睡房，嘴里不停喊着："我没碰过太太！"

第二天，她的医生要送她去医院，可她拒绝了。她躺在床上，脸上的妆已经卸了，两眼盯着窗外的荆棘丛，嘴里念叨着："日头啊……哦！多好的日头……"

十一点左右，来了两个博诺诺族（Bororo）的小伙子，身上穿着女式短裙，头戴草帽，样子滑稽透了。博诺诺族是游牧民族，在萨赫勒地带来回游荡，视钱财如粪土，全副精力都放在了蓄养牛群和打扮自己上面。面前这两个小伙子，一个二头肌发达，像个"举重运动员"；另一个身材纤细、英俊。两人来向玛丽太太讨一些不用的化妆品。

"进来……"玛丽在睡房里叫道，大家都走了进去。

她伸手取过自己的化妆盒，把里面的东西倒到被子上，还说："别乱动……别乱动。"可没用，两个小伙子捡起各种色调的唇膏、指甲油、眼影、睫毛刷，一股脑儿放进头巾里包起来。玛丽又给了他俩几本过期的《时尚》杂志，然后，两人提着草鞋跨过门槛，一溜烟跑掉了，留下一串笑声。

"他们在为仪式做准备，"玛丽对我说，"今晚，他们要变回男人。你得去看看，实在值得一看。"

"是得去看看。"我说。

"日落前一小时，在埃米尔王宫前面。"

站在埃米尔王宫顶上，庭院里的一切尽收眼底，三位乐师在演奏，一个吹笛，一个打鼓，还有一个拨弄着一种三根弦的乐器。坐在我旁边的人是个老兵，说一口流利的法语。

"主礼人"现身了，命令两个年轻的助手用白粉末在地上画个圆，好像马戏团的表演场地。画好后，年轻助手守卫在圈外，要是有谁走近就挥动棕榈树枝把他赶回去。

观众中有好多是博诺诺族中年妇女和她们的女儿，女儿们头戴白方巾，母亲们则身穿靛蓝色长袍，耳朵上垂下硕大的铜耳环。母亲们的目光投向那些年轻小伙子，就像在牲口市场上挑选牲口的行家里手。将来，某位小伙子就会成为自己的女婿。

内庭里的两个小伙子就是我见过的那两个，过去四年，他们一直穿戴着姑娘的装束穿街过巷。一阵喧闹声，接着，鼓声响起，两个小伙子走到人群面前，脸上涂抹着玛丽的化妆品。

长得比较"壮"的那个涂着粉红的唇彩、紫红的指甲油和绿色的眼影，身穿无带露肩裙，能看得出里面粉红色的内衣，可再往下看，一双亮绿色短袜和体操鞋令美感荡然无存。他的朋友，那个"美人"的时尚品位更现代些，头戴紫色的缠头，身穿绿白条纹相间的紧身连衣裙，嘴唇涂得很仔细，两腮上各扑了块长方形的粉红色。他戴了副墨镜，手里拿了柄镜子，在镜子中端详着自己。

人群爆出一阵喝彩声。

又走出一个年轻的博诺诺人，手里拿着三根粗树枝，都是刚刚从金合欢树上砍下来的，让那个"美人"挑选。摘下墨镜，"美人"懒洋洋地用手指点了点最粗的那根，把什么东西扔进嘴里，然后向屋顶上自己的亲友们挥手，人群又爆发出一阵喝彩声。

主礼拿起"美人"选的树枝，递给"壮汉"，神情肃穆，简直像往杯子里倒琼浆玉液的侍应。"美人"在圆圈中心站好，把墨镜架在头顶上，开始用假声唱歌。与此同时，他的朋友双手把树枝挥得呼呼有声，沿着圆圈边儿转圈。

鼓点更密，"美人"吊足了嗓子，真怕他的肺会炸了，"壮

337

汉"手中的树枝也越舞越快，人步步逼近。最后，传来一声树枝抽上皮肉的巨响，树枝抽在了他朋友的肋骨上。"美人"发出一声"哦……"但没有躲。

"他唱什么？"我问身边的老兵。

"我能杀头狮子……我的活儿最大……能满足一千个女人……"

"早该猜到了。"我说。

又重复了两次，现在轮到"美人"抽打"壮汉"了。全部结束后，这两个人——此后一生都是最亲密的朋友和歃血的兄弟——缓缓从观众面前走过，人们伸出手，把钞票贴到他俩浓妆艳抹的脸上。

俩小伙手牵着手退回王宫，又走出一对，同样的程序，不过不如先前那对那么潇洒。完事后，他俩也退回王宫。

助手抹去地上的白线，人群纷纷挤进院子，等着什么事情发生。

天已近乎全黑，从内庭传来毛骨悚然的号叫声。又一阵鼓声，参加仪式的三对小伙子一齐走进院子，这回他们都穿了黑色皮短裙，头上的帽子上插着鸵鸟羽毛，摇着肩膀，晃着手中的剑，走到姑娘群中。

"他们现在是男人了。"老兵说。

昏暗的光线下，我低头看着那一大群蓝色和黑色的人影，仿佛黑夜中的巨浪，只能看见白色的浪头，还有一两处珠宝般的银光，仿佛磷光鬼火。

35

　　罗尔夫和温迪决定分开住，给对方一点儿个人空间。罗尔夫和他的书一起住板房，温迪不想和他在一起的时候就住在一间混凝土小房子里，那儿原本是学校的仓库。

　　她请我上她那儿，看她编制字典。天上正飘着小雨，人人都回到自己的棚子，外面空无一人。我到的时候，温迪正和阿列克斯在一起，蹲在一碟植物标本旁，它有种子、干花、叶子和根。阿列克斯还穿着那件桃红色的女式外套，温迪递给他一件标本，他把标本捏在手中，对着灯光转一转，嘴里念念有词，然后用皮因土皮语说出标本的名字。温迪让他重复说几次，以确定其发音，然后在标本上贴上一张标签。

　　只有一种植物阿列克斯不认识——风干的蓟草头。他皱皱眉，说："白人带来的。"

　　"没错，"温迪扭头对我说，"确实是跟着欧洲人一起来的。"

　　她向他道谢，然后他把标枪搭上肩头，走了。

　　"他真绝了，"温迪说，"不过，一天也不能问太多，他会走神。"

　　温迪的房间井然有序，同罗尔夫那儿实在有着天壤之别。一只旅行箱用来放衣服，一只灰色铁床头柜，一个放洗脸盆的架子，还有一台放在三脚架上的望远镜。"家里的老古董了，"她说，"我祖母的。"

有时候，夜里她会把床拖到院子里，望着满天星斗而眠。

她拿起装植物标本的盘子，走到一个铁皮大箱子前，里面是更多的标本，不仅有植物，还有各种蛋、昆虫、蛇和其他爬行动物、鸟类以及岩石块。

"我原本打算搞搞生物民俗学，可现在局面有点儿失控了。"她笑着说。

阿列克斯就是她最好的情报员，在植物方面他简直无所不知，无所不晓，不单能说出植物的名称，还能说出何时开花，何时结果。植物对他来说就是一种日历。

"在这儿一个人埋头干，会生出一些古怪的想法，也没人会告诉你那些想法能不能行得通。"她把头发向后微微一甩，笑着说。

"幸好还有罗尔夫，再古怪的想法对他也属平常。"她说。

"比如说？"

她从未接受过语言学训练，不过编纂字典的工作令她对巴别塔神话有了兴趣。澳大利亚土著人的生活方式近乎一致，可为什么有着两百种语言？能不能仅仅用部落论或隔绝论来解释这一现象？当然不能！她开始想，语言本身同澳大利亚大陆上不同物种的分布之间是不是有着什么关联。

"有时候，我问老阿列克斯一种植物的名字，他的回答是没有名字，意思是说不是这里土生土长的。"

然后，她又找到某个打小就生活在那种植物原产地的人，询问之后，发现那种植物还是有自己的名字的。

　　在澳大利亚干旱的中心，各种微气候区犬牙交错，土壤里有各种不同的矿物质，生长着各种不同的动植物。在一个地方长大的人知道那里的物种，知道哪种植物能引来猎物，哪里能找到水，哪里的地下有根茎可挖。换而言之，只要给自己的领地内的一切命名，生存就不会受到威胁。

　　"可要是你两眼一抹黑，走进陌生的土地，就得饿肚子了。"温迪说。

　　"是不是因为失去了自己的知识？"

　　"正是。"

　　"你的意思是说，人通过'命名'划定了自己的'领地'？"

　　"就是这个意思。"她脸上绽放出笑容。

　　"因此，普遍语言的基础根本就不存在。"

　　"不错，不错。"

　　温迪说，直至今日，土著母亲一听到孩子发出第一串音符，就让他把弄这片土地上的物产：树叶、果子、昆虫，诸如此类。孩子从母亲的胸口开始就跟这些东西一起"玩儿"，跟它们说话，用小牙咬，记住它们的名字。

　　"咱们给孩子的是玩具枪和电子游戏，"温迪说，"他们给孩子的是大地。"

　　　诗歌最崇高的功能是赋予不可感知之物以感觉与情感，

孩子们的一大特点就是把无生命的东西抓在手中，同它说话，仿佛那是活生生的人……这一语言－哲学原理再次证明，在世界的童年期，人在本质上是伟大的诗人……

> ——乔瓦尼·詹巴蒂斯塔·维柯，《新科学》

* * *

人纵声歌唱，倾泻出巨大的情感，无论是最哀怨的歌声，还是最欢快的旋律。

> 同上书

* * *

古埃及人相信，舌头乃灵魂之床。人生如顺流而下的小舟，舌头就是舵。

* * *

"原始"语言包含了许多很长的词，难以发音，人们与其说是在说，不如说是在唱……早期语言之于当今语言，就如同蛇颈龙之于今天的爬行动物。

> ——O. 雅斯珀森，《论语言》

* * *

诗歌是人类的母语，一如花草先于庄稼，绘画先于写作，歌唱先于宣言，譬喻先于推理，易货先于货币。

——J. G. 哈曼,《美学》

* * *

所有充满激情的语言都会自然而然转化为音乐,其中所包含的音乐特征远比重音要精微细腻得多。即便那个人正在气头上,说出话来也像一首诗,一支歌。

——托马斯·卡莱尔引用雅斯珀森《论语言》中的论述

* * *

语词从胸中滚滚而出,没有目的,也不需要意愿。沙漠中的任何一个部族都拥有属于自己的歌谣。人类就是会歌唱的动物,不过,人懂得把音乐同自己的理念融合起来。

——威廉·冯·洪堡,《论语言多样性与智力发展》

* * *

根据斯特雷罗,阿兰达语中"特纳卡玛"一词的意思是"叫……的名字",同时也有"信任"和"相信"的意思。

* * *

诗歌之本绝非仅仅是日常生活语言的高级形式,恰恰相反,日常生活语言是已被遗忘,因而已被耗尽的诗歌,从那里再也听不到诗意的呼唤。

——马丁·海德格尔,《论语言》

* * *

根据理查德·李的计算，布须曼儿童在自己能走路之前已在父母的怀中和背上旅行了四千九百英里。在这一富于韵律的阶段，他一刻不停地为自己领地上的一切命名，故而他不想成为诗人都不行。

* * *

现代作家中最为睿智的普鲁斯特让我们回想起童年的"漫步"，回想起那些构成我们的智力的原始材料：

> 如今人们拿给我看的花朵，我第一次见到时却觉得根本不像真花。马赛尼斯大道，开满百合花、山楂花、矢车菊、罂粟花；盖尔芒特大道，水里生满蝌蚪和水百合……每当我想到自己即将虚度的光阴，就会想到它们。矢车菊、山楂花、苹果花，出去散步，常常会在田野见到它们。在另一个层次上，在往日的回忆中，它们同我的心灵直接接触。

* * *

生物学的一条普通原则就是：迁徙性物种的进攻性小于定居性物种。为何会如此？有一个原因是显而易见的。迁徙本身，就好像朝圣之途一样，是艰难的旅程，是一个筛选器，"适者"才能活下来，一旦掉队，就只能倒毙于途。因此，旅程過止了等级制度和展示权威的需要。动物世界中的"暴君"大都生活于富足的环境中，而那些"无政府分子"则毫无例外都是"路上之君子"。

* * *

我们该怎么办？我们天生不安分。父辈教导我们，人生就是长路，只有适者才不会被抛在后面。

——卡里布爱斯基摩人对克努德·拉斯穆森博士说

* * *

上面这段话让我想起两块能人的骨骼化石，那两个能人毫无疑问是被拖进斯瓦克兰的山洞深处，成了野兽的腹中之物：一个是那个长有脑瘤的孩子，另一个是患有关节炎的老年女性。

* * *

乌尔巴博士向我推荐了一系列文章，其中有一篇是约翰·韦恩斯（John Wiens）的《竞争或和平共处？》。韦恩斯是位在美国新墨西哥州工作的鸟类学家，他观察了一些迁徙性鸟类的行为。每年夏季，那些鸟都回到美国西部平原的干旱树林中。那里，数年灾荒后可能有一年丰盛，可鸟类并没有因为食物供给的充足就显出数量增加的迹象，同邻居的竞争也没有加剧。最后，他得出结论：这些迁徙性鸟类肯定有着某种内部机制，更倾向于合作和共存。接着，他又说，达尔文主义的名言，即"为生存而斗争"，可能只适于气候稳定的地区，并不适于气候脆弱的地区。当食物供给稳定而充足时，动物或许会表现出进攻性行为，以保护自己的那份儿。可在干旱贫瘠的地区，自然绝少慈悲为怀，不过却也因此留有宽裕的生存空间，动物让仅有的资源发挥最大的效用，做到和平共处。

* * *

在《阿兰达传统》（*Aranda Traditions*）一书中，斯特雷罗对比了澳大利亚中部的两个部族，一个定居，另一个流动。

阿兰达人居住的地区有一些水洼，供水安全，猎物充足，而他们也成为极端的保守主义者，其礼仪绝不容更改，成年礼充满残忍和血腥，任何破坏了仪礼的行为，其惩罚只有一样——死亡。他们视自己为"纯洁"种族，从没想到过离开自己的土地。

与之相比，西部的沙漠部族则开放得多，他们自由借用其他部族的歌谣和舞蹈，同样热爱自己的土地，却一直在迁徙之中。斯特雷罗写道："这些人最令人惊讶之处就是他们随时随地都会发出爽朗的笑声，仿佛从来不知道忧伤为何物。"

* * *

曼哈顿，仲夏傍晚，人群已远离市区，我自己一个人沿着公园大道骑自行车，阳光从街对面建筑物的顶上倾泻而下，空中飞舞着一群君王蝶，一会儿飞到阳光下，一会儿又躲入阴暗中，色彩也在金黄和棕黄间依次变换。它们转过泛美航空大厦，从纽约

346

中央火车站前的墨丘利雕像继续向着市中心飞行，直到加勒比海。

* * *

我阅读各种关于动物迁徙的书，关于鳕鱼、鳝鱼、鲱鱼、沙丁鱼，还有旅鼠的自杀之旅。我把各种正面和反面证据放到一起，考量着动物究竟有没有所谓"第六感"，它们的中枢神经系统究竟有没有对方向的磁力感应。我亲眼看到麋羚群行过塞伦盖蒂大草原；读到有些鸟能从父母那儿"学到"迁徙路线；刚出羽的杜鹃从没见过自己的父母，它们的迁徙路线也就不可能来自"习得"，只能来自遗传基因。

所有动物的迁徙都受到气候带变化的限制，而绿海龟的迁徙则受制于大陆板块的变化。有种种理论，有的说鸟类通过太阳的高度确定位置，也有的说它们通过月亮的状态，还有星辰的升降来确定。就算鸟儿们在风暴中被吹离了飞行路线，也能迅速做出调整，回到原来的路线上。某些鸭和鹅能记下青蛙的叫声，"知道"自己正在飞越沼泽；还有一些夜间飞禽向地面发出叫声，通过回声来确定自己的高度和地表的状态。

巡游鱼类的尖叫声能穿透船壁，吵醒熟睡中的水手；鲑鱼记得出生河口的水的味道；海豚向水底珊瑚礁发出声波，从而能在其间穿行无碍……我突然想到，当海豚利用"三角定位法"确定自己的方位时，其行为同人类无异。人不也是通过比较日常生活中接触到的事物，从而确定自己的位置吗？

我读过的每一本关于动物迁徙的书都会提到一种极为奇特的

候鸟——北极燕鸥。这种鸟出生于北极冰原，在南极水域过冬，然后再飞回北极。

* * *

我砰的一声合上书。伦敦图书馆的皮椅子让我觉得昏昏欲睡，邻座的那位已鼾声大起，肚子上摊着一本杂志。去他妈的什么迁徙吧！我自言自语，把书放回书架。五脏庙中已经开始唱空城计了。

外面，空气寒冷，阳光充足，正是十二月的天气。我巴望着能碰上个朋友，蹭一顿饭。我来到圣詹姆斯街，正走过怀特俱乐部，一辆出租车开了过来，走下一位身穿丝绒领大衣的男子，向司机递过两张一镑的纸币，然后向俱乐部的台阶走去。他有一头浓密的灰发，脸上血管密布，仿佛套了一层透明的红袜子。他是位公爵，我见过他的照片。

与此同时，出现了另一个男人，身穿军大衣，脚上没穿袜子，靴子系得紧紧的。这第二个男人向公爵贴了上去，一脸谄媚的笑容：“抱歉，打搅您。”他带着浓重的爱尔兰口音，继续说道：“能不能……”

公爵头也不回，走进大门。

我望了望流浪汉，他也望望我，已经稀疏的头皮上几缕红发飞舞。那人肯定快七十了，一双水汪汪的大眼睛，盯着鼻子前面不远的地方。我的穿着打扮肯定令他觉得没必要向我伸手。

“我有个提议。”我对他说。

"是的，先生。"

"你肯定去过不少地方吧？"

"足迹踏遍世界，先生。"

"这样，要是你跟我讲讲你的旅行，我就请你吃午饭。"

"乐于从命。"

我俩转过街角，在杰尔明街上找了家便宜的意大利餐馆，里面人满为患，只剩一张小台子空着。

我没有示意他脱下大衣，不知道里面会藏着什么。他身上的味儿实在太难闻了。两个漂亮的女招待侧身过来，走近时小心地提起裙子，好像随时会有一群虱子朝她们扑过去。

"你吃什么？"我问道。

"嗯……你吃什么？"

"别理我，想吃什么就点什么。"

他迅速扫了一眼菜单，拿反了，可还要摆出一副老主顾的样子，仿佛查看菜单是他应尽的义务。

"牛排加土豆条。"他说。

女招待不再咬铅笔头，问道："臀肉还是里脊？"

"随便。"流浪汉说。

"两份里脊，一份五分熟，一份三分熟。"我说。

他端起啤酒，一饮而尽，可他的心思已经飞到牛排上去了，嘴角开始有唾液往外渗。

我知道，流浪汉们找剩食是相当讲方法、有系统的，他们会一次又一次回到食物最丰盛的垃圾桶。于是，我问他，对伦敦的俱乐部有何评价？

他想了一会儿，说，最好的是雅典娜俱乐部，一直如此，那儿的成员中还有些笃信宗教的绅士。

"是啊，"他挠挠头，继续说，"要是撞上个主教什么的，通常能混点儿小钱。"

在过去，第二好的就要数旅行家俱乐部了，那儿的先生们像他一样，都见过世面。

"心灵的聚会，可现如今，不行了……不行了……"

"旅行家"也已改头换面，被另一帮人占据了。

"一帮喜欢自吹自擂的家伙，手头儿可紧了。"

他又说，布鲁克斯俱乐部、布德尔和怀特俱乐部也都落入同一类人的手中。高风险！可能会有人慷慨解囊，也可能一个大子儿也混不到。

他的牛排上来了，这立刻就占据了他的全部注意力。他发起了狂暴而近乎麻木的进攻，吃完盘中物，还举起盘子，舔去渗出来的汁儿。突然，他想起了自己身处何地，放下手中的盘子。

"再来一份，怎么样？"我问。

"不反对，先生。您真是太客气了。"

我又叫了一份，他开始谈起自己的人生经历。两份牛排，还是值！他的故事也正是我想听的那种：他出生于高维县，母亲去世，利物浦，大西洋，芝加哥的屠宰场，澳大利亚，大萧条，南海群岛……

"啊，你肯定会喜欢那个地方。塔希提，瓦—哈因。"他用舌头抵住下唇，重复道："瓦—哈因。在那里是女人的意思。哦，那些女人！太可爱了！有一次在瀑布下面干那个。"

招待叫了声"埋单"，就走开了。我一抬头，看见领班紧皱的眉头，一双眼睛满是敌意，恶狠狠地盯着我俩。真怕他会把我俩踢出去。

"好了，我还想知道点儿别的事儿。"

"尽管问，先生。"

"你会回爱尔兰吗？"

"不，"他闭上双眼，"不大想回去，太多可怕的回忆。"

"有没有什么地方，你能称之为'家'？"

"当然有，"他把脑袋朝后一仰，咧嘴笑着说道，"尼斯的滨海大道，听说过吗？"

"听说过。"我回答。

一个夏日的夜晚，他在滨海大道上偶遇一位谈吐不凡的法国绅士，两人谈得很投机，在一个小时的时间里探讨了国际局势，用英语。临走时，那位绅士从钱包里取出一张一万法郎的钞票—"注意，是旧法郎！"——和自己的名片一起递给了他，祝他玩得开心。

"知道他是谁吗？老天啊，尼斯的警察局局长！"

在以后的人生中，只要有机会，他就会重温那一幕，那是他一生中最璀璨的一幕。

"太美好了，"一丝笑意忍不住浮上他的嘴角，"我和警察局局长……在尼斯。"

餐厅里的顾客现在少多了，我又给他点了份苹果派，分量加倍。我本来还要给他点杯咖啡，可他谢绝了，说喝了咖啡肚子难受，一边说还一边打嗝。我付了账。

"非常感谢，先生，"他说话时的神情就像下午还有一连串约会要赴，"希望我能对您有所帮助。"

"太有帮助了。"我也向他道了谢。

他站起身，可旋即又坐下，两眼紧盯着我。关于自己的外部生活，他已没什么好说的了；可要是不就自己的内心世界说上两句就走，他也实在不甘心。

再次开口时，他语速缓慢，但极其严肃："好像有一股潮水，推着你上路。我就像北极燕鸥，一种鸟，可漂亮了，一身白羽毛，从北极飞到南极，再从南极飞回北极。"

36

夜里又开始下雨了，一直下到第二天早上。我向窗外望去，太阳出来了，紫色的水汽悬挂在莱布勒山的山腰上，并渐渐消失。

10点，罗尔夫和我一起去找瘸子。阿尔卡季终于有消息了，虽然比原定时间迟了整整三个星期，他说他会搭乘运送邮件的飞机来。瘸子和泰特斯都要到，很重要，重复，很重要……

从山谷那边飘过一股药的味道，那是桉树的枝叶燃烧的味儿。狗听到我们的脚步声，叫了起来，大家正在晒被子。

"瘸子？"罗尔夫大声叫，山坡上一座破旧的板房里传来微弱的回答声。

"他们在那儿。"罗尔夫说。

板房外壁上刷着几个乐观的大字——娱乐中心。里面有一个旧乒乓球台，网已不知所踪，台面上积着一层厚厚红色的灰尘。

三个老家伙坐在地上：瘸子、阿列克斯和约书亚。瘸子戴着顶斯泰森毡帽，约书亚戴着美国棒球帽，阿列克斯则戴着一顶丛林大草帽，虽然边上已经磨损了，看上去还是很有派头。

"泰特斯又去水塘了？"罗尔夫问道。

"不错。"瘸子回答。

"他不会去什么地方吧？"

"他哪儿也不去。"

"你怎么知道？"

"我就是知道。"瘸子回答，谈话也到此为止。

早些时候，罗尔夫告诉我，阿列克斯有一串来自帝汶海边的珍珠贝挂件，那串项链是什么时候穿越澳大利亚大陆来到这里的，已无人知晓了，如今它是求雨仪式上的法器。今年，阿列克斯的活儿显然干得不错。接下来，阿列克斯的举动着实吓了我们一大跳，他把手伸到他那件桃红色外套里面，拉出系在绳子上的挂件。

贝壳上刻着弯弯曲曲的线条，涂着一层赭土。平时，它肯定就挂在他的两腿之间。

从表面上看，这些贝壳挂件有点儿像尤里恩加，不同的是，它们并不是秘不示人的圣物，可以拿给陌生人看。

"它们打哪儿来？"我指了指贝壳。

"布鲁姆。"阿列克斯斩钉截铁地回答。

布鲁姆和卡伦间隔了个吉布森大沙漠，他用中指在乒乓球台上画出两地间所有的"站点"。

"嗯，你从布鲁姆得到了珍珠贝，那你回赠了什么？"

他犹豫了一下，然后在球台上画出一块木板的样子。

"尤里恩加？"我问道。

他点点头。

"圣物？还有歌谣？"

他又点点头。

回去时，我对罗尔夫说："那可真有意思。"

　　　歌声未灭！歌声响彻大地，为大地命名。

　　　　　　　　　　　　——马丁·海德格尔，《诗人何为》

*　*　*

去澳大利亚之前，我常常会谈到"歌之途"，人们听到这个名字，总会想到别的什么东西。

有人会说："是不是就像巨石阵？"他们指的是遍布不列颠各地的古代巨石圈和墓地，那些巨石都极其古老，可只有训练有素的眼睛才能分辨出来。

354

汉学家会想到风水学，或传统中国堪舆学中的"龙脉"。一次，我向一位芬兰专栏作家提起"歌之途"，他说，拉普人也有"会唱歌的石头"，也排成线条。

还有一些人把"歌之途"当成反面的记忆术。雅特斯写过一本很棒的书，里面介绍自西塞罗往上的古代演说家们如何构筑记忆的殿堂：他们把演说的一部分同某种建筑特征挂上钩，于是，当他们在想象中的门拱和石柱间徜徉时，就记下了大篇的演说词。那些想象中的特征就叫"处所"，不过在澳大利亚，"处所"并不只存在于想象中，而是永恒的存在，是发生于"大梦时代"的事件。

还有一些朋友会想到刻在秘鲁中央大沙漠上的"纳兹卡线条"，它们也确实是某种图腾地图。

"纳兹卡线条"有位"自封的"监护人，玛利亚·里希，我们曾同她一起度过了激动人心的一星期。一天早上，我和她一起去观看最壮观的一处线条，只有在日出时分才能看得到。我扛着她的摄影设备，脚踩尘土和石子，爬上一座陡峭的小山。玛利亚已七十多岁了，可还大踏步走在我前头。突然，她脚下一滑，跌了下去，整个人都看不见了，可把我吓坏了。我本以为她会摔断骨头，可她却没事儿，大声笑了笑，说："我爸爸说过，在山上跌跤千万别停，得一直往下滚。"

* * *

不。这些并不是我想要的对比。现在，我所想的远远超出这些。贸易意味着友谊和合作，对土著人而言，贸易的主要物品就是歌谣。因此，歌谣带来和平。不过，我总觉得"歌之途"未必是澳大利亚一地特有的现象，而应当具有某种普遍性。它们是早期人类划分领土，从而组织起社会生活的方式，其后的所有方式都是这种原初模式的变形或畸变。

澳大利亚主要的"歌之途"似乎源自帝汶海或托里海峡，从北部或西北部登陆，逐渐向南，穿越整个澳大利亚大陆。人们觉得，它代表了澳大利亚最古老居民的迁徙路线，那么那些居民也应当来自别的什么地方。

多久以前？五万年前？八万、十万年前？同史前非洲相比，这些年代也就不值一提了。

现在，我要向前跳一大步，进入一个前人从未涉足的领域。

我似乎看到一条条"歌之途"遍布世界几大洲，穿越历史的年轮。但凡人类留下足迹的地方，也留下了歌声的轨迹（直到今日，我们偶尔还能听到一两声来自远古的回声）。所有的轨迹穿越时空，最终会集于非洲草原上一个偏僻的小地方。面对周围的恐怖和威胁，最早的人类不甘示弱，张开口，吼出《世界之歌》的开篇之词："我乃……"

37

听到飞机着陆前的轰鸣声，我冲向跑道，正赶上阿尔卡季从飞机上下来，手里还提着一个"爱斯基"。紧跟其后的是一头金发的玛丽安，她看上去乐疯了，身穿另一条棉布花裙子，跟上次那条一样破旧。

"嗨！"我大叫，"真是太好了！"

"好啊，老伙计！"阿尔卡季也笑了起来，把手中的"爱斯基"放到地上，把我们一一搂入他那俄罗斯式的怀抱。

"让我来介绍我太太。"他说。

"你什么？"

"我太太。"

"你俩结婚了？"

"正是。"

"什么时候？"

"三天前，"玛丽安答道，"我想死你们了！"

"这可真是出乎意料。"

"是吧？"玛丽安咯咯一笑，"是有点儿突然。"

"好像你已经有太太了吧？"我神情严肃地问阿尔卡季。

"曾经有，"他回答，"临走那天，我回家换衣服，看到门垫上有只厚厚的信封，一看就是政府公函，看了就让人压抑。我还对自己说'管它呢'，可后来又想到，是不是离婚申请通过了——拿起来一看，果然如此。"

"我冲了个澡，"他接着说，"换了身衣服，给自己调了点儿喝的，浑身轻松，想着自己又是自由身了。房间里飞进一只苍蝇，我就盯着那只苍蝇看，一边想，现在自由了，好像有什么事儿要做，可究竟是什么事儿呢？"

玛丽安冲他吐了吐舌头。

"说真的，当时实在是想不起来。突然，我跳了起来，手里的饮料都泼了出来，大喊，想起来了，我要和玛丽安结婚！"

我们三人向罗尔夫的板房走去，飞机驾驶员去商店取邮件了，他一走，罗尔夫就追了过来。

还没等他靠近，我就大叫道："罗尔夫，这两个家伙结婚了！"

"反正都是迟早的事儿。"罗尔夫说。说完，他踮起脚，以亲吻祝福两位新人。

一起坐飞机来的还有一个胡子刮得干干净净的中年土著人，我之前一直没有注意到他。这会儿，他远远地跟在阿尔卡季后面。

"那人是谁？"

"阿玛迪斯人的代表，箱子里装着泰特斯的尤里恩加。"

一进板房，罗尔夫一阵风似的忙活起来，刚放好五张露营凳，又去煮咖啡。

阿玛迪斯来的人站着看，不过没过一两分钟，瘸子不知从哪儿冒了出来，做了个极其有礼貌的手势，然后陪着那人去了营地。

罗尔夫一边倒咖啡，一边说："再说说结婚的事儿。"

"嗯，我拿到了离婚证书……"

"然后呢？"

"就去了这位女士那里，在她家的厨房遇上了两个不堪一击的竞争对手，一脸惶惶然的样子，他们看到我就更是如此了。我把她叫到走道里，悄悄告诉她，我离婚了。她的反应实在太激烈了，差点儿把我吓一跟头。"

"太浪漫了，"罗尔夫说，"你们两个都是！"

阿尔卡季接着说："这位女士大步走进厨房，脸上一副假笑，说，走吧，我有事儿要忙。走吧。"

"那两人就走了，"玛丽安咯咯笑道，"没什么好说的了。他去了达尔文。我把家里收拾干净，擦地。他回来，婚礼其实就是个聚会。现在我们来这儿了。"

"好消息还多着呢，"阿尔卡季说，"我还有好消息给泰特斯……感谢上帝……汉伦也有好消息，不是恶性阻塞。铁路上也有好消息，铁路公司又查了一遍预算，发现无论如何铁路是建不成了，工作已陷入全面停顿。我的工作丢了，谁在乎？"

"知道是谁把它给搅黄了吗？"我问道？

"老阿兰。"阿尔卡季回答。

"没准儿他唱啊唱啊，真就把铁路给唱跑了。"

"你的写作进展如何？"他问我。

"跟往常一样糟。"我说。

"别太郁闷了，晚饭有鱼，可是条好鱼。"玛丽安说。

"爱斯基"里装了条足足有四磅重的肺鱼，还有做鱼用的配料。两人还夹带了两瓶白葡萄酒，产自澳大利亚南部的韦恩葡萄庄园。

"嘿，这可太特别了。从哪儿弄来的？"我问道。

"这就叫关系。"阿尔卡季回答。

"温迪上哪儿去了？"玛丽安问罗尔夫。

"跟孩子们一起出去了。"罗尔夫回答。

五分钟后，温迪开着那辆破路虎车回来了，后排挤满了笑容满面的孩子们，有的还捏着蜥蜴的尾巴，把蜥蜴提在空中。

"瞧见这两位了吗？"罗尔夫说，"他俩结婚了。"

"是吗？真是……太好了！"温迪跳下车，扑进玛丽安张开的双臂，然后是阿尔卡季。

加上埃斯特垃，晚饭有六个人了。我们吃，喝，笑，说滑稽事儿。埃斯特拉满肚子都是荒唐故事，她最喜欢说的人是金伯利的一位主教，他当过德国潜艇艇长，如今又幻想着自己是飞行高手。

"这家伙开着小飞机飞到云层里面，就是想看看要怎么才能飞出来，头朝上还是朝下。"

喝完咖啡，我去为一对新人收拾板房，阿尔卡季发动了丰田车。

他8点要去见泰特斯。

"这次我能去吗？"我问道。

阿尔卡季向玛丽安眨眨眼。

"当然能。"玛丽安说。

大家看着两人去睡觉，这两人真是天生绝配，自从一见面那天起就坠入爱河，难以自制，可又只能悄悄溜进自己的壳中。我不时四下瞅瞅，提心吊胆，仿佛一切太完满了，完满到不真实。突然，一切沉默和苦痛通通烟消云散，早就该有的东西现在终于成为现实。

夜色纯净，空气和暖，温迪和我把她的床拖到屋子外面。她教我如何给望远镜对焦，倒头睡着之前，我遨游于南十字星座。

38

我们8点动身。清晨，空气清新爽利，不过气温注定会上升。从阿玛迪斯来的人坐在阿尔卡季和玛丽安之间，双手紧紧抓着一个公文包。瘸子和我坐在后排。

车向我上次狩猎失败的地点开去，然后向左拐上小道，向爱丽丝泉的方向行驶。车开出大约十英里，窗外的景色由开着黄花的灌木丛变为一片开阔地，草浪滚滚，不时点缀着一棵桉树，树干是橄榄那种蓝中带绿的颜色，树叶已经变白，在风中摆动。放眼望去，我还以为自己身处凡·高画笔下的普罗旺斯。

车驶过一条小河，再次左拐，上了一条沙路。远处，一排树后面是幢小房子，波纹铁的屋顶干净整洁，外面停着泰特斯的福特车。一个女人跳起来，跑进屋去，狗如往常一样叫起来。

泰特斯坐在一张粉红色的地垫上，短衫短裤，头戴草帽，身前放着一根冒烟的棍子。他父亲手长脚长，头上有一寸左右的灰色短发，这会儿正伸开手脚，躺在泥地上，他看见我们时微微一笑。

"你们早了，"泰特斯神情严肃地说，"本以为你们9点前才会到。"

看到他，我吃了一惊，他的长相实在是——丑：鼻头阔大，额头刻满皱纹，厚实的嘴唇下垂，两眼高高突出。可就是这张脸，那么有活力，那么有特色！上面的每一块肌肉仿佛都在不停地动，这一瞬间，他还寸步不让地维护着土著法律，可下一瞬间他就变成了令人捧腹大笑的小丑。

阿尔卡季介绍我："泰特斯，这位是我的朋友，布鲁斯，英国来的。"

"撒切尔政府怎么样了？"他拖长话音，问道。

"还没垮台。"我回答。

他看看玛丽安，说："我好像见过你，对吧？"

"可有件事儿你肯定不知道，"阿尔卡季赶紧接过话头儿，"这位女士成为我的妻子已经四天了。"

"你是说四晚吧。"泰特斯说。

"就这意思。"

"好消息，"他说，"你这样的小子需要一个懂事儿的老婆。"

"确实。"阿尔卡季一边说，一边抱住玛丽安。

泰特斯打开门上的锁，让门半开着，他又为那位额外的客人多拿出一个蓝搪瓷杯。

茶已泡好了。

"要糖吗？"他问我。

"不，谢谢。"

"看你那样儿就不要糖。"他眨了眨眼，对我说。

喝完茶，他直起身，说："现在干正事儿！"

他向瘸子和阿玛迪斯来的人点点头，示意他俩继续向前走，然后转过身，对我们说："帮个忙，在这儿等我们半个小时。"

远处传来枯树枝在脚下断裂的声音，那三个人已完全隐没于树林中。

泰特斯的老父亲一直躺在那儿，脸上挂着笑容，不知不觉睡着了。

在这里再次重复一下并不为过。尤里恩加是一块椭圆形的石板或马尔加木板，它既记载了歌谣，也是寻找祖先旅途的神话向导。它就是祖先的躯体，是一个人的另一个自我，是他的灵魂，是他拥有土地的权证，也是他出门的"护照"和回家的"车票"。

斯特雷罗曾讲述，几位土著长老发现自己藏尤里恩加的房子被白人洗劫了，那简直就是世界末日，那些文字想起来还令人心酸。他也记述另几位老者把自己的尤里恩加借给自己的邻居几年，当尤里恩加最终回到他们手中，他们揭开包裹着尤里恩加的包袱时，打心眼儿里发出畅快的笑声。

我还在别的书中读到，一整部歌谣唱完时，所有的"主人"把自己的尤里恩加排成一排，首尾相接，好像火车车厢。另一方面，要是你弄坏了，或者搞丢了自己的尤里恩加，那你根本配不上别人的同情，也不会有任何机会"重返集体"。在爱丽丝泉就有个年轻的流浪汉，我曾听到有人说："他弄丢了自己的尤里恩加，不知道自己是谁了。"

说点儿题外话。《吉尔伽美什史诗》^①中有这样一个故事：国王吉尔伽美什感到生活索然无味，想去阴间探望自己死去的朋友——"兽人"恩奇杜，可渡口的船夫乌特纳比西丁对国王说："你不能进入阴间，因为你打破了石碑。"

阿尔卡季隔着半掩的门朝里看。

"看看，"他对我说，"说不定会吓你一跳。"

我慢慢站起身，也往虚掩的门里望去，里面黑黢黢的，我的眼睛过了好一会儿才适应过来。泰特斯的床边放了个箱子，上面摆着一堆书，有英语的，也有德语的。最上面那本是尼采的《查拉图斯特拉如是说》。

"的确，"我点点头，"还真是大吃一惊。"

不到半小时，我们就听到了树林那边传来低低的说话声，看见刚才走进去的三个人又排成一行走出树林，向我们走来。

"弄好了，"泰特斯在自己的地垫上坐下，用坚定的语气说，"尤里恩加重归它的合法主人。"

阿玛迪斯来的那人看上去也一脸轻松，谈话转向别的话题。

泰特斯是土地维权分子的噩梦，因为无论他说什么，都会大大出人意料。他说，在他祖父那一代，土著人的前途比今天惨淡许多，老人们看着自己的孩子们一个个死去，不得不把自己手中

---

① 《丘吉尔伽美什史诗》（*Gilgamesh Epic*）是世界上现今残存最古老的一部史诗，它是美索不达米亚、两河流域最杰出的文学作品之一。

的尤里恩加交给传道的教士，以免它们受损、丢失或被出售。一位赢得了他们信任的牧师是霍恩河布道点的克劳斯－彼得·奥里希特。泰特斯朝已鼾声大作的父亲点下头，说："这位，那时让酒精给麻痹了，把好几块尤里恩加交给了老奥里希特。"

老奥里希特死于20世纪60年代末，去世前，他把自己的"收藏"全部带回爱丽丝泉的总部，锁在抽屉里。"社运分子"听到了风声，这个德国人手上有"值上好几百万"的圣物，于是按老套路，搞运动，要求把财产归还人民。

"那帮笨蛋根本不懂，"泰特斯说，"根本不存在什么土著人，只有雅卡马拉人、贾布鲁拉人，还有像我一样的杜布伦恩加人。"

"要是莱斯利·华森，还有在堪培拉上蹦下跳的那帮家伙看了我们家的尤里恩加，只要看一眼，而我又坚持部族法律，那我就该把他们全用标枪钉死。不是吗？"

泰特斯发出一阵大笑，浑身颤抖，我们也都大笑起来。

"跟你们说吧，自打上次见过你，我这儿来了好几拨有趣的客人。"

第一拨是几个年轻建筑师，希望为他建幢房子，打着皮因土皮委员会的招牌，也希望能让他闭嘴。

泰特斯鼻子一哼，说："他们想盖平顶房，笨蛋！我说，我是想盖幢房子，但要尖顶，要有书房放书，要有客厅，还要有客房，主屋外面有厨房和淋浴间。要不然，我就住这儿。"

下一个更有趣，一个采矿公司的家伙，油嘴滑舌，说要在泰特斯的土地上搞地质勘探。

"那杂种！"泰特斯说，"还给我看地质勘探图，我敢说，是迫于政府法律才给我看的，说了一大堆废话。我说，嘿，让我看看那图。老实说，在亨特崖那儿找到石油或天然气的可能性确实很高，可我说，咱们看问题的方式不同，那儿有许多重要的梦象。山猫、鸸鹋、黑布谷，还有两种蜥蜴，还有大袋鼠的'永恒家园'。对你们来说，那儿可以是油田，或其他什么地方，可大袋鼠自打'大梦时代'就安睡在那儿了。我要告诉你，它还会继续在那儿睡下去。"

我们的到访让泰特斯真的很开心，大家笑声不断，连那个阿玛迪斯来的人也笑了起来。最后，大家一个挨一个爬进丰田车，驶回卡伦。

我用了整个下午把自己写的东西整理出来。明早回爱丽丝泉。

39

阿玛迪斯来的人希望我们能在霍恩河定居点放下他，于是阿尔卡季主动提出走一条小道，那条道比别的道偏僻许多，不过水已退去，道路正在转干，而且采矿公司的人之前已经开车走过那条道。

我们装满食物和水，向罗尔夫和温迪道别，说会写信，寄书，保持联系。这时，瘸子不急不缓地走了过来，用手挡在阿尔卡季的耳边，向他耳语了几句。

"没问题，我们会带上你。"阿尔卡季说。

瘸子穿上了最好的衣服：干净的白衬衫，棕色卡其布夹克，他的头上和脸上冒着油，看上去活像只刚从水里出来的灰海豹。

他想去塞科德山谷，对于他的歌谣来说，那可是个至关重要的地方，可他还从未去过。

塞科德山谷是国家公园，不过远离公众，那里长着一种特有的棕榈树，还有一些古代遗留下来的本地原松。霍恩河穿山谷而过，而瘸子的梦象，原猫（Tjilpa），就走到了激流中央。原猫并不是猫科动物，而是一种小型有袋动物，长着长长的胡子，尾巴直直地竖立在身后。这种动物可能已经灭绝，实在让人伤心。

有个故事说，一位原猫祖先在麦克当诺尔山中看到空中落下两片老鹰的羽毛，想知道它们从哪儿来。于是，他越过一个个沙丘，追着银河奔跑，越来越多的原猫人加入他的行列，队伍越来越状大。冬天的寒风吹乱了老鹰的皮毛，严寒冻裂了它们的爪子。最后，它们抵达奥古斯特港的海边，海边立着一根高杆，直达天庭。杆子的顶部没入云端，一片苍茫；长杆儿的下端插入海浪，也是一片苍茫。原猫祖先咬断了杆子，把它运回了澳大利亚中部。

由于某桩宿怨，瘸子从没去过塞科德河谷。不过最近，他从电报中得知，他有三个远房亲戚住在那里，或者更确切地说，他们的日子不长了，手里还有尤里恩加。他希望能在他们去世之前见到他们。

车开了七小时，从上午7点到下午2点。瘸子坐前排，在驾驶员和玛丽安之间，一动不动，只是眼光不时飞快地扫视一下左右两边。离山谷还有十英里，越野车颠簸着越过一条向南流的小河。瘸子突然腰板挺直，嘴里喃喃自语，猛把头探出司机那边的窗子，害得阿尔卡季赶紧缩头避让，瘸子接着又把头探出另一边的车窗，然后抱起双臂，一言不发。

"怎么了？"阿尔卡季问道。

"原猫人朝那边走了。"瘸子一边说，一边用手指向南边。

路旁出现指向塞科德河谷的路标，越野车向右急转，沿着一条陡峭的小道一头扎下去，与霍恩河并排而行。浅绿色的河水冲刷着白色的石头，车子越过河好几次。瘸子一直抱着双臂，一言不发。

车驶到两条小河交汇的地方，刚才我们在较高的地方越过的那条河在这里又与我们相遇，较矮处的那条小河与原猫人的行走路线重叠。

阿尔卡季把方向盘往左打，瘸子又活跃起来，像先前一样，把头探出两边的车窗，他的眼神飘过路边的岩石、峭壁、棕榈树、水流。他的嘴唇动起来，迅捷如口技表演家，双唇间发出一阵阵呼呼声，类似于风吹过树枝的声音。

阿尔卡季立刻就知道是怎么回事儿。瘸子学的原猫对句原本是以步行的速度来背诵的，每小时四英里。可现在，我们的速度是每小时二十五英里。

阿尔卡季换到一挡，车缓缓前行，速度比走路快不了多少。

瘸子一下子就调整了背诵的节奏，嘴角挂着笑容，头来回摇晃，那声音仿佛柔美的小河。知道吗？在他自己看来，他现在就是只原猫。

车又开了大约一个小时，小路在紫色的峭壁间盘旋前行，路旁时不时出现巨大的岩石，紫红色的岩体上带着黑色的条纹。天气又热又闷。激流流入地下，地面上只剩下一汪死水，四面长着芦苇。一只紫色的隼从我们头顶上飞过，停在树梢上。没路了。

大家一齐下车，跟着瘸子，沿着一条时常有人走过的步径，在岩石和水流间穿行，最后来到一个盆地的底部，四周是暗红色的岩石，倒有点儿像古希腊的剧场。一棵树下搭了一间铁皮屋。

一个中年妇女正拖柴火回屋，双乳在紫色套头衫下波动。瘸子上前自我介绍，那妇女的脸上掠过一丝笑容，点头叫大家一起跟她走。

神秘论者认为完美的人应当靠自己的双腿走向"善终"，能走到那里的人就"回家"了。澳大利亚土著对"回家"，或者说唱着歌谣找到自己的归属，有各种细致的规定：回到"孕育"你的地方，回到尤里恩加储存的地方，只有那时，你才能和祖先融为一体。这就有点儿像赫拉克利特的神秘警句："有死者与不死者，活着却已死去，死去的却依旧活着。"

瘸子蹒跚向前，我们蹑手蹑脚跟在后面。天空一片深蓝，树木在小径上投下深黑色的阴影，有水从峭壁上滴下来，远处传来淙淙水声。

"尤里恩加就放在那儿。"瘸子细声细语说，用手指向峭壁上的一处裂缝。

一片空地上放着三张床，床上铺了些软草，但没有床垫，躺在床上的是三个快死的人。差不多就剩一把骨头了，头发和胡子全掉了，一个还能抬起一只胳膊，另一个说了些什么。知道了瘸子的来历后，三人不约而同一齐笑起来，露出没有一颗牙齿的牙床。

阿尔卡季抱着双臂，在旁边看着。

"真是太精彩了。"玛丽安轻声说，握住我的手，轻轻一捏。

确实。太精彩了。他们知道自己将往何处去，在一棵白桦树下，笑着迎接死神的降临。

图书在版编目（CIP）数据

歌之版图／（英）查特文著；杨建国译，柳闻雨校. —北京：生活·读书·新知三联书店，2017.1
ISBN 978－7－108－05311－4

Ⅰ. ①歌… Ⅱ. ①查… ②杨… Ⅲ. ①游记－作品集－英国－当代 Ⅳ. ① I561.65

中国版本图书馆 CIP 数据核字（2015）第 073945 号

责任编辑 李静韬 郭晓慧
装帧设计 康 健
责任印制 崔华君
出版发行 生活·讀書·新知 三联书店
　　　　（北京市东城区美术馆东街 22 号 100010）
网　　址 www.sdxjpc.com
经　　销 新华书店
印　　刷 北京新华印刷有限公司
版　　次 2017 年 1 月北京第 1 版
　　　　 2017 年 1 月北京第 1 次印刷
开　　本 889 毫米×1194 毫米 1/32 印张 11.75
字　　数 240 千字 图字 01-2015-5705
印　　数 0,001－7,000 册
定　　价 39.00 元
（印装查询：01064002715；邮购查询：01084010542）